À TRAVERS CES YEUX

CONFIANCE AVEUGLE 2

N.R. WALKER

MENTIONS LÉGALES

AVERTISSEMENT

AVERTISSEMENT

Ce livre contient des situations qui peuvent être choquantes pour certaines personnes : langage graphique, situations adultes.

RECONNAISSANCE DES MARQUES

DÉDICACE

Pour Lisa Fisher...

N.R. WALKER

À TRAVERS *Ces Yeux*

CHAPITRE UN

— CARTER, pour l'amour de Dieu, voudrais-tu te dépêcher un peu ?

Je souris dans le miroir de la salle de bain tandis que j'enfilais une de ses chemises.

— Garde ton pantalon sur toi.

— Si tu ne te presses pas un peu plus, je vais le garder, rétorqua Isaac du bout du couloir. De manière permanente !

Je ricanai.

— Eh bien, si j'avais mes propres vêtements ici...

Je laissai délibérément traîner la fin de ma phrase, attendant qu'il morde à l'hameçon, sachant que cette conversation – une que nous avions eue à de nombreuses reprises – l'agaçait.

— Je vais faire démarrer la voiture, l'entendis-je marmonner et je me mis à rire.

Puis la porte d'entrée claqua.

Merde !

— Isaac !

Je me précipitai vers la porte de la salle de bain, sautillant sur un pied, essayant de mettre ma chaussure et surtout pour l'empêcher de se glisser derrière le volant et de démarrer la voiture. Je faillis tomber dans le couloir, avec ma moitié de chaussure et mon jean non fermé, pour trouver Isaac debout, encore dans l'entrée, devant la porte.

Magnifique dans son jean hors de prix, sa chemise onéreuse et ses lunettes de soleil de créateur, le bâtard bien pensant souriait.

— J'ai pensé que cela pourrait attirer ton attention.

Me redressant, coinçant mon pied dans ma chaussure et fermant le bouton de mon jean, je regardai mon petit ami. Mon petit ami aveugle. Puis je regardai le labrador doré à ses pieds, son chien-guide.

— Eh bien, Brady, dis-je au chien. Il semble qu'Isaac trouve qu'il est amusant.

Isaac sourit, prenant un air suffisant.

— Es-tu enfin prêt ? demanda-t-il à nouveau.

Il me tendit mon portefeuille et les clefs.

— Tu sais que ma sœur n'a pas un bébé tous les jours, Carter. Je voudrais arriver à l'hôpital quelque temps avant que ma nièce commence l'université.

Au lieu de prendre mon portefeuille et mes clefs, je pris son visage dans mes mains et l'embrassai.

— La ferme et monte dans la voiture.

Au moment où nous avions installé Brady dans son harnais sur la banquette arrière et étions en chemin pour Carney Hospital, il se plaignait encore.

— Sérieusement, Carter. Combien de temps cela t'a-t-il pris ?

— J'étais au boulot, répondis-je *à nouveau*. Je devais me changer ! Je pouvais à peine bouger dans mes vêtements de travail.

Passant mes journées à exercer ma profession de vétérinaire, m'occupant de tout un éventail d'animaux, ce n'était pas fait pour garder des vêtements propres. Je changeai de vitesse et me glissai dans le trafic, mon regard passant des voitures devant moi à Isaac.

— Tu sais, si j'avais mes propres vêtements chez toi, cela ne prendrait pas aussi longtemps. Je n'aurais pas à passer ta garde-robe en revue pour trouver des vêtements qui m'aillent.

Isaac soupira exagérément.

— N'avons-nous pas déjà eu cette conversation ?

Si. Si, nous l'avions eue. Mais il ne voulait pas que j'emménage avec lui. Du tout. Cela m'avait fait mal, la première fois qu'il m'avait dit qu'il ne voulait pas que je vive avec lui. J'avais évoqué le sujet, compte tenu du fait que nous sortions ensemble depuis un an, pensant que c'était l'étape suivante pour nous, espérant que c'était ce qu'il voulait. Mais ce n'était pas le cas. Il aimait son indépendance, avait-il répondu. Il aimait les choses telles qu'elles étaient. Il ne voulait pas que nous soyons collés l'un à l'autre, avait-il dit. Cela m'avait blessé de savoir qu'il ne voulait pas que j'emménage, mais depuis lors, le sujet revenait périodiquement comme une blague entre nous.

Habituellement, j'en faisais une plaisanterie et il soupirait ou changeait de sujet. Ou me rembarrait. Ou me jetait quelque chose.

— Si, nous avons déjà eu cette conversation auparavant.

— Et combien de temps allons-nous continuer à l'avoir ?

— Jusqu'à ce que tu acceptes que je vienne habiter avec toi.

— Donc, encore un bon moment, hein ?

Je me mis à rire et secouai la tête.

— Apparemment.

Je tendis la main et pris la sienne.

— À quelle heure as-tu reçu l'appel à propos

d'Hannah ?

— Carlos m'a téléphoné au bureau ce matin pour me dire qu'elle était entrée en travail, mais que nous n'avions pas besoin de nous dépêcher, parce qu'ils pensaient que cela pouvait durer des heures, dit-il. Puis, il m'a rappelé après le déjeuner pour me dire que tout était fini.

Je regardai l'horloge sur le tableau de bord, et comme s'il avait pu voir ce que je venais de faire, il ajouta :

— C'était il y a un peu plus d'une heure.

Je savais qu'il était anxieux. Sa sœur signifiait tout pour lui et le nouvel ajout au clan Brannigan était la meilleure des nouvelles qu'ils avaient eues depuis fort longtemps. Je levai nos mains et embrassai ses jointures.

— Je suis parti du travail quatre heures plus tôt que d'habitude. Je suis venu chez toi aussi vite que j'ai pu.

Il soupira à nouveau et serra ma main.

— C'est bon. Le bus a pris une éternité de toute façon.

— Pourquoi ne me laisses-tu pas t'emmener au travail ?

— Parce que tu n'as pas besoin de faire un détour pour moi alors que tu habites à cinq minutes de ton travail, dit-il. Et je suis un grand garçon. Je peux prendre le bus pour me rendre au travail si je veux.

Je regardai l'homme assis sur le siège passager à côté de moi, ses cheveux brun foncé, sa mâchoire ciselée et ses lunettes de soleil de chez Armani. Un bel homme, têtu et totalement exaspérant.

— C'est loin d'être un détour. Cela me prendrait vingt minutes tout au plus, commençai-je, mais il me coupa la parole.

— Carter ! dit-il sévèrement, avec ce ton je-ne-peux-pas-croire-que-je-dise-ça-à-haute-voix qu'il prenait quand il pensait sortir une lapalissade. Brady et moi nous débrouillons très bien avec le bus, merci.

Je retins un soupir et ravalai le commentaire exaspéré qui menaçait de sortir. Vous pourriez penser qu'après avoir été ensemble depuis plus de douze mois, j'y serais habitué désormais. Mais non, je ne l'étais pas vraiment. Je n'étais plus aussi souvent choqué par ses commentaires sarcastiques, mais la frustration me pesait encore.

Évitant toute conversation relative à la façon dont il était indépendant, je demandai :

— Alors, Carlos t'a-t-il dit comment ils avaient appelé le bébé ?

— Non.

Il secoua la tête et sourit doucement.

— Juste que la mère et l'enfant allaient bien.

Quand je garai la voiture et coupai le moteur, Isaac tourna son visage vers moi.

— Pourquoi nous arrêtons-nous ? Nous n'avons pas roulé assez longtemps pour être à l'hôpital. Carter, bon sang, qu'est-ce que tu fais ? Nous sommes déjà bien assez en retard !

J'attendis que sa petite tirade soit terminée.

— J'en suis conscient, Isaac, dis-je lentement. Je me suis arrêté devant un fleuriste afin que nous puissions apporter quelques fleurs à Hannah. Es-tu d'accord ?

Isaac soupira.

— Pourquoi ne me l'as-tu pas dit ?

— Parce que je viens juste de le voir et que j'ai décidé que c'était une bonne idée.

Il soupira à nouveau.

— Il te suffit de ne pas perdre trop de temps.

— Je n'y pensais même pas.

Je levai les yeux au ciel, de manière exagérée, bien que cette grimace silencieuse soit totalement perdue pour lui. Deux minutes plus tard, j'ouvris la portière côté passager de la Jeep et remis à Isaac un ours en peluche ridiculement cher et un bouquet de fleurs roses avec des ballons correspondants. Il afficha un visage tellement surpris que j'embrassai sa joue.

— Maintenant, tu ne pourras pas dire que je ne t'ai jamais offert de fleurs.

Je me glissai à nouveau derrière le volant et Isaac sentit les fleurs. Après avoir remis la Jeep dans le flot de la circulation et une fois que nous étions presque arrivés à l'hôpital, il dit :

— Tu ne l'as jamais fait, tu sais.

— Je n'ai jamais fait quoi ?

— M'offrir des fleurs.

Je le dévisageai, passant du trafic devant nous à lui, essayant de décider s'il était sérieux ou non... Je veux dire, non, je ne lui avais jamais apporté de fleurs, mais j'essayais de décider s'il était sérieux.

— Voudrais-tu que je le fasse ? Que je t'apporte des fleurs ?

— Pas si je dois te les demander.

— Alors, je t'en offrirai.

Je me mis à rire et secouai la tête.

— Quand tu ne t'y attendras pas.

— Eh bien, maintenant que tu en as parlé, je les attendrai.

Je soupirai tout en riant.

— Gagnerai-je *un jour* une dispute avec toi ?

Isaac sourit.

— Pas si je suis celui avec lequel tu te disputes.

Je me mis à rire tandis que je garais ma Jeep sur le parking de l'hôpital. Après avoir choisi un emplacement, je coupai le contact.

— Eh bien, viens. Allons rencontrer le nouveau Brannigan.

Isaac sourit et sortit, tenant l'ours en peluche et les fleurs pendant que je détachais Brady de son harnais. Je caressai le chien sur le front et il sourit, sa langue pendant sur le côté de sa gueule. Dès qu'il fut libre, il se positionna du côté d'Isaac et attendit patiemment qu'il lui mette son harnais de marche.

C'était une routine que nous avions fait des centaines de fois. Moi, conduisant, Isaac, dans le siège passager, le chien sur la banquette arrière. Ma chienne, un border collie, appelée Missy, partageait normalement la banquette arrière avec Brady, mais pas aujourd'hui. Brady était tout seul.

Un beau chien pour un bel homme.

Je contournai la voiture et pris les fleurs et l'ours, afin qu'Isaac puisse saisir le harnais de Brady. Quand il fut prêt, je dis :

— Allons-y, la maternité est par ici.

Je lui pris la main et le dirigeai sur le chemin.

Tandis que nous marchions sur la pelouse, je me souvins de la dernière fois que j'étais venu dans cet hôpital. J'étais venu chercher Isaac et l'avais ramené chez lui. Il avait décidé de faire une randonnée tout seul et avait emprunté un sentier escarpé avec Brady, bien entendu, mais il avait glissé au bas d'un talus, passant toute une nuit à l'extérieur, en plein hiver. Ce qui avait commencé comme un exercice stupide pour tester sa relation avec son chien-guide – et pour me prouver quelque chose – s'était terminé de manière humiliante. Il avait été très près de mourir de froid, cette nuit-là, mais au moins, il avait appris à apprécier quel chien merveilleux était Brady.

Les barrières qu'Isaac avait mises en place pour se protéger s'étaient peu à peu effritées. De temps en temps, il y avait encore une remarque défensive occasionnelle, destinée à protéger son cœur, ou l'orgueil des personnes autour de lui, mais désormais, il avait finalement commencé à se permettre d'aimer, ceux près de lui et plus important encore, à se laisser aimer.

Et revenir ici, dans le même hôpital où il avait été admis après sa nuit éprouvante, était un peu ironique. Cette épreuve avait été un peu comme la fin d'une partie de sa vie et maintenant, il revenait ici pour faire la connaissance de sa toute nouvelle nièce et c'était comme un nouveau départ.

Alors que nous entrions dans le bâtiment, Isaac fronça le nez.

— Je n'aurais jamais pensé que je serais heureux de revenir ici.

— Je pensais exactement la même chose.

— Pouah ! L'odeur est répugnante !

Je savais que son sens de l'odorat était plus développé que le mien, mais je devais acquiescer.

— Ouais, ça l'est.

Nous nous approchâmes du bureau des infirmières, et alors même que l'une d'entre elles ouvrait la bouche pour nous parler, Isaac dit :

— Mon Dieu ! Ça sent comme de la nourriture avariée, du linge sale et du désinfectant bon marché.

Sa bouche se mit à béer et je souris devant l'air alarmé de l'infirmière probablement offensée.

— Bon après-midi, la saluai-je chaleureusement. Nous sommes là pour voir Hannah Brannigan-Peroni et Carlos Peroni. Ils ont eu une petite fille aujourd'hui.

— Chambre douze, répondit-elle.

Elle me regarda, les fleurs dans ma main, puis Isaac et enfin Brady, avant de revenir vers moi et de me sourire.

— Au bout du couloir, tournez à droite.

J'avais l'habitude qu'Isaac dise des choses devant des gens, qui pouvaient être qualifiées de grossières – que ce soit intentionnellement ou non – mais en voyant qu'il était aveugle, ils lui pardonnaient rapidement son indiscrétion. Une partie de moi pensait que c'était la raison principale pour laquelle il le faisait ou bien alors, c'était simplement qu'il s'en foutait.

Avec Isaac, l'un ou l'autre des scénarios était possible.

Après avoir serré sa main et dis un calme « par ici », nous nous engageâmes dans le couloir. J'arrivai devant la chambre le premier, et toquai doucement sur la porte.

— Prêts pour des visiteurs ?

— Oh, hey ! fut la douce réponse d'Hannah. S'il vous plaît, entrez !

Elle était allongée sur le lit, Carlos assis dans un fauteuil à côté d'elle, et un petit paquet de couvertures roses dans un berceau à côté d'eux. La sœur d'Isaac avait l'air fatigué, mais elle nous sourit radieusement quand nous entrâmes. Je me dirigeai vers le lit, guidant Isaac. Je lui tendis les fleurs, l'ourson et les ballons avec fierté, comme si je les avais faits moi-même, avant de les poser sur la commode, à côté. J'embrassai Hannah.

— Félicitations, murmurai-je.

Puis, je me mis de côté, laissant le champ libre à Isaac pour qu'il puisse s'approcher de sa sœur.

Il tâtonna le lit pour arriver jusqu'à elle. Hannah tendit la main, prenant son bras et ils s'embrassèrent pendant un long moment. Je passai de l'autre côté du lit et serrai la main de Carlos, lui offrant également mes félicitations, puis je jetai un coup d'œil au petit paquet rose.

Je relevai les yeux vers Isaac, mais il étreignait toujours Hannah et murmurait à son oreille, ayant pris son visage entre ses mains.

— Je suis si fier de toi, lui dit-il.

La pauvre Hannah commença à pleurer. Des larmes de bonheur, bien entendu, mais des larmes tout de même. Elle tapa son bras, mais embrassa sa joue.

— As-tu envie de la tenir, Oncle Isaac ?

Il haleta doucement.

— Oh ! Je... euh... je ne suis pas certain que ce soit une bonne idée.

— N'importe quoi ! dit catégoriquement Hannah. Carter, apporte une de ces chaises par ici, dit-elle en indiquant les fauteuils alignés le long du mur, sous la télévision.

Je fis comme demandé et une fois qu'Isaac fut assis, Hannah demanda :

— Carlos, chéri, peux-tu, s'il te plaît...

Elle agita sa main entre le berceau et Isaac.

—... à toi l'honneur.

Carlos ramassa doucement le petit tas de couvertures et, comme s'il portait le cadeau le plus précieux au monde, il tendit son nouveau-né à Isaac. Celui-ci prit le bébé dans son bras gauche, le tenant contre sa poitrine, et de sa main droite, toujours aussi doucement, il suivit le contour de la couverture afin de trouver la joue du bébé endormi. Il effleura son front, puis descendit sur son petit bout de nez.

Sans relever les yeux, il demanda :

— Quel est son nom ?

Hannah prit un moment avant de répondre.

— Ada.

Isaac haleta doucement, puis il hocha la tête.

— C'est parfait, murmura-t-il.

Il me fallut une seconde pour me rendre compte qu'il pleurait, avant qu'il retire ses lunettes de soleil et essuie ses larmes.

— Je suis désolé, dit-il doucement. Je ne sais pas pourquoi je pleure.

Je m'agenouillai à côté de lui embrassai sa joue.

— Ne t'excuse pas.

Il tourna son visage vers le mien. Ses yeux bleu ciel éteints et ses longs cils humides étaient beaux.

— Ada était le prénom de notre mère, expliqua-t-il doucement.

Il se pencha en avant et embrassa le nouveau-né endormi.

— Est-elle belle ?

Je regardai la petite Ada.

— Isaac, elle est parfaite.

Il hocha de nouveau la tête et de nouvelles larmes emplirent ses yeux. Il ouvrit la bouche pour dire quelque chose, mais la referma, et quoi qu'il voulut dire, cela resta non-dit.

Je regardai Hannah, pour voir qu'elle essuyait ses yeux. Elle haussa les épaules et m'adressa un sourire.

— Je n'ai pas de raison de pleurer, je suis une épave soumise à ses hormones.

Carlos l'embrassa sur le front, puis me sourit.

— Hannah est un véritable petit soldat. Mon Dieu, elle a vécu l'enfer aujourd'hui ! Elle a juré comme un marin, a menacé tout le personnel de dégâts physiques et corporels et elle n'a jamais été plus étonnante.

Je souris devant le regard adorateur qu'il adressait à sa femme. Et quand je regardai à nouveau Isaac, je vis qu'il était complètement absorbé par Ada.

— Elle a une odeur unique, je n'ai jamais rien senti de tel, dit-il doucement, conscient du petit être dans ses bras.

Puis Ada commença à se réveiller sans bruit, juste avant d'émettre un minuscule bruit de grincement.

— Oh !

Isaac releva brusquement son visage.

— Que s'est-il passé ? Qu'ai-je fait ? Est-ce qu'elle va bien ?

Je souris.

— Elle se réveille, voilà tout, le rassurai-je. Je pense qu'elle veut sa maman.

— Oh ! marmonna-t-il. Carter, peux-tu la prendre ?

Merde !

— Bien sûr, répondis-je rapidement. Là, je vais la donner à Hannah.

Je pris Ada avec précaution, tous ses trois kilos deux cents, pas vraiment certain de savoir comment la tenir.

— J'ai tenu de nombreux nouveau-nés, leur dis-je. Cependant, ils avaient tous quatre pattes.

Hannah se mit à rire tandis qu'elle me reprenait sa nouvelle fille.

— Nous devrions y aller, lui dis-je. Tu as l'air épuisé, Hannah. Nous pouvons revenir demain.

Je l'embrassai sur le front.

— Tu as fait du beau travail. Elle est magnifique.

Quand je me tournai vers Isaac, il tripotait nerveusement le collier de Brady. Suivant ma ligne de mire, Hannah regarda vers lui. Elle fronça les sourcils.

— Isaac, chéri, tu vas bien ?

— Oui, je vais bien, répondit-il un peu trop vivement.

Elle me dévisagea et leva les yeux au ciel.

— Es-tu allé et rentré du travail tout seul ?

— Ouais, ça s'est bien passé, répondit-il. Et les courses ont été parfaitement livrées, et le congélateur est toujours plein des plats que tu avais préparés. Tu as de quoi t'occuper maintenant. Ne t'inquiète pas pour moi.

Hannah me regarda et secoua la tête, mais elle lui répondit.

— Très bien, fais-moi juste savoir si tu as besoin de quelque chose.

Non seulement Hannah était sa sœur, mais elle était également son aide-soignante officielle. Donc, pendant le temps qu'il lui faudrait pour endosser son nouveau rôle de maman, Isaac ferait tout lui-même. Il avait catégoriquement refusé la venue d'un aide-soignant temporaire si bien qu'Hannah avait préparé, cuisiné et congelé un tas de repas, avait organisé la livraison de pain frais et de lait, de fruits et de légumes chaque jour et il devait se rendre seul au travail par le bus.

Bien entendu, j'avais proposé mon aide pour chacun de ces aspects, mais mon offre avait rapidement été déclinée. Isaac était aveugle, oui. Mais il était également indépendant et très, très entêté.

Si quelqu'un faisait quoi que ce soit pour lui, sans le lui demander, comme de suggérer de l'emmener au travail, de faire la lessive ou de préparer à dîner, ils manquaient de se faire arracher la tête. Comme j'avais pu le découvrir par moi-même.

Je l'aidais un peu, mais au cours des deux dernières semaines, depuis qu'Hannah était clouée au lit pour accouchement tardif et avait été incapable de travailler, il faisait tout très bien. Elle avait prévu de prendre quatre semaines ou plus après l'arrivée du bébé, mais devait au moins recommencer à le conduire à son travail et à le ramener dès que possible. Elle détestait le fait qu'il prenne le bus. Il aurait pu prendre un taxi tous les jours, mais avait déclaré qu'attendre dans le trafic matinal de Boston avec un compteur qui tournait, n'était juste qu'une perte d'argent.

Non pas que cela l'aurait gêné. Il en avait plein.

Mais Isaac était Isaac. Fier, entêté, magnifique et tout à fait étonnant. Ce n'était pas à propos de perdre de l'argent. C'était à propos de prouver son indépendance.

Il se leva et tira doucement sur le harnais de Brady. Je me dirigeai vers lui et pris sa main libre.

— Tu vas bien ? lui demandai-je doucement.

Il hocha la tête

— Ouais.

— Nous reviendrons demain, d'accord ?

— Bien sûr.

Après que nous ayons dit au revoir et que nous ayons rejoint la voiture, je lui dis :

— Je sais que tu voulais rester, mais Hannah avait besoin de nourrir la petite Ada, puis d'essayer de se reposer un peu. Je pensais que comme elle allait l'allaiter, elle ne voudrait pas d'un public. Elle avait vraiment l'air fatigué.

— Ouais, je suppose, dit-il.

Sa déception était palpable.

Je serrai sa main.

— Nous reviendrons demain.

Il hocha la tête, et resta silencieux tout au long du chemin, jusqu'à sa maison. C'était évident qu'il était énervé, et le connaissant aussi bien que je le connaissais, je savais qu'il ne fallait pas le pousser.

Il me dirait ce qu'il avait à l'esprit si je lui en laissais le temps.

Il ne me fallut pas attendre longtemps. Nous étions en train de dîner, et après qu'il ait repoussé sa nourriture dans son assiette pendant un bon moment, il posa sa fourchette.

— Peux-tu me la décrire ?

La décrire ?

— Ada ?

Il hocha tristement la tête.

Oh, Isaac !

— Je ne l'ai pas très bien vue, lui répondis-je honnêtement. Elle était plus un amas de couvertures qu'un bébé. Mais elle a des cheveux foncés, une peau pâle et un joli petit nez.

Il hocha la tête et soupira.

— Elle sentait délicieusement bon.

— Elle est magnifique. Mais son apparence changera presque tous les jours, lui dis-je. Je te dirai à quoi elle ressemble demain.

Je pensais récolter au moins un sourire, mais non. Je ramassai nos assiettes et les déposai dans l'évier et, lorsqu'il ne me suivit pas, je revins vers lui et pris sa main, l'aidant à se remettre sur ses pieds. Je drapai mes bras autour de lui.

— Isaac, bébé, tu vas bien ?

Il haussa les épaules.

— Isaac ?

Il soupira contre mon torse.

— Je suis aveugle depuis plus de dix-neuf ans...

— Et ?

— Je veux dire, j'ai toujours souhaité recouvrer la vue, mais il y a seulement eu que quelques fois où j'aurais été prêt à tuer pour être en mesure de voir.

Oh, Isaac !

Je serrai mes bras autour de lui et embrassai sa tempe.

— Et aujourd'hui était un de ces jours.

Ce n'était pas une question.

Il hocha la tête contre moi avant de répondre d'une voix calme.

— Rien qu'une fois, tu sais ? Si je pouvais la voir, rien qu'une seule fois...

Je ne savais pas quoi dire pour qu'il se sente mieux à propos de lui-même, pour remédier à cela, je ne fis que le tenir. Pendant très longtemps, nous restâmes dans la cuisine, nos bras entourant l'autre. Enfin, je l'emmenai au lit, où, au lieu de faire l'amour, j'enveloppai mes bras autour de lui à nouveau, embrassai ses lèvres, puis ses yeux fermés et lui dis juste qu'il était parfait.

Je savais qu'il ne me croyait pas. Quand je lui disais qu'il était parfait, ou que je disais qu'il était superbe, il ne me croyait jamais.

— Qu'est-ce que ça te coûterait de me croire quand je te dis ça ?

Se blottissant dans mes bras, il enfouit son nez dans mon cou. Il ne répondit jamais.

L'APRÈS-MIDI SUIVANT, après avoir fait mes habituelles visites à domicile du jeudi, j'achetai quelques fleurs pour Isaac. Il m'avait bien fait prendre conscience que je ne lui avais jamais offert de fleurs, si bien que je m'arrêtai chez un fleuriste sur mon chemin pour aller chez lui, avec l'espoir qu'elles lui remonteraient le moral.

— Je cherche des fleurs pour quelqu'un de spécial, dis-je à la dame qui se tenait derrière le comptoir de service.

— Ah !

Elle sourit, en connaissance de cause.

— Les roses rouges sont spéciales.

— Sentent-elles bon ? demandai-je.

— Eh bien, la plupart des fleurs de nos jours sont dépollinisées au préalable, me répondit-elle, afin de ne pas tacher, ce qui signifie également qu'elles ne sentent pas aussi bon.

— Eh bien, ça ne compte pas vraiment à quoi elles ressemblent, lui dis-je. Mais elles doivent sentir merveilleusement bon.

Elle contourna le comptoir et me fit signe de la suivre vers un coin particulier.

— Celles-ci sentent divinement bon, dit-elle, levant un bouquet à son nez et l'inhalant profondément. Mais elles sont chères.

Évidemment, qu'elles l'étaient.

— Je vais les prendre.

— Voulez-vous savoir de quel genre elles sont ?

Je haussai les épaules.

— Cela importe peu.

Elle m'adressa un regard étrange, m'emmena vers le comptoir et enregistra la vente.

Je lui tendis ma carte de crédit et elle me sourit.

— Elle doit être spéciale.

Je souris.

— Oui, il l'est.

Cela prit une seconde pour que mes paroles l'atteignent, mais je n'attendais pas de réponse. Je repris ma carte, les fleurs, la remerciai tout en me dirigeant vers la porte.

Je souris pendant le reste du chemin jusqu'à la maison d'Isaac, impatient de lui offrir son premier bouquet de fleurs.

Mais mon sourire mourut quand j'arrivai dans son allée, parce que, garées devant l'entrée principale, se trouvaient deux voitures de police. Une des voitures avait le gyrophare bleu d'allumé, l'autre non, la porte d'entrée de la maison était ouverte avec quelqu'un en combinaison blanche qui recouvrait tout de poussière pour relever des empreintes.

Avec le cœur au bord de mes lèvres, j'attrapai le stupide bouquet de fleurs sur le siège avant, sautai hors de la Jeep et me mis à courir vers la maison.

CHAPITRE DEUX

— ISAAC !

Je me précipitai dans la maison, ignorant l'homme qui cherchait des empreintes sur la porte d'entrée.

— Isaac ?

— Carter ?

Sa voix venait du salon.

— Je suis ici.

Il était sur le canapé, et il tourna son visage vers moi. Brady était assis sur le sol, entre ses jambes, et les mains d'Isaac étaient crispées sur son collier. Un gars à l'allure officielle, mais pas en uniforme, était assis à côté de lui, mais se leva pour venir à ma rencontre.

Il baissa les yeux vers les fleurs dans ma main, puis les remonta vers mon visage.

— Inspecteur Zinberg, se présenta-t-il.

— Carter Reece, répondis-je, distraitement.

Je regardai Isaac.

— Que s'est-il passé ?

Isaac ne répondit pas, si bien que je me retournai vers l'inspecteur.

— Que s'est-il passé ?

Il me sourit et de nouveau, regarda ma main.

Je suivis son regard et vers ce putain de bouquet stupide. Je le levai.

— J'ai acheté ça.

Puis je m'assis à côté d'Isaac et pris sa main. Je réalisai alors, qu'il ne portait pas ses lunettes de soleil. Ses yeux étaient fermés. Je savais combien il détestait ne pas porter ses verres devant les autres.

— Isaac, s'il te plaît, peux-tu me dire ce qui s'est passé ? Comment vas-tu ? Brady va-t-il bien ? Que s'est-il passé ?

L'inspecteur Zinberg se racla la gorge.

— Monsieur Reece ?

— C'est docteur, le corrigeai-je automatiquement. Docteur Reece. Je suis vétérinaire.

— Très bien, *Docteur* Reece, reprit-il. Puis-je vous demander ce que vous faites ici ?

Je redressai brusquement la tête.

— Quoi ?

— Que faites-vous ici ?

— Je venais chercher Isaac pour l'emmener voir sa sœur, répondis-je, un peu hébété. Elle vient juste d'avoir un bébé.

— C'est mon petit ami, ajouta catégoriquement Isaac.

L'inspecteur hocha pensivement la tête, son expression n'exprimant pas grand-chose, mais il écrivait quelque chose sur son carnet. Je n'avais même pas remarqué qu'il en avait un. Mon esprit avait du mal à se concentrer.

— Quelqu'un peut-il, s'il vous plaît, me dire ce qui s'est passé ?

L'inspecteur Zinberg me regarda fixement.

— Il y a eu une effraction de domicile...

— Une quoi ? le coupai-je en me tournant vers Isaac.

Mon sang se glaça.

— Seigneur, Isaac ! Est-ce que tu vas bien ?

— Je vais bien, répondit-il sèchement. Ça va prendre deux fois plus longtemps si tu continues à faire tout répéter à l'inspecteur.

Je clignai des yeux encore et encore, essayant toujours d'enregistrer ce qui s'était passé. Je ne pouvais pas le croire. Une effraction de domicile. Seigneur, merde !

— Isaac...

— Carter, je vais bien, me coupa-t-il. Inspecteur, s'il vous plaît, continuez. J'aimerais en terminer avec ça.

Le flic me regarda, puis revint sur Isaac.

— Laissez-moi récapituler. Donc, vous êtes descendu du bus et vous pensiez être suivi.

Mon estomac se retourna.

— Mais vous êtes rentré chez vous, c'est ça ?

— Oui.

— Et vous avez été poussé par-derrière ?

Oh putain ! Non !

Isaac hocha la tête. Sa voix était calme.

— Oui.

— Dites-moi ce qui s'est passé à partir de là.

J'essayai d'écouter, essayai de compter jusqu'à dix dans ma tête avant que je perde tout contrôle, tentant de ne pas être physiquement malade.

— J'ai déverrouillé la porte d'entrée et suis entré avec Brady, mais avant que je puisse la refermer, j'ai été poussé dans le dos.

Isaac parlait calmement, tenant ma main dans l'une des siennes, et le collier de Brady de l'autre.

— Je suis tombé dans l'entrée et me suis assis contre le mur avec Brady.

Oh, Seigneur !

L'inspecteur le pressa.

— Vous a-t-il parlé ?

Isaac se racla la gorge.

— Il m'a dit que si je savais ce qui était bon pour moi, je devais rester là où j'étais.

Puis il se corrigea.

— Ses mots étaient : « si vous savez ce qui est bon pour vous, l'aveugle, vous allez rester là et tenir votre putain de chien en laisse ».

Je posai les fleurs sur le canapé à côté de moi et pinçai le pont de mon nez au point de me faire mal avec ma main libre.

— Votre chien... commença l'inspecteur Zinberg.

— Brady, le corrigea Isaac. Il s'appelle Brady.

Il hocha la tête.

— Brady est resté avec vous ?

— Bien entendu ! répondit Isaac. Je le tenais. Je ne voulais pas qu'il soit blessé ou qu'il reçoive un coup de pied.

Je grognai. L'imaginant recroquevillé sur le sol, agrippant Brady.

— Merde !

L'inspecteur Zinberg m'adressa un sourire de sympathie, avant de revenir vers Isaac.

— Monsieur Brannigan, combien de temps pensez-vous qu'il soit resté dans la maison ?

— J'ai eu l'impression que cela a duré une heure, dit-il, mais c'était probablement cinq minutes.

— Savez-vous s'il a pris quelque chose ?

— Ce n'est pas comme si je pouvais jeter un coup d'œil pour l'instant, n'est-ce pas ? lui asséna Isaac.

Je serrai sa main.

— Je pourrais peut-être être en mesure de vous aider, offris-je. Pour voir s'il manque quelque chose au premier coup d'œil.

L'inspecteur hocha la tête.

— Ouais, ça aiderait.

— Il a pris mes lunettes de soleil, dit doucement Isaac. Quand il est parti.

— Pendant que vous étiez assis par terre ? demanda l'inspecteur. Alors qu'il partait ?

— Oui.

Mon estomac fit un nœud et je ravalai à la fois de la bile et un cri.

— Il a touché ton visage ? demandai-je, essayant de paraître calme, mais d'une voix rauque.

— Il me les a arrachées, clarifia-t-il.

Il paraissait si vulnérable, comme si ses faiblesses étaient exposées. Cela ne ressemblait tellement *pas* à mon Isaac. Je détestai le voir comme ça.

L'inspecteur prenait des notes sur son carnet, puis il ajouta :

— Nous pourrons prendre des images à partir du bus, mais rien ne dit que le coupable est descendu du bus avec Monsieur Brannigan, ni qu'il l'attendait là. Et sans une description physique...

Le visage d'Isaac se releva brusquement, se tournant dans la direction de la voix de l'Inspecteur. Son humeur passa de vulnérable à énervée en une fraction de seconde.

— Alors, posez-moi des questions plus pertinentes, Inspecteur. Non, je ne peux pas voir, mais Seigneur, je ne suis foutrement pas inutile !

Ce qui fit changer l'expression sur le visage de l'inspecteur.

— Je n'ai jamais supposé que vous étiez inutile, Monsieur Brannigan.

Je serrai sa main, mais sa colère était justifiée, considérant ce qu'il venait juste de subir, puis du fait que l'agent lui avait indiqué que sa déclaration était sans valeur sans une description visuelle.

— Ouais, bien sûr ! se moqua Isaac, avec incrédulité. Je suis peut-être aveugle, mais je peux donner des descriptions.

— Comme quoi ?

— Il portait des bottes de randonnée, le genre avec une semelle dure. Carter en a une paire comme ça. Elles avaient le même son. Il a parlé avec une inflexion dans sa voix, suggérant qu'il était de l'Upper East Side. Cela ne ressemblait pas à un voyou des rues. Je dirais même que, vu la façon dont il a parlé, qu'il a fait des études. Et il avait une odeur de tabac à rouler et un parfum de vin de qualité.

Malgré tout, je souris fièrement à Isaac. L'inspecteur Zinberg cligna des yeux de surprise, mais prit consciencieusement des notes.

— Docteur Reece, vos bottes de randonnée ? Où sont-elles ?

— Euh...

J'essayai de réfléchir.

— Hmm... chez moi, je pense. Quand était la dernière fois que nous en avons fait une ? demandai-je à Isaac.

Seigneur, mon esprit ne pouvait pas se focaliser.

— Non, attendez, elles sont ici, dans le garage, dis-je, en me souvenant. Elles étaient trop boueuses pour les porter à l'intérieur, si bien que je les ai laissées dans le garage.

— Ici ? demanda l'inspecteur.

— Oui.

Il releva les yeux et appela un autre officier qui était quelque part dans la maison, lui demandant de trouver mes bottes dans le garage et de les empaqueter.

— Les empaqueter ? demandai-je. Pour quoi faire ?

— C'est juste le protocole d'usage.

Je ne pouvais pas le croire.

— Croyez-vous que j'ai quelque chose à voir avec ceci ?

— Inspecteur Zinberg, siffla Isaac. Si vous sous-entendez que Carter était l'homme qui est venu ici aujourd'hui, vous faites erreur.

Hein ?

— Non, Isaac, dis-je, secouant la tête. Je suis certain qu'il ne voulait pas dire ça.

Isaac serra ma main et avant même que l'inspecteur puisse répondre, il reprit :

— J'ai dit que c'était le même genre de chaussures, pas la même démarche. Je ne peux pas voir, mais je peux vous dire que l'homme qui était là plus tôt, marchait différemment. Ses pas étaient plus lourds, un peu décalés, comme s'il boitait. Et Brady a grogné tout le temps. Il n'aurait jamais fait ça à Carter.

Il caressa distraitement le cou du chien.

— Et il avait une odeur différente. Il sentait le tabac froid et la sueur. Carter ne sent pas du tout comme ça.

L'inspecteur le dévisageait avec incrédulité.

— Vous reconnaissez les gens d'après leur *odeur* ?

Isaac fronça les sourcils.

— Oui, bien sûr ! Vous seriez surpris de voir combien les autres sens se développent.

Il haussa les épaules.

— Combien vous sentez le café et l'après-rasage bon marché.

Je tirai sur sa main.

— Isaac...

Sa seule réponse fut de redresser son menton, juste un peu.

— Ma fille m'a offert cet après-rasage, admit l'inspecteur Zinberg, essayant d'alléger l'atmosphère, je pense.

— Je vous suggère de lui dire de laisser tomber, ajouta Isaac.

— Très bien, Isaac, dis-je doucement. Ça suffit.

J'adressai une grimace d'excuses à l'agent un peu estomaqué.

Zinberg me sourit.

— Docteur Reece, nous pourrions peut-être faire le tour pour jeter un coup d'œil et voir s'il manque quelque chose ?

Il hocha ostensiblement la tête vers la porte.

— Certainement.

Je serrai la main d'Isaac, embrassai sa joue et lui indiquai que je ne serais pas loin.

Avant de me lever, je me penchai vers lui pour murmurer à son oreille.

— Veux-tu mes lunettes de soleil ? Elles sont dans la voiture. Je peux aller te les chercher.

Il secoua la tête.

— Je vais bien. Merci.

Je serrai sa main.

— Je sais que tu préfères en porter.

— Je vais bien.

Je laissai tomber, sachant que cela ne ferait que l'irriter davantage. C'était parfaitement évident qu'il n'allait pas bien du tout.

Je suivis Zinberg dans l'entrée. Je parlai doucement, ne sachant pas si Isaac pouvait entendre, ou s'il était trop distrait.

— Isaac a tendance à s'en prendre à son entourage quand il est contrarié, dis-je, en guise d'excuses.

— Pas étonnant avec ce qu'il a vécu, c'est une véritable épreuve.

Je hochai la tête et le regardai, alors qu'il était toujours assis sur le canapé. Il serrait toujours le collier de Brady et était pâle.

Je revins vers l'agent.

— Inspecteur, comment est-ce arrivé ?

— Monsieur Brannigan a déclaré qu'il avait pris le bus tous les jours depuis deux semaines ?

— Oui, il refuse de me laisser le conduire, répondis-je. Il est très têtu.

— Je veux bien vous croire, dit l'inspecteur avec un sourire. Je ne pense pas me tromper en disant que le gars en question a probablement remarqué l'homme aveugle, tout seul, l'a surveillé pendant quelques jours afin de noter sa routine, faisant de lui une cible facile.

Merde !

— Que faisons-nous maintenant ?

— Eh bien, nous relevons les empreintes digitales, allons réclamer les films des caméras de surveillance du bus, parler aux éventuels témoins, répondit-il, d'une manière plutôt formelle. Mais nous devons tout d'abord confirmer s'il y a eu des choses qui ont été volées.

— Très bien, acquiesçai-je. Par où voulez-vous que je commence ?

— Nous pouvons commencer par le grand bureau, dit l'inspecteur Zinberg, jetant un coup d'œil dans la pièce à la droite de l'entrée, celle qu'Isaac n'utilisait pratiquement jamais.

C'était une grande salle avec une partie salon et un grand bureau en bois, d'apparence antique. Les tiroirs étaient ouverts et un policier recherchait des empreintes.

Puis les chambres, deux salles de bain, la véranda et enfin, nous revînmes vers le salon où Isaac était toujours assis. D'après ce que j'avais pu voir, il n'y avait que les choses les plus petites, celles qui pouvaient tenir dans des poches ou rangées dans un sac à dos comme ses lunettes hors de prix, son iPod et son ordinateur portable qui avaient disparus.

— Le genre de choses qui peuvent aisément être mises en gage ou vendues, avait expliqué l'inspecteur Zinberg. Les placards de la salle de bain ont été saccagés, car il devait rechercher toutes sortes de médicaments délivrés sur ordonnance. On dirait qu'il recherchait uniquement ce qui pouvait avoir une valeur quelconque dans la rue.

— Cela ne devrait pas être trop difficile de trouver un gars essayant de mettre un gage un ordinateur portable avec un lecteur d'écran et un clavier en Braille, sans doute ? demandai-je.

— Inspecteur ?

La voix calme d'Isaac nous interrompit.

— Oui, Monsieur Brannigan ?

— J'ai repensé à tout ce qui s'était passé dans ma tête. J'ai essayé de comprendre un son qu'il a fait, dit-il, tenant toujours Brady. C'était un cliquètement métallique. Je l'ai entendu deux fois. J'ai pensé tout d'abord, qu'il avait ouvert une fenêtre.

Je me tournai vers l'inspecteur à qui l'un des officiers en uniforme avait confirmé que les fenêtres de la chambre à coucher et de la véranda étaient en effet déverrouillées.

— Pourquoi ferait-il cela ? demandai-je.

Bien que je sois pratiquement certain de connaître la réponse.

Zinberg me regarda.

— Cela suggère qu'il a l'intention de revenir, me dit-il, avec sérieux.

Oh, merde !

Isaac prit une profonde inspiration et je m'assis rapidement à côté de lui, prenant sa main.

— Tu viens chez moi, ce soir.

Il secoua la tête, prenant un air de défi.

— Je ne vais pas m'enfuir de ma propre maison.

— Alors, je resterai ici avec toi, répondis-je.

— Carter, je vais bien, dit-il. L'alarme sera activée.

— Je m'en moque, Isaac, rétorquai-je carrément. Tu ne restes pas ici, ce soir, tout seul.

Il crispa sa mâchoire.

— Je n'ai pas besoin d'une baby-sitter.

— Je ne suis pas là pour ça, répondis-je, essayant de garder mon calme. Mais il n'est pas question que tu sois ici, tout seul, et que ce connard revienne.

Isaac prit une profonde inspiration et parla à travers ses dents serrées.

— Je ne *veux* pas que tu restes ici.

Son système de défense habituel de dire des choses délibérément blessantes n'avait plus beaucoup d'effet pour moi, désormais. Je n'allais pas céder. Pas cette fois.

— Alors, je vais rester pour garder un œil sur Brady. En tant que son vétérinaire, et d'après mon opinion professionnelle, il a besoin d'une nuit d'observation. Il a vécu une sorte de traumatisme aujourd'hui.

Isaac ouvrit et referma sa bouche à plusieurs reprises.

— Tu ne vas pas abandonner, hein ?

— Pas cette fois.

— Peu importe, Carter. Je n'ai pas envie d'argumenter. Tu peux prendre la chambre d'amis.

Puis il ajouta :

— Et tu peux arrêter de sourire comme un idiot. Tu n'as pas gagné cette manche.

— Je ne souris pas.

Isaac grogna.

— Tu ne saurais pas mentir même si ta vie en dépendait.

— Je vais rentrer à la maison, dis-je en souriant, chercher Missy et prendre quelques vêtements, puis je reviens tout de suite. Je serai là dans quinze minutes. La police ne part pas tant que je ne suis pas de retour.

Je regardai l'Inspecteur Zinberg et il m'adressa un clin d'œil.

Et, fidèle à ma parole, quinze minutes plus tard, je me dirigeai vers la maison d'Isaac, alors que l'inspecteur s'en allait. La première voiture de patrouille avait déjà disparu, mais l'agent avait attendu mon retour pour partir.

Ce fut seulement quand ma chienne, Missy, bondit vers l'endroit où ils étaient toujours assis sur le canapé, qu'Isaac lâcha Brady. Il se leva lentement et je glissai un bras autour de sa taille.

— Hey, je t'avais dit que je ne serais pas long.

Zinberg nous fit ses adieux avec la promesse de rester en contact s'il y avait une évolution de la situation ou s'il avait d'autres questions. Il me donna sa carte, nous disant de l'appeler n'importe quand et il partit. Je fermai la porte derrière lui, réglai l'alarme de sécurité, et me retournai vers Isaac.

Je l'embrassai sur la joue.

— Tu vas bien ?

Il hocha la tête.

— Nous devons appeler Hannah.

— Zut ! Vraiment ? Je ne veux pas avoir cette conversation avec elle, dit-il. Elle va se rendre malade d'inquiétude et elle vient juste d'avoir la petite Ada. Elle est toujours à l'hôpital.

Je pris son visage entre mes mains et l'embrassai chastement.

— Veux-tu prendre une douche et je l'appelle pour lui dire ce qui s'est passé ? offris-je, sachant qu'une douche brûlante le ferait aller bien mieux. Ainsi, quand tu l'appelleras à ton tour, elle aura eu le temps de se calmer un peu.

Après une courte pause, il m'adressa un petit clin d'œil.

— D'accord.

Je rangeai un peu la salle de bain – la police n'essayant pas franchement d'être propre quand elle relevait des empreintes digitales, ayant laissé de la poudre partout et sur tout – et une fois que l'eau coulait, je téléphonai à sa sœur.

Ce ne fut pas un coup de téléphone facile à donner.

Il y eut un silence choqué, puis elle cria, et elle pleura, me disant qu'elle pouvait quitter l'hôpital n'importe quand, qu'elle serait là dans une demi-heure. Je lui dis qu'Isaac était énervé, mais en sécurité.

À la fin, je demandai à parler à Carlos, lui disant de calmer Hannah et de venir ici demain. Je lui demandai de lui dire qu'Isaac l'appellerait plus tard dans la soirée, et qu'il était, en plus de tout de reste, réellement énervé, lui rappelant qu'Hannah avait donné naissance deux jours plus tôt, qu'ils étaient tous les deux beaucoup trop émotifs et que, vraiment, vraiment, cela risquait de très mal se terminer.

Je lui suggérai que, peut-être demain, après qu'Hannah lui aurait reproché de s'être comporté comme un gamin entêté pour ne pas m'avoir autorisé à le conduire au travail, il aurait eu une nuit de repos pour digérer. Carlos en convint.

— Elles vont sortir de l'hôpital dans la matinée, dit-il. Nous viendrons dès qu'Ada aura terminé son déjeuner.

Je le remerciai, et raccrochai. Au moment où Isaac entrait dans le salon, j'avais pris un chiffon humide et un spray de nettoyage pour essayer de nettoyer les résidus de poudre accumulés sur le rebord de la fenêtre.

— Es-tu en train de nettoyer ? demanda Isaac.

Son sens de l'odorat était pratiquement aussi bon que son ouïe.

— Ouais, cette poussière noire que la police a utilisée partout, répondis-je.

— Oh !

— Ça ne va pas me prendre longtemps, le rassurai-je. J'ai commandé à dîner. Chinois.

Il hocha la tête, s'asseyant sur le canapé. Il était vêtu de son bas de pyjama et d'un vieux tee-shirt. Il était calme et maussade. Je pouvais voir sa colère frustrée juste sous la surface. Je le connaissais, ainsi que chaque facette de ses humeurs qu'il pouvait me montrer. Certes, ses sautes d'humeur, en particulier son tempérament, avaient relativement bien évoluées ces six derniers mois. Mais j'y étais habitué.

Je savais qu'il s'en prenait à ceux qui étaient les plus proches de lui. En fait, peu importe qui se trouvait là lors de ces moments particuliers, il pouvait arriver à sortir la chose à ne pas dire. Et le silence menaçant était généralement directement proportionnel à la taille de la tempête de colère qui était sur le point de s'abattre.

Pendant deux heures entières, il ne prononça pas un mot. Si je lui demandais quelque chose, il me répondait soit par un haussement d'épaules, soit il m'ignorait totalement. Il eut une très brève conversation téléphonique avec Hannah qui ne fit qu'assombrir son humeur, puis je décidai de mettre les pieds dans le plat après le dîner. Il n'avait pas mangé une seule bouchée, se contentant juste de pousser sa nourriture dans son assiette avec sa fourchette avant de repousser le tout et de se mettre debout.

— Isaac, s'il te plaît. Parle-moi.

Et il céda.

— Ne me dis pas quoi faire, Carter ! dit-il d'une voix forte. J'ai dit que j'allais bien et je le pense.

Mais il n'allait pas bien. C'était plus qu'évident.

— Isaac, tu ne vas bien.

— Voilà pourquoi je ne voulais pas de toi ici ! me cria-t-il. Tu essaies de me dire ce que je ressens maintenant ? Seigneur, Carter, voilà pourquoi je ne veux pas que tu emménages ! As-tu compris maintenant ? Était-ce ce que tu voulais savoir ? me cracha-t-il. Pourquoi je ne veux pas de toi ici tout le temps ? Parce que je ne peux pas supporter d'avoir des gens qui me disent ce que je peux ou ne peux pas faire et ce que je ressens !

Je clignai des yeux, choqué par son explosion. Cela faisait un bon moment qu'il ne s'était pas lâché sur moi comme ça, et peu importe combien il était en colère, ses reproches dirigés contre moi me firent mal.

Il alla s'enfermer dans sa chambre, claquant la porte derrière lui, pendant que je restais assis au comptoir de la cuisine, clignant des yeux, regardant l'endroit où il s'était tenu.

Bien que cela fasse un bon moment depuis que je n'avais pas vu une telle saute d'humeur, j'y étais habitué. Il ne sortit pas de sa chambre. Je n'entendis pas un bruit venant de lui pendant les heures suivantes. Après avoir vérifié que toutes les fenêtres et les portes étaient correctement verrouillées et l'alarme enclenchée, je finis par m'endormir dans la chambre d'amis. Pour être réveillé seulement deux heures plus tard par les cris d'Isaac.

CHAPITRE TROIS

— CARTER !

Sa voix aiguë transperça le silence.

— Carter !

Je me précipitai hors du lit et courus dans sa chambre, dans un état de demi-somnolence. Mon cœur martelait ma poitrine ou bien il avait totalement cessé de battre, je ne savais pas. Je ne savais pas à quoi m'attendre, ni s'il y avait quelqu'un dans sa chambre, s'il était blessé ni si quelqu'un était sur le point de me sauter dessus pour m'attaquer.

— Isaac ! dis-je, ouvrant la porte à la volée et appuyant sur l'interrupteur.

Mes yeux s'ajustèrent à la brusque lumière. Il était assis au milieu de son lit, serrant le drap emmêlé autour de sa taille.

— Isaac, je suis là. As-tu entendu quelque chose ? Es-tu blessé ?

Il secoua la tête et un petit sanglot lui échappa.

— Non.

Je m'avançai vers lui, m'agenouillai à côté du lit et touchai sa main.

— Hey ! dis-je doucement.

Sa main agrippa la mienne, la serra et sa voix ne fut qu'un murmure.

—... Peur.

Oh, Isaac !

Je m'assis rapidement à côté de lui et l'entourai d'un bras. Je nous fis rouler afin que nous soyons allongés. Je remontai le drap sur nous, puis la couverture et le pris dans mes bras, pendant qu'il blottissait son visage dans mon cou.

Il commença à pleurer.

— N'aie pas peur, murmurai-je contre son oreille. Je te tiens, bébé.

— Je suis si stupide, dit-il entre deux reniflements.

— Chhhh... dis-je, essayant de l'apaiser. Tu n'es pas stupide.

— Pourquoi dois-je toujours te repousser quand j'ai le plus besoin de toi ? demanda-t-il. Pourquoi restes-tu avec moi ?

— Parce que je t'aime.

Il pleura plus fort.

— Je te traite comme de la merde.

Je ne pus m'empêcher de rire.

— Pas tout le temps.

Il renifla.

— J'ai été horrible avec toi, ce soir. Je suis désolé.

J'embrassai sa tempe.

— Tu as eu une horrible journée.

Il hocha la tête contre mon cou avec une nouvelle vague de larmes.

— Isaac ?

Je le couvris doucement.

— As-tu fait un mauvais rêve ?

Il hocha de nouveau la tête.

— Dans mon rêve... il revenait et tu n'étais pas là.

Sa voix était un peu étouffée contre mon cou.

— Tu étais parti parce que je t'avais dit de le faire. Et il a blessé Brady.

Je remontai la couverture sur son épaule et le blottis plus près de moi.

— Ce n'était qu'un rêve. Tu vas bien, et Brady aussi.

— Peux-tu aller vérifier pour moi ?

Je souris et embrassai son front.

— Bien sûr.

Repoussant les couvertures, je me dirigeai vers la cuisine, passant par la véranda. Brady et Missy étaient dans leurs niches, réveillés, sans aucun doute par les cris d'Isaac. Les deux chiens relevèrent la tête vers moi tandis que j'entrais dans la pièce. Vérifiant que Brady était en sécurité et qu'il allait bien, je me faufilai dans le lit, auprès d'Isaac.

— Il va bien, le rassurai-je. Il dort auprès de Missy.

Il sembla soupirer de soulagement et rapidement, se blottit contre mon côté. Utilisant mon bras en guise d'oreiller, il glissa le sien autour de ma taille et enfouit son visage dans mon cou. Je traçai des cercles sur son dos et sa respiration s'approfondit.

En dépit des circonstances, je souris. Il n'y avait pas si longtemps, il était tellement distant vis-à-vis de son chien-guide, Brady. Il l'aimait, il l'avait toujours aimé. Mais il hésitait à le reconnaître, faisant une faible tentative pour se protéger, afin de ne pas avoir le cœur brisé lorsque le temps de Brady arriverait à sa fin et qu'il mourrait. Il avait perdu deux autres chiens-guide depuis qu'il était devenu aveugle à l'âge de huit ans et la dernière fois, avec sa Rosie bien-aimée, cela lui avait pratiquement brisé le cœur.

Au cours des six derniers mois, il était devenu beaucoup plus proche de Brady. Et aujourd'hui en était la preuve. La manière dont il s'était agrippé à lui, le protégeant de l'intrus, puis la façon dont il l'avait tenu par le collier, voulant être proche de lui, pendant une grande partie de l'après-midi. Mais maintenant, même avec son rêve, son inquiétude concernait Brady.

Pensant qu'il dormait, j'embrassai de nouveau son front.

Il soupira.

— Je suis désolé de t'avoir fait dormir dans la chambre d'amis.

Je me mis à rire.

— Tu es pardonné. Ne me refais plus jamais ce coup-là. Ma place est ici, avec toi.

Il hocha la tête contre mon cou, mais ne dit rien. Sa respiration s'aplanit bientôt et il s'endormit.

J'en fis de même, me demandant ce que les évènements d'aujourd'hui allaient signifier pour Isaac, pour son indépendance, pour sa confiance en lui. Égoïstement, je me demandai également ce que cela allait signifier pour moi. Je me demandai combien de temps encore il allait me repousser, s'il allait continuer à me blesser avec ses paroles, avec son tempérament.

Je me réveillai seul.

JE TRAVERSAI LE SALON, me dirigeant vers la cuisine. Enfin, vers la machine à café pour être exact. Isaac était assis sur le canapé, écrivant quelque chose dans son punch-pad avec son poinçon pour le Braille. Le terme technique était une ardoise, ou quelque chose comme ça, mais comme il glissait un papier dedans, puis utilisait le stylet en forme de poire pour percer des trous en Braille dedans, je l'avais depuis longtemps surnommée son punch-pad.

Il m'entendit arriver.

— La machine à café est en route.

J'embrassai son front en passant devant lui.

— Merci. Tu en veux un ?

— Hmm... Bien sûr.

Alors, avec deux tasses de café en main, je m'assis à côté de lui.

— Quelle sorte de liste fais-tu ?

Il posa son punch-pad et je lui tendis son café.

— Oh, juste quelques trucs que je dois faire aujourd'hui.

Je m'assis à côté de lui, repliai ma jambe sous moi et posai ma main libre sur le haut de sa cuisse.

— Comme quoi ?

— Appeler ma compagnie d'assurance, ma banque, changer les codes PIN et mes mots de passe, acheter un nouvel ordinateur portable, de nouvelles lunettes.

Je frottai sa cuisse.

— Préparer le petit déjeuner à ton petit copain fantastique.

Il sourit tout en sirotant son café.

— Je suis sûr que ce n'est pas sur ma liste.

— Ça devrait.

— Tu ne travailles pas aujourd'hui ?

Ce n'était pas inhabituel pour moi de travailler quelques samedis.

— Non, pas ce week-end. Je suis tout à toi.

— Hannah a dit qu'elle serait là après le déjeuner, me rappela-t-il. Donc, si c'est d'accord avec toi, j'aimerais faire tout ce que je peux durant la matinée.

— Bien sûr, pas de problème, répondis-je. À une condition.

Il secoua la tête et essaya de ne pas sourire.

— Quoi ?

— Nous gagnerons du temps et économiserons de l'eau en prenant notre douche ensemble.

PARFOIS, j'aimerais juste cogner certaines personnes. Et c'était un de ces moments. Le vendeur d'ordinateurs au magasin d'électronique était un idiot. Il parlait à Isaac, fort et lentement, comme s'il présumait qu'il était mentalement attardé ou sourd.

Isaac en avait l'habitude. Cela arrivait tout le temps apparemment. Mais même après que soyons ensemble depuis un an, c'était une chose à laquelle je ne m'étais pas habitué.

Cela me rendait furieux au-delà de tout.

Le vendeur regarda Isaac, puis Brady, puis moi.

— Puis-je vous aider ?

Je levai une main.

— Nan, pas moi. Isaac, qu'est-ce que tu cherches ?

Le vendeur sourit, comme s'il y avait là une sorte de plaisanterie.

— Je voudrais un nouvel ordinateur portable, de préférence avec huit gigas de mémoire et un térabit de disque dur. Il doit y avoir des processeurs multi-core et une carte son adaptée pour la synthèse vocale. Mon dernier ordinateur portable avait un processeur Intel 5 et c'était très bien, mais il avait deux ans. Quelle est la dernière version ?

Le vendeur dévisagea Isaac, puis cligna lentement des yeux.

— Hmm...

J'agitai ma main devant son visage, attirant son attention.

— Oh, bien sûr, dit-il, tournant les talons. Nous avons le dernier modèle. Il a l'Intel 7, je pense, mais le Mac a un écran plus grand...

Sa voix s'estompa alors qu'il jetait un coup d'œil vers Isaac, se demandant évidemment s'il aurait dû dire ça ou non.

— Les écrans et les moniteurs ne sont d'aucune utilité pour moi, répondit simplement Isaac. J'ai également besoin d'un disque dur externe et d'un sac de transport en cuir si vous en avez. Je vous remercie.

Le vendeur cligna des yeux, choqué à nouveau, puis me regarda comme si je devais lui donner la permission. Au lieu de ça, je lui adressai un regard signifiant – putain-mais-qu'est-ce-que-tu-attends, et il se précipita vers la réserve.

Je secouai la tête.

— Quel crétin !

Isaac sourit.

— Ce n'est pas de sa faute, c'est un idiot.

Je me mis à rire.

— Quoi qu'il en soit, pourquoi es-tu gentil avec *lui*, mais tu *m'*en fais voir de toutes les couleurs durant toute la journée ?

— Parce que tu n'es *pas* un idiot, répondit-il. Ni un crétin.

— Donc, si j'ai bien compris, plaisantai-je. Tu serais plus gentil avec moi si j'agissais comme un crétin avec toi.

Isaac se mit à rire.

— Je le prendrais en considération.

— Tu es incroyable !

— C'est toi qui le dis...

Je levai les yeux au ciel juste au moment où mon vendeur préféré revenait portant une grande boîte rectangulaire et la posait sur le comptoir des ventes.

— Allez, dis-je posant ma main sur son bras. Ton nouvel ordinateur t'attend.

Malgré le fait de devoir aller au centre-ville de Boston, pour acheter ses nouvelles lunettes, c'était beaucoup plus plaisant.

Je n'avais jamais imaginé que j'irais un jour dans un magasin comme ça. Enfin, pas avec mes revenus. Je veux dire, je gagnais bien ma vie, mais Armani ?

Je me sentis mal habillé et comme faisant partie d'une classe inférieure en entrant à l'intérieur, mais Isaac entra avec simplicité, avec Brady, bien sûr. Un vendeur – jeune, beau, cossu – s'avança droit vers lui, ne le quittant jamais des yeux.

— Bonjour, en quoi puis-je vous être utile ?

Isaac sourit.

— Lunettes de soleil ?

— Par ici, dit-il, nous dirigeant vers une armoire murale lumineuse et remplie de lunettes de soleil. La collection de cet été est incroyable.

— Ma dernière paire était une GA 675, lui dit Isaac.

— Ah ! Très élégantes, répondit le vendeur dont le badge indiquait qu'il s'appelait Michael.

— Je ne peux pas me vanter de les avoir choisies.

Isaac tourna son visage vers moi et sourit.

— Mais on m'a dit qu'elles me convenaient.

Je regardai Michael et haussai les épaules.

— C'est le cas. Enfin, c'était.

Le vendeur me sourit, puis choisit une paire de lunettes sur le mur.

— Eh bien, un bon style ne se démode jamais. Voici les nouvelles 675, juste comme votre ancienne paire.

Isaac avait utilisé mes lunettes de soleil aujourd'hui, si bien que je m'avançai vers lui.

— Retire tes lunettes afin que nous puissions en essayer les nouvelles.

Isaac retira mes lunettes peu chères et me les tendit et quand Michael lui mit les nouvelles, il vit combien ses yeux étaient bleus. Il me regarda, un peu surpris de voir à quel point ses yeux aveugles étaient magnifiques. Je lui souris.

— Comment me vont-elles ? demanda Isaac, nous faisant face, portant les lunettes de soleil.

Je souris.

— Parfaites !

Il suivit doucement le contour de la monture du bout de son doigt.

— Elles semblent être identiques.

Je ne pouvais pas le nier. Il avait l'air sexy.

— En fait, je dirais plutôt qu'elles ont l'air mieux que ta dernière paire.

Michael se racla doucement la gorge, interrompant ce petit moment entre nous. Il agita ses sourcils finement épilés.

— Puis-je vous les reprendre ou désirez-vous les porter dès maintenant ?

— Je vais les porter maintenant, mais si vous pouviez retirer les étiquettes, dit Isaac en lui tendant les lunettes.

— Carter, veux-tu une chemise ou quelque chose ?

Pfff... Pas vraiment.

— Ah, non. C'est bon pour moi.

— Des lunettes de soleil ?

Je jetai un coup d'œil à mon ancienne paire dans ma main. Je pourrais effectivement les changer pour de nouvelles.

— Euh... Eh bien...

— Ici, dit Michael, prenant une paire sur le mur. Nous allons essayer celles-ci.

Je me tournai vers lui et il posa les lunettes onéreuses sur mon visage.

— Ooh, elles ont l'air très bien sur vous.

Je me regardai dans un miroir.

— Euh... Elles sont un peu grandes. Quelque chose de plus petit ?

Il choisit une autre paire.

— Celles-ci vont accentuer la ligne de votre mâchoire.

Je les essayai et il avait raison. Je devais l'admettre, elles avaient l'air bien.

— Mmm... J'aime celles-ci.

— Elles vous vont très bien, dit Michael. Elles vous font paraître... sexy.

Isaac se racla la gorge.

— Avez-vous fini, tous les deux ? Voulez-vous un peu de temps seuls ?

Michael eut l'air positivement horrifié, comme s'il venait juste de commettre une quelconque erreur professionnelle. Isaac faisait la moue. Je me mis à rire.

— Oui, j'ai terminé.

Michael se précipita vers le comptoir de service avant nous et je pris le bras d'Isaac et suivis le vendeur. Isaac soupira.

— Flirtes-tu toujours avec les vendeurs ?

— Oh, tout le temps ! dis-je d'un ton sarcastique en levant les yeux au ciel.

Je posai mes lunettes sur le comptoir.

— Je vais prendre celles-ci.

— Je vais payer pour elles, dit Isaac.

— Non, tu ne vas pas le faire, dis-je sèchement.

Isaac soupira à nouveau, puis sortit son portefeuille de sa poche arrière, et passa légèrement son doigt sur ses cartes avant de sortir sa carte de crédit. Il la tendit en direction de Michael.

— Les deux paires, s'il vous plaît.

— Isaac... commençai-je.

Il sourit.

— Vas-tu vraiment te disputer avec un aveugle en public ?

À ce stade, Michael avait la bouche béante. Je me mis à rire.

— Depuis quand est-ce que je ne me dispute pas avec toi ?

Je regardai le pauvre vendeur.

— C'est bon, Michael. Il aime ça quand je me dispute avec lui.

Isaac releva son menton, prenant un air de défi.

— Rappelle-moi pourquoi je me suis mis avec toi ?

— Parce que tu m'aimes, répondis-je. Et que je suis bon au lit.

Cette fois, ce fut la bouche d'Isaac qui se mit à béer et il siffla.

— Carter !

Michael sourit alors qu'il terminait la transaction. J'essayai d'ignorer le montant total et notre expédition shopping fut terminée.

Après que nous ayons installé Brady sur la banquette arrière et soyons repartis, Isaac commença.

— Alors, Michael était mignon, non ?

Je ne pus m'empêcher de sourire.

— Oh, oui, admis-je. Pour un gamin de dix-huit ans, qui semblait sortir tout droit de l'école.

— Tu étais très intime avec lui.

— Intime ? répétai-je en m'étranglant. Oh, Seigneur ! Es-tu jaloux ?

Il secoua la tête.

— Jaloux ? Ne me connais-tu donc pas du tout ?

Je souris, mais il avait raison. Je le connaissais. Je le connaissais assez bien même pour savoir que quelque chose n'allait pas. Il essayait trop fort de se montrer drôle. Ses plaisanteries, son sourire, tout était trop forcé. Hier, la violation de domicile... bien qu'il ait dit qu'il allait bien, ce n'était pas le cas.

C'était le problème avec Isaac. Pas du genre à parler ouvertement, il préférait tout garder pour lui, laissait la situation s'envenimer, puis il s'en prenait à ceux qui étaient le plus proches de lui. Il travaillait sur le sujet depuis les six derniers mois, il avait essayé de parler plus ouvertement, mais il pensait que c'était faire preuve de vulnérabilité et c'était quelque chose qu'un aveugle montrait déjà suffisamment.

— Si, je te connais, Isaac, dis-je, tendant la main pour saisir la sienne. Alors, dis-moi ce qui t'a vraiment dérangé avec Michael ?

Il resta silencieux pendant un moment et je pensais qu'il allait simplement m'ignorer, si bien que je changeai de sujet.

— Merci pour les lunettes, soit dit en passant. Tu n'avais pas à me les acheter.

Il était toujours silencieux et quand je détournai les yeux du trafic devant moi, je vis qu'il mordillait sa lèvre inférieure.

— Isaac ?

— Il a dit que les lunettes de soleil allaient accentuer la ligne de ta mâchoire.

— Et ? demandai-je, essayant de comprendre où il voulait en venir. Il a également dit que j'étais sexy, donc il est évident qu'il aurait dit *n'importe quoi* pour faire une vente.

À nouveau, le silence.

Je serrai sa main.

— Isaac, s'il te plaît, parle-moi.

Il déglutit difficilement, essayant manifestement de trouver les mots justes dans sa tête en premier.

— C'est ce genre de commentaires comme ça... pour n'importe qui d'autre, cela ne signifierait rien. Mais il a dit « elles vont accentuer la ligne de votre mâchoire » si cavalièrement.

— Je suis sûr qu'il ne voulait rien dire de particulier par là, Isaac.

— Non, Carter, dit-il en secouant la tête. « *Ooh, elles ont l'air très bien sur vous. Elles vous vont très bien. Elles vous font paraître... sexy* ». Il a *vu* la ligne de ta mâchoire. Il a *vu* qu'elles avaient l'air bien sur toi.

— Isaac, dis-je, posant sa main sur ma joue. Oh, bébé...

Il secoua la tête.

— C'est idiot, je sais. Mais je souhaiterais... juste...

— Ce n'est pas idiot. Rien de ce que tu ressens n'est idiot.

Il haussa les épaules et redevint silencieux. Ce ne fut que lorsque nous fûmes presque arrivés chez lui que je demandai :

— Tu sais qu'Hannah et Carlos seront bientôt chez toi. Devrions-nous prendre quelque chose pour le déjeuner ?

Enfin, il parla.

— Bien sûr.

Quand Hannah arriva, avec Carlos et Ada, désormais âgée de deux jours à la remorque, elle faillit renverser son frère tandis qu'elle courait dans le salon pour le voir. Isaac passa plus d'une heure à passer en détail la journée d'hier et son calvaire. Il devint fou, Hannah fut bouleversée et il la rassura plus d'une centaine de fois, lui disant qu'il allait bien.

Hannah s'excusa à nouveau de se montrer aussi émotive, mais vu qu'elle venait d'avoir un bébé à peine deux jours auparavant, je trouvais qu'elle s'en sortait plutôt bien. Elle se sentait coupable de ne pas avoir pu l'emmener et aller le chercher au travail.

— Mais je serai là à la première heure lundi matin pour t'emmener.

— Non, tu ne le feras pas, dirent Isaac et Carlos à l'unisson.

— Je t'emmènerai, lui dis-je.

— Personne ne va me conduire ! cria Isaac. Je me débrouillerai seul !

— Tu ne vas pas reprendre ce fichu bus, rétorqua sèchement Hannah.

Elle recommençait à s'énerver et Carlos l'exhorta de se calmer.

— Je prendrai un taxi, dit-il d'une voix faible. Je n'ai pas besoin d'une baby-sitter.

Je secouai la tête à cet homme impossible.

— Pourquoi ne veux-tu pas me laisser t'aider ?

Isaac se tourna en direction de ma voix.

— Quoi ?

— Quoique je te dise, peu importe ce que je propose, tu dis non. Pourquoi ça ?

Il se détourna de moi, ce qui était sa manière silencieuse de me dire qu'il n'avait pas l'intention de me répondre.

— Je suis sérieux, Isaac, dis-je pour faire valoir mon point de vue. Je t'ai proposé de te conduire, tu as dit non. Je t'ai proposé d'emménager, tu as dit non.

— Tu as fait quoi ? demanda Hannah, manifestement surprise.

Isaac soupira.

— Carter...

Je dévisageai Hannah.

— Il ne t'a pas dit que je lui avais demandé si je pouvais venir habiter avec lui ? Mais c'était il y a des semaines...

La voix d'Isaac était délibérément lente, son avertissement très clair.

— Carter...

Un silence embarrassé tomba sur nous, jusqu'à ce qu'Hannah me regarde, puis Carlos.

— Puis-je dire un mot à Isaac, s'il vous plaît ?

Je retins un soupir. Je doutais que cela se termine bien.

Carlos regarda le porte-bébé, là où Ada était toujours profondément endormie.

— Carter et moi allons emmener les chiens dans la cour de derrière. Tu n'auras qu'à m'appeler si tu as besoin de moi, ajouta-t-il à l'intention de sa femme, ou si Ada se réveille.

Nous sortîmes dans le jardin, les deux chiens se précipitèrent et se mirent à courir, s'arrêtant pour renifler Dieu seul savait quoi.

— Comment va Hannah ? demandai-je.

— Elle va bien, répondit Carlos. Fatiguée, inquiète à propos d'Isaac. Elle se sent si coupable.

Je hochai la tête.

— Ouais, j'ai pu voir ça.

Carlos était toujours si patient, toujours si compréhensif à propos du lien de sa femme avec son frère. Je me demandai si son besoin inné de protéger Isaac, de courir à son secours pesait lourd sur leur mariage.

— Cela t'embête-t-il ? lui demandai-je. Qu'Hannah semble faire passer Isaac avant tout le monde ?

Carlos sourit.

— Non, pas vraiment. Elle l'adore et elle veille sur lui depuis que je la connais. C'est comme un paquet complet.

— Tu es un saint.

— Presque, dit-il en riant. Je n'ai pas besoin de te dire combien il peut être entêté et parfois, je souhaite qu'il puisse voir à quel point il la blesse.

Je hochai la tête.

— Ouais, je sais.

Carlos me regarda pendant un long moment.

— A-t-il vraiment dit qu'il ne voulait pas que tu emménages avec lui ? demanda-t-il. Je pensais que votre relation devenait plus forte.

Je soupirai.

— Ouais, moi aussi.

— Il est juste effrayé.

— J'ai pensé ça aussi, admis-je. Mais je commence à me demander si ce n'est pas quelque chose d'autre.

— Carlos ? appella Hannah depuis l'intérieur. Peux-tu venir là une seconde ?

Carlos se dirigea vers elle et je le suivis, présumant que leur conversation était terminée. Mais ce n'était pas le cas. Pendant que Carlos prenait soin d'Ada et changeait sa couche, je me retrouvai dans la véranda tandis qu'Hannah et Isaac faisaient une petite pause dans leur discussion plutôt échauffée. Ils ne savaient pas que j'étais là. Je ne voulais pas écouter, j'étais juste figé...

— Tu l'aimes, dit Hannah. Je sais que c'est vrai.

— Bien sûr que je l'aime, répondit Isaac.

— Alors pourquoi ? demanda-t-elle. Pourquoi ne pas le laisser vivre ici avec toi ? Pas de conneries cette fois, Isaac. Je veux la vérité.

Je pense que mon cœur venait juste de s'arrêter. Je

n'étais pas sûr de vouloir entendre sa réponse, mais mes pieds ne semblaient pas vouloir bouger.

La voix d'Isaac était calme.

— Je ne veux pas qu'il voie à quel point je suis aveugle, quel fardeau je suis. S'il vit ici, il verra à quel point j'ai du mal.

— Oh, Isaac, dit Hannah. Vous êtes ensemble depuis plus d'un an ! Il te connaît.

Il répondit si doucement, que j'eus du mal à l'entendre.

— Je veux être normal pour lui.

Je bougeai enfin, mes pieds s'avançant soudain à pleine vitesse. Je devais aller vers lui. Je traversai la cuisine et me dirigeai droit vers lui, dans le salon. Il m'entendit arriver et se tourna vers moi au bruit de mes pas.

— Carter ?

Je pris son visage dans la coupe de mes mains et le pressai contre moi.

— Je veux seulement être avec toi, lui dis-je. Isaac, bébé, je sais que tu es aveugle. Je n'en pense pas moins de toi. Je ne pourrais pas.

Je repoussai son visage et embrassai sa joue.

— C'est même carrément l'opposé pour moi. Plus j'apprends à te connaître, plus je te trouve étonnant.

Il fronça les sourcils.

— Je renverse des choses parfois.

— Moi aussi. Rien que la semaine dernière, j'ai laissé tomber tout un paquet de café sur le sol.

— Je ne veux pas que tu réalises combien c'est difficile d'être avec moi. Quand tu es chez toi, puis que tu viens me rendre visite pour un soir, tu ne vois que des bribes de moi. Tu me mets sur une sorte de piédestal, me disant combien je suis parfait, mais je ne le suis pas.

— Je passe trois ou quatre nuits par semaine ici et

chaque week-end. Que pourrais-je voir que je n'ai pas déjà vu ?

Il fronça les sourcils.

— À quel point je peux être un fardeau.

J'embrassai son front et le pressai à nouveau contre moi.

— Jamais. Isaac, tu es l'homme le plus indépendant, et incroyablement tenace que j'ai jamais rencontré.

Et le plus étonnant.

— Je veux que tu viennes habiter ici, vraiment. J'ai besoin de toi...

— Mais ?

Il soupira.

— Je suis quelqu'un avec qui il est impossible de vivre.

— Je vais tenter ma chance.

— Tu as besoin de te faire examiner la tête.

— Est-ce un oui ?

Il resta silencieux pendant un long moment, puis il hocha la tête.

— Tu promets que tu ne me détesteras pas ?

— Jamais.

— Tu promets que tu ne me quitteras pas ?

— Je te le promets.

J'embrassai sa tempe.

— Tu promets que tu ne me repousseras pas ?

— Promis.

Puis il se reprit.

— Enfin, j'essaierai...

— C'est tout ce que je demande.

— En es-tu sûr ?

— Absolument.

— Carter ?

— Ouais ?

— Viens vivre avec moi.

CHAPITRE QUATRE

HANNAH S'ASSIT avec Carlos pour nourrir Ada, pendant que nous étions assis sur l'autre canapé. Isaac était assis face à moi, une jambe repliée sous lui, me tenant la main, continuant de sourire contre mon épaule. C'était tout à fait adorable.

Même Hannah relevait les yeux de temps en temps pour le regarder et souriait.

— Donc, demanda-t-elle en me regardant. Quand vas-tu emménager ?

— Oh, eh bien, je vais devoir donner mon préavis pour la maison, trouver un endroit pour stocker la plus grande partie de mes affaires, alors peut-être dans deux semaines ?

Isaac se redressa brusquement.

— Deux semaines ?

— Officiellement, dis-je, essayant de ne pas sourire devant sa déception.

Pour quelqu'un qui avait résisté pendant des semaines à cet emménagement, il était manifestement très excité par l'idée.

— Je peux rentrer à la maison et attraper quelques

affaires cet après-midi. Ce soir sera ma première nuit, officiellement.

— Oh, dit Isaac, puis son sourire s'effaça. Tu vas amener toutes tes affaires ici, n'est-ce pas ?

Je me mis à rire devant sa réalisation « oh, merde ! ».

— Non, je vais en mettre la plus grande partie dans un lieu de stockage ou quelque chose comme ça. Ne t'inquiète pas, je ne vais pas réarranger tes meubles ni quoi que ce soit.

Isaac mordilla mon épaule, taquin.

— Pas drôle !

Quand Ada fut nourrie et satisfaite, elle fut rapidement tendue à son oncle abasourdi. Il était tellement surpris par ce petit bébé. Il la tint contre son visage, inhalant profondément cette odeur de nouveau-né qui l'époustouflait. Et à chaque petit grincement ou reniflement d'Ada, Isaac se mettait à sourire.

Donc, pendant qu'Hannah et Carlos étaient toujours là, je rentrai à la maison afin de prendre quelques affaires. Je voulais habiter avec Isaac depuis des mois et maintenant, cela allait enfin arriver. Je n'arrivais pas à me défaire du fait qu'il avait été attaqué la veille dans sa maison et que cela pourrait être une réaction qu'il aurait eue en conséquence. Mais il avait dit qu'il voulait que je vive avec lui, et qu'il le voulait depuis un moment, qu'il était juste effrayé.

Qu'il ne voulait pas que je réalise à quel point il était aveugle.

De toutes les choses stupides...

Deux sacs de vêtements, des affaires de toilette et certaines choses de Missy et j'en avais terminé. Le reste pouvait attendre.

Et quand je revins chez Isaac, Hannah s'occupait de quelques papiers, parlant de ce dont je déduisis rapidement, de compte bancaire. Elle changeait les mots de passe et donnait l'ordre que tous les retraits devaient faire l'objet d'une vérification téléphonique auprès d'Isaac jusqu'à nouvel ordre.

— Que se passe-t-il ? demandai-je, laissant mes valises dans l'entrée.

Isaac était toujours sur le canapé et tenait Ada.

— Hannah s'occupe de quelques papiers qui étaient sur le bureau quand cet homme est venu. Apparemment, il manque quelques documents financiers.

J'entrai et m'assis à côté d'Isaac, posant une main sur sa jambe.

— Nous allons devoir appeler cet inspecteur.

Isaac hocha la tête, avant de se pencher en avant et de sentir Ada.

— Ah, Hannah ?

— Ouais ?

Il fronça le nez.

— Euh... la merveilleuse petite créature qui a l'odeur la plus incroyable au monde ne sent pas si bon que ça.

Carlos se mit à rire.

— Là, dit-il, se penchant pour attraper sa fille. Je vais la prendre.

Isaac se réinstalla sur le sofa, prit ma main et se tourna vers moi. Il souriait.

— As-tu pris tout ce dont tu avais besoin ?

Je me retrouvai à lui rendre son sourire.

— Oui, nous pourrons aller chercher d'autres affaires demain, ou après le travail pendant la semaine.

Il joua avec les doigts de la main qu'il tenait.

— Alors, maintenant que nous allons officiellement... *cohabiter*, que vas-tu nous préparer pour le dîner ?

Je me mis à rire et embrassai les jointures de sa main. C'était en général très amusant quand Isaac était d'humeur coquine, mais étant donné les évènements des dernières vingt-quatre heures, j'étais un peu incertain quant au *comment* il devrait agir.

Comment une personne aveugle était-elle censée réagir après avoir été attaquée dans sa propre maison ? Ce n'était pas une attaque violente, mais néanmoins terrifiante. Son refuge avait été violé. Le seul endroit où il se sentait en sécurité, où il pouvait baisser sa garde avait été violé.

Je devais faire avec, avec son humeur. Il semblait imperturbable, heureux même que je vienne habiter avec lui. Oui, l'incident avec l'intrus l'avait touché et il avait fait un cauchemar la nuit dernière, mais aujourd'hui, il paraissait presque jovial.

Je savais également, que s'il continuait à éviter d'ignorer la situation, il était susceptible de s'effondrer. Quand, comment, ou quel serait le catalyseur, personne ne pouvait le savoir.

Il pouvait très bien parler ouvertement de son calvaire, il allait mieux avec sa réticence à parler. Ou il pourrait tout garder pour lui jusqu'à ce que je dise la mauvaise chose, alors il s'acharnerait à m'arracher la tête. C'était le truc à propos d'Isaac Brannigan. Il pouvait vraiment partir dans n'importe quel sens.

— J'ai pensé que je pourrais nous faire griller un peu de poisson, suggérai-je, répondant à sa question à propos du dîner. Nous pourrions manger dehors, sur la terrasse de derrière, puis nous pourrions nager un peu.

Je me penchai pour murmurer à son oreille.

— Nus.

Il m'adressa un sourire timide.

— J'aime ce genre de baignades.

— Je savais que tu aimerais.

Hannah se racla la gorge.

— Avant que vous vous emballiez trop tous les deux, n'oubliez pas d'appeler cet inspecteur et de lui parler des documents manquants.

Elle commença à ranger son sac contenant les couches, s'apprêtant à partir.

— Vous pouvez lui dire que la banque a été prévenue et qu'aucune transaction frauduleuse n'a été effectuée pour l'instant.

Elle avait l'air fatigué et Isaac sembla s'en rendre compte.

— Rentre chez toi et repose-toi un peu, Hannah. J'apprécie ton aide, mais nous irons très bien. Merci, dit gentiment Isaac.

— Isaac, dit-elle sérieusement. S'il te plaît, promets-moi que tu ne vas plus prendre ce bus.

— Je l'emmènerai et irai le chercher au travail tous les jours, répondis-je, pour qu'Isaac en prenne bien note. Excepté les jeudis soirs. J'ai des visites à domicile et je ne pourrai pas être là à l'heure où il termine.

— Je peux m'occuper des jeudis, dit Hannah.

— Tu viens juste d'avoir un bébé, lui rappelai-je, bien que je doute qu'elle ait besoin d'un rappel. Il peut prendre un taxi jusqu'à ce que tu sois prête.

— Avez-vous terminé tous les deux ? cria Isaac. Je suis parfaitement capable de m'organiser tout seul !

Je pris sa main dans les deux miennes.

— Isaac, dis-je fermement. Quand il s'agit de ta sécurité, nous devons nous assurer que nous sommes couverts, d'accord ?

— Je ne suis pas inutile.

— Tu es loin d'être inutile, répondis-je.

— Alors, ne me traite pas comme si je l'étais, cracha-t-il. Je ne vais pas avoir peur à cause d'un gars.

— *Un gars* qui aurait très bien pu te blesser, dis-je calmement. Qui te dit que la prochaine fois il ne sera pas armé, ou ivre, ou drogué ? Isaac, nous devons prendre ceci comme un avertissement et apprendre de ce qui t'est arrivé. Et nous ne sommes pas en train de fuir. Ça ne t'empêche pas d'être toi, d'être indépendant, nous devons juste changer de tactique, c'est tout.

— Je ne suis guère indépendant, lorsque tous les deux, vous organisez tout en mon nom.

— Tu es plus indépendant que tu ne le réalises, lui dis-je. Et entêté. Ai-je déjà mentionné à quel point tu pouvais être têtu ?

Isaac soupira.

— Tu ne vas pas laisser tomber, hein ?

— Non, dis-je catégoriquement. Je veux bien négocier sur tout le reste, mais pas là-dessus. Pas quand il s'agit de ta sécurité.

Nous avions déjà eu des conversations similaires auparavant, alors il savait que c'était le seul point sur lequel j'étais inflexible.

— Que devons-nous négocier d'autre ? demanda-t-il, incrédule.

— Il y en a plein ! lui répondis-je. Comme qui va faire les tâches ménagères, combien je dois te payer pour la location et les charges...

— Tu ne vas pas me payer de telles choses.

— Si, je vais le faire.

Le son du rire d'Hannah nous fit nous retourner tous les deux vers l'endroit où Carlos et elle se tenaient, nous regardant nous disputer.

— Êtes-vous certains de ne pas être mariés depuis cinquante ans ?

Elle s'avança vers le canapé, se pencha et embrassa le front de son frère.

— Je t'aime, Isaac. Je t'appellerai demain.

Puis elle me regarda.

— Je t'appellerai Carter et nous mettrons au point les jeudis pour que je puisse aller le chercher.

— Bien sûr, lui dis-je. Ramène cette magnifique petite fille à la maison et prends un peu de repos.

Aidant Isaac à se relever, nous les raccompagnâmes jusqu'à la porte, et après leur avoir dit au revoir, nous refermâmes la porte et la verrouillâmes derrière eux.

Je glissai un bras autour de sa taille, le tirant vers moi et pressai mes lèvres contre les siennes.

— Nous avons toute la nuit pour parler des choses concernant l'organisation. Allons préparer le dîner, puis nager.

NOUS FÎMES quelques longueurs qui se transformèrent en une course. Isaac savait bien mieux nager que moi. Il était plus précis et plus rapide. Donc mon projet hautement stratégique de distraire Isaac avec du sexe serait ma seule chance de sauver un peu de mon ego bafoué.

Cela n'aurait probablement pas été si mal si Isaac ne s'en réjouissait pas comme un étudiant dans un club de fraternité.

S'il avait porté un maillot de bain – ou n'importe quel genre de vêtement – j'aurais tiré dessus. Mais il ne portait rien, à l'exception de ce sourire sacrément jubilatoire. Donc, je l'éclaboussai. Puis j'essayai de lutter avec lui, mais il m'échappa, se moquant de moi, me saisit par le haut de mon bras et me plongea sous l'eau à la place.

Si bien que, après avoir repris une grande goulée d'air, et utilisant le seul moyen qui me restait, je le poussai contre le bord de la piscine et l'embrassai. Durement.

Au moins, il arrêta de rire.

Et quand je remontai ses jambes et les enveloppai autour de ma taille, il ne riait plus du tout.

Je pouvais voir, à la manière dont il m'embrassait, à la façon dont ses doigts s'agrippaient à mes épaules, mon dos ou mes cheveux, qu'il le voulait. Qu'il en avait besoin.

Je m'éloignai de sa bouche, seulement pour le sentir embrasser fiévreusement mon cou.

— Isaac, nous devons aller à l'intérieur.

Il hocha la tête, prenant des inspirations haletantes.

Sortant de la piscine, j'enveloppai une serviette autour de lui, le pris par la main et lui fis traverser la maison, pour aller dans sa chambre.

Dans notre chambre.

Il se tenait devant moi et je pris mon temps pour le sécher, m'assurant que chaque centimètre de sa peau soit sec et embrassé. M'agenouillant devant lui, j'essuyai ses pieds, ses mollets, ses cuisses, laissant de doux baisers dans mon sillage. Et quand je remplaçai la serviette avec ma langue, léchant ses bourses, frottant mes joues et mes lèvres le long de son membre, ses doigts glissèrent dans mes cheveux.

Il me guida, me montrant ce qu'il voulait, comment il le voulait.

Sans la vue, ses réponses au toucher, à l'ouïe étaient améliorées. Si je le léchais, faisant tournoyer ma langue autour de son sexe, ou gémissais, ses réactions étaient ma récompense.

Il grognait, se cambrait, se tortillait. Et cela me stimulait.

Plus il le faisait, plus je le désirais. Chaque réaction était honnête, tactile et immédiate.

Je me relevai et embrassai son cou, puis murmurai à son oreille.

— Allonge-toi sur le lit pour moi.

Je le guidai vers le lit et attrapai le nécessaire dans la table de chevet. Je rampai au-dessus de lui, là où il était maintenant, puis descendis, m'installant entre ses jambes. J'embrassai son ventre, aspirai un mamelon dans ma bouche, puis déposai une pluie de baisers humides sur le haut de son torse, son cou, sa mâchoire. Ma voix était rauque.

— Je pense que tu as besoin de jouir deux fois, ce soir.

Il frissonna des pieds à la tête.

— Une fois dans ma bouche, dis-je, grignotant son point sensible sous son oreille. Et une fois quand je serai à l'intérieur de toi.

Ses mains trouvèrent mon visage et il porta ma bouche à la sienne, caressant ma langue avec la sienne. Je fis peser mon poids sur lui et ses jambes s'ouvrirent, ses hanches frottant les miennes.

Je pouvais presque goûter son désespoir avec ma langue.

Je savais qu'il ne durerait pas longtemps.

Il ne fallut que quelques passages de ma langue sur son membre, quelques tourbillons de ma langue et deux doigts à l'intérieur de lui pour le faire jouir une première fois.

Je ne me lasserais jamais de le regarder quand il venait. Comment son corps succombait au plaisir, comment il se contractait et les sons qu'il faisait.

Quel était son goût.

Tandis qu'il gisait là, complètement repu, je remontai sur son corps et plongeai ma langue dans sa bouche.

— Goûte-toi.

Il gémit, son corps toujours langoureux.

— Carter...

Mon corps vibrait. J'aimai sa manière de murmurer mon nom comme ça. D'une voix profonde, rauque et repue.

— Je n'en ai pas encore fini avec toi, lui dis-je.

La chair de poule recouvrit sa peau. Il frissonna.

— Froid ? demandai-je avec un sourire.

Il secoua la tête.

— Non, murmura-t-il.

— Roule, le pressai-je, l'aidant à se mettre sur le ventre.

Je fis courir ma langue le long de sa colonne vertébrale, la raie de ses fesses, les séparant avec mes mains pour que je puisse lécher son ouverture.

Isaac gémit, empoignant les draps et soulevant son cul pour moi. Il aimait ça. Quand je glissai deux doigts en lui, il marmonnait de manière incohérente et quand j'enfonçai mon gland encore et encore, il me supplia.

— S'il te plaît, Carter ! S'il te plaît...

Je le fis basculer sur son dos et repliai ses jambes contre son torse. Je me penchai sur lui afin de pouvoir l'embrasser et, rapidement, il essaya d'enrouler ses jambes autour de moi en gémissant de frustration quand je l'en empêchai.

— Je ne suis pas prêt, lui dis-je.

Je pris sa main et la posai autour de ma queue engorgée pour qu'il puisse sentir que j'étais nu. Il me serra pendant que je déchirais l'emballage du préservatif avec mes dents, glissant rapidement mes mains à l'arrière de ses cuisses, tenant ses jambes ouvertes pour moi.

— Carter, s'il te plaît...

Il devenait désespéré. Je pressai mon membre recouvert contre son ouverture plus que prête.

— Est-ce ce que tu veux ?

Il hocha la tête, soulevant ses hanches et ouvrant ses

jambes plus largement. Enfin, je le pénétrai lentement, le laissant reprendre son souffle à l'intrusion.

Cela me demanda chaque once de self-control que j'avais pour ne pas m'enfoncer jusqu'à la garde.

— Bébé, tu vas bien ?

Il hocha la tête, relâchant ses jambes pour envelopper ses bras autour de moi à la place, et nous commençâmes à bouger ensemble.

Penché au-dessus de lui, j'avais un coude à côté de sa tête et l'autre passé sous son épaule, mes doigts dans ses cheveux, maintenant sa tête pour qu'elle soit face à moi et je l'embrassai. Son sexe rigide était pressé entre nous, rendu glissant avec son liquide pré-éjaculatoire. J'étais à présent à l'intérieur de lui et il me tenait si étroitement que tout ce que je pouvais faire était d'onduler mes hanches en lui.

Il me tint plus serré.

Ses jambes m'emprisonnèrent plus fort.

— Merde !

— Carter... Je vais jouir... grognai-je.

Il se cambra violemment. Tout ce que je pouvais faire était de me tenir pendant qu'il se tortillait sous moi, nous secouant tous les deux lorsque son orgasme déferla sur lui. Son cou se tendit et sa bouche s'ouvrit dans un cri silencieux et il éjacula, étalant sa semence chaude et épaisse entre nous.

Une brusque vague de plaisir me traversa, mettant le feu jusqu'à dans mes os et faisant jaillir des étincelles derrière mes paupières alors que je remplissais le préservatif, profondément enfoui à l'intérieur de lui.

Je ne sus pas combien de temps nous restâmes soudés l'un à l'autre, profitant des répliques. Puis, longtemps après, je me retirai de lui. Nous restâmes allongés, enveloppés l'un autour de l'autre. Le sexe entre nous était toujours intense.

Parfois, nous faisions l'amour de manière frénétique, parfois doucement. Mais c'était toujours intense.

L'intensité de ce soir ne sortait pas de l'ordinaire. Du moins, je ne le pensais pas, jusqu'à ce que je voie les griffures sur le bas de mon dos et sur mes épaules. Je savais qu'Isaac m'avait maintenu fermement, qu'il avait été un peu frénétique, désespéré même, mais je n'avais jamais eu de blessures de guerre jusqu'à présent. Je souris au reflet dans le miroir de la salle de bain, avant de prendre un gant de toilette, de l'humidifier et de retourner vers le lit.

M'allongeant à côté de lui, je pris sa main et la posai sur les marques au bas de mon dos et sur mes épaules. Même à moitié endormi, il se ragaillardit, ses doigts délicats suivant le tracé des légères crevasses.

— Qu'est-ce que c'est ?

Je me mis à rire.

— Tes ongles.

Il haleta et fit courir sa main partout sur mon dos, cherchant d'autres griffures.

— Ça fait mal ?

Je l'embrassai doucement.

— Pas du tout.

— Pourquoi souris-tu ?

— Parce que c'est drôle, lui répondis-je. Et sexy.

Sa main arrêta de bouger.

— Sexy ? Mais je t'ai marqué.

Il se redressa dans le lit.

— Je dois avoir un peu de crème pour les écorchures.

Je l'obligeai à se rallonger et me blottis contre lui.

— Non, hors de question. Tu vas rester ici avec moi.

Il soupira et fit doucement passer sa main sur mon dos.

— Es-tu sûr que tu vas bien ?

— Oui, le rassurai-je. Et, Isaac ?

— Oui ?

— J'aime ça quand tu me marques.

— INSPECTEUR ZINBERG ? C'est Isaac Brannigan.

J'apportai deux tasses de café avec moi dans le salon et m'assis à côté de lui sur le canapé.

— Vous m'avez dit d'appeler si je pensais à autre chose, ajouta-t-il. À propos de l'homme qui s'est introduit chez moi.

Isaac expliqua qu'Hannah avait réalisé qu'il y avait quelques documents bancaires qui manquaient, mais que la banque avait été avertie et qu'aucun fonds ne manquait. Puis il expliqua que son compte contenait une bonne somme d'argent. J'entendis l'inspecteur demander quelque chose, et Isaac s'agita sur son siège. Il n'était jamais à l'aise de discuter de son argent.

— Il y a eu le reversement d'une compensation pour l'accident, celui qui m'a coûté la vue et dans lequel ma mère est morte. Mon père avait eu la clairvoyance de laisser un conseiller financier gérer les fonds. Il existe des dépôts à longs termes, des comptes rapportant de gros intérêts et des actions et des obligations.

Isaac ricana presque.

— Bien que je sois certain que vous connaissiez déjà toutes ces informations.

Je pus entendre le murmure de la voix profonde de l'inspecteur à travers le téléphone tandis qu'il continuait de parler, et bien que je ne comprenne pas beaucoup de mots, il semblerait que la police avait parlé à quelqu'un à propos de l'effraction de domicile.

Isaac fronça les sourcils.

— Était-ce nécessaire ? Je vous ai donné la description physique d'un homme qui marchait en boitant.

L'inspecteur parla encore une fois, mais Isaac secoua la tête, apparemment pas très satisfait de ce que disait Zinberg. Avec un soupir exaspéré, Isaac le remercia et raccrocha.

Je levai une tasse de café, la plaçant dans sa main.

— Qu'a-t-il dit ?

— Il a dit qu'ils avaient parlé à Joshua Lindstrom.

— Comme le Joshua avec qui tu travailles ?

— Oui, répondit-il, secouant la tête. Que suis-je censé lui dire demain au travail ?

Isaac aimait son travail en tant qu'enseignant à l'école Hawkins pour jeunes aveugles. Je n'étais pas surpris qu'il soit inquiet pour sa réputation.

— Tu lui diras que c'est la procédure et que s'il n'a rien à cacher, alors il n'a pas besoin de s'inquiéter pour quoi que ce soit.

Isaac haussa les épaules et soupira avant de siroter son café.

— C'est embarrassant.

— Tu n'as pas besoin de te sentir embarrassé à propos de quoi que ce soit, bébé.

Il haussa une épaule, me disant silencieusement qu'il n'était pas d'accord, si bien que je changeai de sujet.

— Eh bien, nous sommes dimanche matin. Que veux-tu faire aujourd'hui ?

— As-tu besoin d'aller chercher des choses chez toi ?

— Ouais, je suppose, répondis-je. Je pensais que nous pourrions faire quelque chose d'un peu plus... romantique.

Isaac sourit tout en sirotant son café.

— Qu'as-tu à l'esprit ?

— Faire des courses.

La tasse de café s'arrêta à mi-chemin de sa bouche et son visage se tourna vers moi.

— Quoi ?

Je ricanai.

— Allez, nous vivons ensemble. Il y a plusieurs choses à faire.

— Faire des courses ?

Il disait ça comme si je lui avais demandé de faire le don d'un rein.

— Oui, faire les courses.

— Mais elles me sont livrées.

— Ça pourrait être amusant.

— Amusant ? se moqua-t-il. Ai-je besoin d'aller te chercher le dictionnaire encore une fois ?

Je me mis à rire.

— Nous pouvons passer par chez moi et prendre quelques affaires, puis nous pourrons aller au marché.

Il posa sa tasse sur la table basse.

— Me promets-tu de te faire pardonner plus tard ?

Je pris son menton entre mon pouce et mon index et volai un baiser parfumé au café.

— Je te le promets.

<hr>

LE MARCHÉ ÉTAIT BRUYANT, il y avait des gens partout et Isaac n'était pas du tout familier avec tout ça. Même avec Brady, il était loin de sa zone de confort, mais je ne m'aventurais jamais trop loin avec lui.

— Sens ça, dis-je, portant une mangue son nez. Ça sent bon ?

— Mmmm...

Je me penchai vers lui.

— Les mangues devraient être mangées quand on est tout nu, murmurai-je. De cette façon, lorsque le jus coulera sur ton menton, ton cou et ta poitrine, je pourrai le lécher.

Isaac ouvrit et referma sa bouche, puis se racla la gorge.

— Alors, nous ferions mieux d'en prendre quelques-unes.

Je souris.

— Et toi qui pensais que ce ne serait pas amusant...

Il secoua la tête.

— Tu te rends compte que tout ce qui est dans notre panier est phallique, non ?

Je jetai un coup d'œil : bananes, carottes, courgettes, concombres, patates douces.

— Pas les fraises ni les mangues, dis-je.

— Non, mais vu comment tu m'as dit vouloir les utiliser plus tôt... pas de manière alimentaire.

En riant, je pris un ananas entier et le lui tendit.

— J'espère que non, parce que j'ai un blanc avec ce que je peux faire d'un ananas.

Isaac sourit et murmura :

— Si tu les trouves en boîtes, découpés en anneaux, tu pourrais les manger autour de mon...

J'éclatai de rire, surpris par sa remarque ouvertement sexuelle.

— Combien d'anneaux pourraient s'adapter ?

Une brusque rougeur monta à ses joues et il se mordit la lèvre inférieure.

— Nous aurons besoin de deux boîtes au moins.

Je ravalai un gémissement.

— J'ai une soudaine envie d'ananas, lui dis-je, juste au moment où quelqu'un nous interrompait.

— Isaac ?

Il se retourna en direction de la voix qui l'appelait par son nom.

— C'est Joshua. Joshua Lindstrom.

L'homme était de notre âge – peut-être un peu plus vieux que nos vingt-sept ans – grand, fin, avec des cheveux blonds courts et des yeux bleu-gris.

— Josh ?

Isaac se racla la gorge, ses joues étaient toujours rouges de son embarras précédent.

— Que faites-vous ici ?

L'homme baissa les yeux vers le panier qu'il tenait dans sa main.

— Juste acheter quelques petites choses.

Puis il regarda l'ananas qu'Isaac tenait toujours.

— Ananas frais, hein ?

— Oh ! Je... euh...

Je m'avançai.

— Là, je vais le reposer. Il préfère ceux en boîtes, dis-je en reprenant le fruit.

Isaac se racla la gorge et sourit, puis je tendis la main à notre vis-à-vis.

— Je suis Carter Reece.

— Joshua Lindstrom.

Il serra ma main et m'adressa un sourire crispé, mais il se demandait manifestement ce que je faisais ici avec Isaac. Puis il se retourna vers lui.

— S'il vous plaît, dites-moi ce qui s'est passé vendredi après-midi, Isaac. La police m'a posé des questions...

— Je suis vraiment désolé à propos de ça, l'interrompit Isaac. Je n'avais aucune idée qu'ils allaient vous interroger. La police voulait savoir si j'avais récemment rencontré des gens au travail...

— C'est bon, Isaac, dit Joshua, tapotant son bras. Est-ce que tout va bien ?

— Oh, oui, répondit Isaac avec dédain.

— Isaac, dis-je. Je vais juste aller à la charcuterie. Je reviendrai te chercher ici.

Je pensais le laisser un peu avec son collègue de travail, lui laissant ainsi le temps de lui expliquer de qui s'était passé, croyant que c'était une bonne idée. Je ne savais pas si ce Joshua savait qu'Isaac était gay et je ne voulais pas le mettre dans une situation inconfortable avec une personne avec qui il travaillait.

Alors que je me tenais dans la file d'attente à la charcuterie, je ne pus m'empêcher de les regarder. Et ce gars-là, Joshua, n'arrêtait pas de me dévisager. Et pas dans le bon sens, il ne me regardait pas normalement, d'après ce que je pouvais voir. C'était plutôt comme s'il me toisait, jugeant la concurrence. Il ne cherchait pas à se cacher, se montrant suffisant, alors qu'il me lançait un regard « qu'est-ce-que-tu-vas-faire-à-propos-de-ça » lorsqu'il parlait à Isaac.

J'avais toujours été du genre à accorder aux gens le bénéfice du doute, non pas à juger sans savoir. Mais j'avais un mauvais pressentiment à propos de lui.

Je ne l'aimais pas.

Je ne l'aimais pas du tout.

CHAPITRE CINQ

ME RÉVEILLER à côté d'Isaac était une manière parfaite de commencer une nouvelle journée et en particulier, un lundi. Il dormait toujours, alors après un baiser sur sa tête, je me levai, laissai les chiens sortir, mis la machine à café en route, me douchai et me préparai pour aller travailler.

Je sirotai mon café, repensant à la nuit dernière. Nous n'avions rien mangé d'autre que des fruits, lécher le jus des mangues à des endroits où un tel jus ne devrait absolument pas aller, glisser des anneaux d'ananas sur le membre engorgé d'Isaac, puis les manger et enfin se retrouver sous la douche, tous les deux sales. Et puis ce qui avait suivi sous la douche...

— Tu t'es levé de bonne heure, dit la voix rauque d'Isaac, provenant de derrière moi alors qu'il entrait dans la cuisine.

— Hey, toi...

Je lui souris, plaçant attentivement son café dans sa main et l'embrassai sur la joue.

— Bonjour.

— Je me suis réveillé et tu n'étais pas là.

— Eh bien, je ne vis officiellement ici que depuis deux jours et je te manque déjà ?

— Ne t'y habitue pas, marmonna-t-il, avalant son café. Je vais bientôt redevenir désagréable et tu te demanderas pourquoi diable tu voulais vivre avec moi.

Je secouai la tête.

— Oh, s'il te plaît ! Je sais déjà à quel point tu peux être odieux.

— Tu sais, tu n'es probablement pas censé être d'accord avec moi, dit-il. Sur le côté « désagréable » de la chose, tu sais, en tant que mon petit ami et tout...

Je me mis à rire.

— Je crois que le terme correct est petit ami à demeure et j'adore ton odiosité.

— Ce n'est pas un mot.

— Ça l'est.

— Depuis quand ?

— Depuis que je viens juste de le dire.

Isaac secoua la tête, prit une autre gorgée de son café et déposa sa tasse sur le comptoir.

— Je vais prendre une douche.

Il se retourna et traversa la salle de séjour.

— Peut-être qu'au moment où je serai de retour, tu auras bu assez de caféine pour retrouver ton sens de l'humour.

— Isaac ?

Il s'arrêta et attendit.

— Ouais ?

— J'aime ton odiosité, avec ou sans caféine.

— Tu es absurde.

— Va prendre ta douche ou nous serons en retard, lui dis-je. Je prépare ce que nous aurons pour le dîner de ce soir.

Il se retourna pour me faire face.

— Dois-je savoir ce que nous aurons ?

— Cette seconde boîte d'ananas en tranches.

JE GARAI la Jeep dans le parking au travail d'Isaac. L'école Hawkins pour Aveugles était un endroit incroyable. Une école pour malvoyants de l'âge de six ans jusqu'aux adultes. Isaac enseignait l'anglais en Braille, la lecture et l'écriture et il adorait ça.

J'étais venu à son travail à quelques reprises. La plupart de ses collègues savaient que nous étions ensemble et cela ne semblait gêner aucun d'entre eux. Ils acceptaient Isaac pour qui il était, non pas qu'il affiche sa sexualité, loin de là, mais ils semblaient plus tolérants pour des choses considérées comme étant hors norme. En tout cas, certainement quand il s'agissait de porter un jugement.

Je sortis de la Jeep et retirai le harnais de Brady tandis qu'Isaac sortait de son côté. Je fis le tour pour venir près de lui et il attacha Brady à son harnais de guide et je remarquai qu'un homme se tenait près des portes d'entrée, et nous regardait. Je parlai bas, afin que seul Isaac puisse m'entendre.

— Ce Joshua t'attend.

Isaac se redressa.

— Vraiment ?

— Ouais, il est près de la porte d'entrée, lui dis-je. Je vais te guider vers le chemin et tu pourras continuer à partir de là.

Tandis que nous traversions le parking et nous dirigions vers le chemin qui menait aux portes d'entrée, Joshua s'avança pour venir à notre rencontre. Je me demandai si ma première impression sur le gars s'était dissipée, s'il n'était qu'un collègue prévenant, m'interrogeant s'il pensait que je pouvais être impliqué dans le cambriolage de la maison d'Isaac.

Joshua dit bonjour à Isaac, puis à moi et il sourit. C'était amical. Agréable, même. Et je me demandai si ma première impression sur le gars était fausse. Je ne le connaissais pas. Isaac semblait l'apprécier et il pouvait déceler la sincérité chez les gens au ton et à la cadence de leurs voix. Il était la personne la plus perspicace que je connaissais. Donc, je décidai de la jouer gentil.

— Agréable de vous revoir, dis-je à Joshua.

Puis je me tournai vers Isaac.

— Je viendrai te chercher juste après cinq heures.

Mais alors que je rejoignais la Jeep, je me retournai pour les regarder et ils arrivaient juste aux portes d'entrée. Joshua, qui tenait la porte ouverte, posa sa main sur le bras d'Isaac et me regarda avec ce sourire suffisant avant d'entrer.

Donc, le gars était bien un connard.

Je secouai la tête, incrédule et repoussai cette pensée de mon esprit, me concentrant sur ma route pour aller au travail. Je retrouvai mon assistante, Rani, et notre réceptionniste, Kate tandis qu'elles prenaient leur café avant l'arrivée des clients.

— Bonjour, mesdames.

— Vous souriez beaucoup trop pour un lundi, me dit Rani. Bon week-end ?

— Oui, ça l'était. Il était très occupé, répondis-je automatiquement, pensant à mon emménagement chez Isaac.

Puis, je me souvins des raisons, du catalyseur de ce déménagement.

— Enfin, il n'a pas vraiment bien commencé, mais il s'est bien terminé.

Elles me dévisagèrent toutes les deux, attendant que je développe.

— Hannah a eu une petite fille, trois kilos deux cents, Ada Brannigan-Peroni. Isaac a reçu la visite de quelqu'un qui n'était pas invité dans sa maison. Il a été un peu bousculé, s'est fait voler quelques petites choses, puis j'ai emménagé avec lui.

Les deux femmes clignèrent des yeux.

— Whoa ! Doucement ! dit Rani. Isaac a eu un intrus ? Dans sa maison ?

Je hochai la tête.

— Oui.

— Est-ce qu'il va bien ? demanda Kate, un peu alarmée. Était-il présent lorsque c'est arrivé ? Oh, mon Dieu ! Est-il blessé ?

— Oui, il était là, leur dis-je. Mais il va bien. Un peu secoué au début, mais vous savez comment il est. Il est solide. Le gars qui s'est introduit chez lui ne l'a pas blessé, il a juste pris quelques trucs pour les refourguer.

— Seigneur, cela a dû être terrifiant pour lui, dit Kate, une main posée sur son cœur. Est-ce la raison pour laquelle vous habitez avec lui ?

Je souris.

— Non, pas vraiment. Cela nous a juste permis de reparler des raisons pour lesquelles il ne voulait pas que j'emménage initialement.

Je savais que ça n'avait pas beaucoup de sens, si bien que j'expliquai.

— Je voulais habiter avec lui depuis un moment, mais il hésitait toujours. Il ne voulait pas que je voie combien sa cécité l'affectait dans sa vie de tous les jours. Mais il sait que des choses comme ça ne m'ont jamais dérangé.

— Oh, bien sûr que ça ne vous dérange pas, dit Rani. Isaac est tellement gentil.

Je lui souris.

— Oui, il l'est.

Les deux femmes me sourirent, avec un « Ohhh » collectif. Je jetai un coup d'œil à ma montre.

— Allez, le premier rendez-vous sera là d'une minute à l'autre. Nous ferions mieux de nous organiser.

Puis je songeai à quelque chose.

— Rani, faites-moi penser à appeler mon agent immobilier à l'heure du déjeuner.

— Certainement.

— Je dois résilier le bail de ma maison.

Elle me sourit, probablement parce que je souriais encore. Je me tournai vers la réceptionniste, derrière son comptoir, essayant d'agir au moins comme le patron.

— Kate, quel est le client chanceux qui va me voir en premier aujourd'hui ?

JE N'AVAIS JAMAIS VRAIMENT PASSÉ de lundi soir chez Isaac. C'était en général une nuit que nous passions chacun chez soi, après le week-end ensemble. Je préparai un peu de salade pour aller avec le poulet grillé.

— Donc, que fais-tu habituellement les lundis soirs ? lui demandai-je.

Isaac était assis au comptoir de la cuisine.

— En général, je prépare quelques travaux pour mes classes, puis je cours un peu sur le tapis roulant ou fais quelques exercices de musculation.

Une des chambres vides avait été transformée en salle de gym. Isaac aimait garder la forme, mais ne voulait pas aller dans une salle de sport, si bien qu'il avait aménagé la sienne chez lui.

— As-tu parlé à Hannah aujourd'hui ?

— Oui, elle va bien. La petite Ada a été dérangée quand j'ai appelé à l'heure du déjeuner, donc nous n'avons pas pu parler trop longtemps.

— Es-tu sûr qu'elle allait bien ? Elle était vraiment inquiète pour toi.

Isaac hocha la tête.

— Elle organise tout et c'est une pessimiste de nature.

Je fis transvaser tous les ingrédients hachés pour la salade du comptoir dans un bol.

— Que fait ce Joshua à ton travail ?

Isaac inclina la tête.

— Il s'occupe d'intégration de technologies, comme un genre d'ergothérapeute en quelque sorte. Il aide les élèves à se servir un peu plus des technologies, mêlant leur vision affaiblie à un équipement adapté pour qu'ils travaillent ensemble.

— C'est plutôt cool, dis-je.

Isaac sourit et secoua la tête.

— Tu ne sais vraiment pas mentir. Pourquoi demandes-tu vraiment ?

Je ne voulais pas révéler ma jalousie et dire que le gars était un crétin. J'avais besoin de mots plus civilisés. Je soupirai.

— Je ne sais pas comment le prendre, c'est tout.

— C'est un gars sympa, dit Isaac.

— Mais il n'est là que depuis quelques semaines ?

Isaac marqua une pause pendant un moment.

— Il n'est pas employé par nos soins. Il sous-traite pour

la société qui fabrique des lecteurs d'écran et le logiciel qui permet de travailler avec. Nous achetons le produit et ils envoient quelqu'un pour nous aider à intégrer son utilisation sur une base quotidienne. Il a un contrat de trois mois avec nous, alors il est loin de la côte ouest, selon moi.

Eh bien, je me sentis mieux en sachant qu'il n'était pas un élément permanent à l'école. Mais cela me rappela quelque chose. Isaac devait installer un nouveau lecteur d'écran pour remplacer celui qui lui avait été volé.

— As-tu obtenu un nouveau lecteur d'écran aujourd'hui ?

— Ouais, dit-il avec un clin d'œil. Josh m'a dit d'amener mon nouvel ordinateur portable demain et qu'il allait tout installer pour moi.

Josh.

Il était maintenant passé de Joshua à Josh.

— C'est gentil de sa part.

Isaac se mit à rire.

— Carter, tu dois vraiment travailler ta capacité à mentir avec un peu plus de conviction.

Je souris, sachant qu'il verrait à travers moi.

— N'est-ce pas une bonne chose que je ne puisse pas mentir ?

— Dis-moi pourquoi tu ne l'aimes pas.

Je haussai les épaules, comprenant que je ne pouvais rien lui cacher.

— Il m'a regardé comme si j'étais...

Je cherchai la bonne analogie.

—... comme si j'étais un chewing-gum sous la semelle de ses chaussures hors de prix.

Isaac hocha la tête pensivement.

— C'est vraiment horrible de marcher sur un chewing-gum.

Je haletai et contournai le comptoir pour me positionner à son côté. Je pris son visage dans mes mains et embrassai ses lèvres souriantes.

— Ce n'est pas drôle, Isaac.

Il ouvrit ses jambes et me tira vers lui.

— Comment ne peut-il pas t'aimer ?

Je frottai mon nez le long du sien.

— Peut-être qu'il n'aime pas les chewing-gums.

Isaac se mit à rire.

— Ce n'est pas important que tu ne sois pas à son goût. Tu es au mien.

Je l'embrassai, glissant ma langue contre la sienne, avant de prendre sa lèvre inférieure entre mes lèvres.

— J'aime quand tu dis que je suis tien.

— Et tu as des griffures sur ton dos pour le prouver.

Je picorai ses lèvres.

— Celles-ci ont pratiquement disparu. Nous allons devoir faire quelque chose pour qu'il y en ait de nouvelles.

Il frotta mon mollet de son pied et fit courir ses mains sur mon visage. Il retraça mes sourcils, mes pommettes, ma mâchoire.

— Es-tu beau ? Tu es magnifique pour moi.

Je plongeai dans ses yeux bleus et aveugles.

— Moi ? Magnifique ? Non, sûrement pas comparé à toi.

Il fit courir son pouce sur mes lèvres.

— Je parie que tu es très beau.

— Tu serais déçu si tu pouvais me voir.

Le souffle d'Isaac se bloqua, puis il murmura :

— Jamais.

Il ferma les yeux et son visage sombra. Il secoua la tête.

— Jamais.

Cette conversation avait pris une spirale descendante,

son humeur chutant avec. Je relevai son visage et l'embrassai tendrement.

— Tu me vois très bien.

Il essaya de sourire, mais ne fit que hausser les épaules à la place.

— Le dîner est presque prêt ?

— Oui. Tu viens dans le jardin avec moi pendant que je fais griller le poulet ? demandai-je. Il fait encore assez chaud à l'extérieur, peut-être que nous pourrions aller nager après le dîner ?

— Normalement, je vais dans la salle de gym, le lundi, dit-il à nouveau. Et je vais avoir besoin de toi pour m'aider avec quelques étiquettes.

Étiquettes ?

— Bien sûr. Quelle sorte d'étiquettes ?

— Sur les courses que nous avons achetées hier, dit-il calmement. En général, Hannah étiquette tout pour moi.

Merde ! Je devais me souvenir de ça.

— Bien sûr.

Il haussa une épaule.

— C'est des petites choses comme ça qui te rappellent que tu vis avec un aveugle.

Je l'embrassai, puis murmurai à son oreille.

— J'aime cet homme aveugle.

— Je sais que tu le fais, dit-il avec un sourire triste. Je t'aime aussi.

Il se leva de son tabouret et picora mes lèvres.

— Je vais me changer.

— D'accord, dis-je aussi joyeusement que je le pus. Je vais allumer le grill.

Je me tenais sur la terrasse à l'arrière, grillant le poulet, me demandant comment notre conversation était passée de légère et drôle à un Isaac étant renfermé et maussade. Je savais qu'il luttait parfois, avec sa cécité, avec son idée erronée qu'il était un fardeau pour ceux qui l'entouraient.

Donc, une fois le dîner prêt et mangé, le nettoyage terminé, nous fîmes des étiquettes.

La machine à faire des étiquettes en Braille d'Isaac était facile à utiliser. Le clavier avait un alphabet standard et en Braille sur chaque bouton, afin qu'une personne capable de voir ou qu'une personne aveugle puisse saisir des mots avec l'aide de l'alphabet standard et la machine les imprimait en Braille, ou bien il pouvait taper en Braille pour imprimer des étiquettes normales.

Cela permettait d'identifier les boîtes de conserve et les bocaux d'aliments dans le garde-manger, rendant les choses beaucoup plus faciles pour lui, et en particulier de pouvoir différencier la gelée de fraise de celle de framboise, le jus de pomme du jus d'orange, une boîte de conserve contenant des morceaux de pèches, d'une de haricots avec du lard. C'était également idéal pour étiqueter le nécessaire de salle de bain, comme la crème à raser, le shampoing ou le tube de dentifrice. Il était familier avec la plupart des formes et des tailles, et pouvait les identifier bien entendu à l'odeur, mais faire la différence entre un petit tube pour soigner des boutons de fièvre d'un autre de super-glue pouvait faire la différence entre vivre sereinement ou devoir faire un voyage aux urgences.

Des petites choses de tous les jours que les personnes capables de voir tenaient pour acquises.

C'était de ce genre de choses qu'Isaac ne voulait pas que je prenne conscience. Que je le regarde sécuriser sa maison pour ses choses quotidiennes. Il pensait que ça me ferait prendre conscience, en quelque sorte, combien il était handicapé.

Ce qui était ridicule. Il n'y avait rien dans ce qu'il faisait qui pourrait me faire penser ça. C'était tout à fait l'opposé, en fait. C'était en voyant ce à quoi il devait faire face tous les jours que cela me fit l'aimer davantage.

— Puis-je essayer ? demandai-je en prenant l'étiqueteuse de ses mains, juste pour comprendre comment m'en servir.

Parce que je voulais m'entraîner.

Parce qu'après que nous soyons allés au lit et qu'Isaac se soit endormi, je reviendrai et ajouterai quelques étiquettes de mon cru. Ajoutant un « je t'aime » sur une boîte de conserve de haricots, ou un « bonjour, sexy » sur son pot de confiture du matin, en espérant que ce serait une belle surprise pour lui et que cela le ferait sourire.

Je me réveillai le lendemain matin avec de doux baisers au bas de mon dos, tandis qu'Isaac rampait sur moi pour commencer sa routine matinale. Sachant qu'il se rasait en premier, je lui laissai quelques minutes avant de le rejoindre et quand j'entendis la douche commencer à couler, je le suivis dedans. Je le savonnai de la tête aux pieds, ce qui se termina bien entendu par une branlette avec des mains savonneuses.

Isaac avait la tête qui tournait encore et il se balança avant de poser son front sur ma poitrine.

— Je pense que nous pourrions commencer nos journées comme ça, dit-il en riant.

— Oui, s'il te plaît. Je suis tout à fait partant.

J'embrassai sa tempe.

— Tu ferais mieux de sortir de là et de me laisser me doucher et me raser, ou nous serons tous les deux en retard au travail.

— Café ?

Je souris et embrassai ses lèvres.

— Donc, tout ce que j'ai à faire chaque matin, c'est de te faire jouir et tu vas me préparer le café ?

— Ça me paraît équitable.

Il prit mon membre fatigué dans sa main.

— À moins que tu ne sois pas du tout prêt à sortir.

Je gémis à son contact.

— Vas-y. Prépare-moi du café ou nous allons tous les deux devoir appeler au travail pour dire que nous sommes malades.

Il fit la moue, mais me laissa terminer ma douche et quand j'entrai dans la cuisine, il était là, habillé dans son costume gris qui lui allait à merveille, préparant le petit déjeuner.

Ma tasse de café était pleine et attendait, et il me tendit un morceau de pain grillé. Le pot de gelée à la fraise était sur le comptoir et je me demandais s'il avait lu les messages que j'avais collés un peu partout.

Puis il ramassa le pot et fit courir ses doigts sur l'étiquette en Braille, encore et encore.

— Je ne sais pas si c'est le truc le plus romantique ou le plus ringard.

— Oh, dis-je avec un sourire. Les autres aliments ont un message différent.

Il sourit timidement.

— As-tu laissé des petits messages d'amour sur tout ?

— Ouais.

— C'est très gentil de ta part.

— Alors, suis-je romantique, gentil ou ringard ?

Isaac sourit.

— Je pense que tu dois être les trois à la fois.

Je m'approchai de lui, mais au lieu de l'embrasser, je tendis le bras et volai son morceau de pain grillé.

— Si c'est un compliment venant de toi, je vais le prendre.

Sa bouche se décrocha.

— Tu as volé mon pain !

— En effet, dis-je tout en mordant dedans.

— Romantique, gentil, ringard et voleur de pain.

Cette fois, je l'embrassai.

— Et tu m'aimes.

Il soupira d'un air exagéré et un sourire joueur apparut sur ses lèvres.

— Dois-je vérifier tout le garde-manger pour trouver tout ce que tu as écrit ?

— Non, nous n'avons pas le temps, répondis-je. De plus, cela te fera une belle surprise quand tu les trouveras.

Je pris une gorgée de mon café.

— Nous ferions mieux d'y aller. Oh ! dis-je, comme si je venais juste d'y penser. N'oublie pas ton ordinateur portable pour que quel-que-soit-son-nom puisse y jeter un coup d'œil.

Isaac posa sa tasse vide et son assiette dans l'évier.

— Si je ne te connaissais pas mieux Carter, je pourrais penser que tu es jaloux.

— Pfff... De quoi serais-je jaloux ? demandai-je. C'est un crétin et je suis génial.

Il se mit à rire.

— Je suis tellement content que tu ne sois pas vaniteux ni quelque chose dans ce goût-là.

Je vidai ma tasse de café.

— Allez, prends Brady. Ton génial, romantique, ringard, vaniteux copain à demeure doit te déposer au travail.

Il attrapa le harnais de Brady sur le crochet et l'appela pour qu'il vienne. Je pris son ordinateur et nous marchâmes dehors, verrouillant la porte derrière nous.

— Tu as oublié gentil.

Je lui souris.

— C'est *toi* qui penses que je suis gentil !

— Et incroyable et magnifique, bien que je ne te dirais jamais ça, se moqua-t-il. Que Dieu me pardonne, mais tu as un de ces egos !

Je souris tout au long du chemin pour aller travailler, jusqu'à ce que je me gare sur le parking de son école. Parce que Joshua était là, l'attendant.

Tout comme il l'avait été tous les jours de la semaine. Et chaque après-midi quand je passais le chercher, excepté pour jeudi puisque j'avais mes visites à domicile et qu'Isaac avait pris un taxi, mais il était là. Toujours là, attendant toujours avec un sourire.

Un sourire sarcastique. Un faux sourire et une conversation manquant singulièrement de sincérité. Il était relativement poli et pour Isaac, il semblait qu'il était agréable. Mais les regards qu'il m'adressait n'étaient que du pur mépris. Je ne faisais que lui sourire et prétendre que je ne voyais pas ses regards.

Mais vendredi après-midi, quand j'arrivai pour chercher Isaac après le travail, Joshua n'était pas là. Comme toujours, Isaac et Brady se tenaient au bout du chemin, près du parking et mon humeur s'améliora quand je réalisai que Joshua n'était pas avec eux.

— Hey, saluai-je chaleureusement Isaac et Brady. Prêts à rentrer à la maison ?

— Salut, répondit-il avec un sourire. Bien sûr !

Puis, je le vis. Joshua.

— Isaac ! appela-t-il depuis la porte.

Je gémis et Isaac sourit.

— Sois gentil.

Il courut vers l'endroit où nous nous tenions debout et m'ignora complètement. Il toucha l'avant-bras d'Isaac.

— J'espérais réussir à vous rattraper.

— Qu'y a-t-il, Josh ?

— Eh bien… commença-t-il.

Il me dévisagea, puis revint vers Isaac.

— Je me demandais si vous aimeriez sortir, pour le dîner ou boire un verre.

Ma bouche s'ouvrit, abasourdie. Je ne pouvais pas croire en l'audace de ce gars ! Il commençait sérieusement à m'énerver. Il venait juste de demander à mon petit ami de sortir avec lui. *Alors que je me tenais là !*

— Euh…

Isaac se figea.

— Merci pour l'offre, mais nous avons des plans.

— Oh ! marmonna Joshua.

Il nous regarda l'un après l'autre, comprenant manifestement que nous étions ensemble. Sa bouche forma un petit « o ».

— Oh !

Je n'avais toujours pas fermé ma bouche.

— Ouais. Oh !

Isaac s'approcha un peu plus de moi, pour bien montrer à Joshua qu'il était avec moi, ou pour m'apaiser. Probablement les deux.

— Oh, mon Dieu ! dit Joshua. Je suis vraiment gêné.

Il n'avait même pas la décence de le paraître. Il fit courir une main dans ses cheveux.

— Je suis vraiment désolé, je ne voulais pas… Oh, merde !

Isaac se mit à rire.

— C'est bon, Josh. Vous ne saviez pas.

Eh bien, je ne pensais pas vraiment que ça allait. Et

bien entendu, il le savait. Il n'était pas… enfin, il n'était pas aveugle ! Je posai une main sur le bras d'Isaac, et regardai Joshua.

— Je croyais que vous saviez.

— Non, en fait, répondit-il en me regardant. Je n'en étais pas sûr. Je pensais que vous étiez peut-être un ami, ou quelqu'un qui le conduisait.

Il inclina sa tête et sourit presque.

— Isaac ne parle jamais de vous.

Je regardai Joshua. Il y avait une douzaine de choses que j'aurais pu dire et que je voulais dire, pour rabattre le clapet de ce connard, mais je compris que c'était ce qu'il voulait. Il me défiait, essayant d'obtenir une réaction. Alors au lieu de lui sauter dessus, je lui adressai un grand sourire et parlai aussi doucement que je le pouvais, bien que ce soit à travers mes dents serrées.

— Bien sûr qu'il ne le fait pas.

Je me tournai vers Isaac, avec ma main toujours sur son bras.

— Tu es prêt, bébé ?

Isaac sourit.

— Bien sûr.

Nous dîmes au revoir, enfin, Isaac dit au revoir, j'aurais ricané sinon et quand nous eûmes harnaché Brady sur la banquette arrière de la Jeep, et fûmes sortis du parking, Isaac éclata de rire.

— Quelque chose de drôle ?

— Il m'a demandé de sortir avec lui !

— Je sais !

— Personne ne m'a jamais demandé de sortir avec eux auparavant !

Mon regard passa de la voiture qui nous précédait à Isaac.

— Quoi ? Et qu'est-ce que je suis ?

Il continua de rire.

— Tu sais ce que je veux dire.

— Non, protestai-je. Non, je ne sais pas. Tu ne te souviens pas que *je* t'ai demandé de sortir avec moi ?

Je grognai pratiquement.

— Bien entendu que je m'en souviens, je voulais dire que personne d'autre ne m'avait demandé de sortir avec lui.

— Veux-tu que quelqu'un d'autre te le demande ? *Comme Joshua ?*

Il éclata de rire encore une fois.

— Tu es jaloux.

— Il t'a demandé de sortir avec lui ! criai-je. *Devant moi !*

— Je sais !

— Ce n'est pas drôle, Isaac.

— Oh, s'il te plaît. Si, ça l'est.

— Non. Ça ne l'est foutrement pas du tout.

Il sourit largement, paraissant tout à fait satisfait de lui-même. Il continuait de sourire comme ça pendant que nous promenions les chiens, nagions dans la piscine et mangions le dîner. Après que nous ayons nettoyé la cuisine, je me tins contre le comptoir et l'embrassai doucement.

— Tu sais, lui dis-je, si tu n'étais pas aussi mignon quand tu prends cet air béat, j'aurais vraiment pu me mettre en colère. Ce mec est un connard.

Isaac fit courir sa main sur mon torse et empoigna le col de ma chemise, rapprochant nos visages, l'un face à l'autre.

— Tu es mignon quand tu es jaloux.

— Je ne suis pas jaloux, rétorquai-je faiblement.

— Si, tu l'es, affirma-t-il.

Il pressa son nez contre le mien et je pus sentir son souffle sur mes lèvres.

— Je dois admettre que c'est agréable d'avoir un admirateur, mais je ne l'aime pas comme ça. Tu dois juste te souvenir que je suis avec toi, personne d'autre. Je vis avec toi, dors à côté de toi, me réveille également à côté de toi. Partage mon lit... murmura-t-il avant d'embrasser doucement mes lèvres... avec toi.

Je le pressai contre moi.

— Je suis peut-être un petit peu jaloux.

— Juste un petit peu ?

— Peut-être beaucoup.

— Je ne veux pas de lui.

— Non ?

— Non, murmura-t-il, faisant glisser son nez contre ma mâchoire. Toi, personne ne sent comme toi.

Je savais qu'il aimait mon odeur. Je lui avais dit que c'était mon déodorant et mon après-rasage, mais il m'avait répondu que c'était juste moi.

— Je pense que j'ai besoin d'un rappel, dis-je hors d'haleine, tandis que ses lèvres se pressaient sur la peau, juste sous mon oreille.

Je relevai mon menton pour lui donner un meilleur accès et il mordit doucement mon cou.

— Un rappel de quoi ?

— Que tu me veux, répondis-je en gémissant alors qu'il embrassait mon cou, l'effleurant de ses lèvres, sa langue, ses dents.

Merde !

Ses mains se posèrent sur mes côtés, me retourna pour que je sois face au comptoir et il se pressa contre moi. Je pouvais sentir son membre durcir contre mes fesses. Son nez et ses lèvres étaient pressés contre ma nuque.

— Peux-tu mieux sentir combien je te désire ?

Je gémis sans fausse honte et me plaquai contre lui.

— Oui.

— Veux-tu que je te montre à quel point je te désire ?

Oh, merde ! Isaac n'agissait en tant que dominant que de temps en temps, préférant généralement que je prenne les choses en main au lit. Parfois, il prenait tout en charge et ça me rendait sauvage.

— Oui, haletai-je.

Je pouvais à peine parler.

— S'il te plaît...

Isaac me poussa contre le comptoir, frottant son sexe contre mes fesses et, avec une main glissée dans mes cheveux, tira ma tête en arrière. Il murmura contre mon oreille.

— Alors, allons dans la chambre. À moins que tu veuilles que je te baise ici.

Seigneur !

Je n'eus aucun souvenir d'avoir bougé, d'avoir pris sa main et de nous avoir guidés jusqu'à notre chambre, mais avant même que je sache ce que j'avais fait, j'avais été déshabillé et les mains d'Isaac étaient sur mon dos. Il me poussa vers le lit où je m'agenouillai, nu. Attendant.

J'aimais sa façon de garder une main sur moi, ayant besoin de savoir où j'étais, de quelle façon j'allais lui faire face. Quand il eut besoin de ses mains pour se déshabiller, il embrassa mon épaule, ma nuque, ayant toujours une partie de son corps qui touchait le mien.

Pour un homme qui ne pouvait pas voir, il connaissait mon corps comme le sien.

Il se tint derrière moi, les pieds sur le sol, pendant que j'étais agenouillé sur le lit. Quand le dernier de ses vêtements fut retiré, ses mains se posèrent sur mes hanches tandis qu'il déposait des baisers entre mes omoplates. Sa voix me fit frissonner.

— Allonge-toi pour moi.

Je rampai plus haut, m'allongeai sur le ventre et écartai largement les jambes. Quand j'entendis le tiroir de la table de chevet s'ouvrir et le bruit familier du froissement d'un sachet, mon estomac se noua et des frissons parcoururent ma colonne vertébrale.

Le lit s'enfonça quand il se mit à genoux entre mes jambes et je saisis la couverture par anticipation. Je pourrais même avoir gémi.

— Tellement pressé pour ça... gloussa Isaac.

Puis ses doigts lubrifiés coururent le long de la raie de mes fesses et se pressèrent contre mon ouverture.

— Est-ce ce que tu veux ?

Je relevai mes hanches pour lui.

— Seigneur, oui !

Je le désirais, le voulais à l'intérieur de moi. Je voulais qu'il me prenne, qu'il me marque, qu'il me réclame. Qu'il me baise.

Quand il plongea son érection dans mon canal, il enfonça ses dents dans mon épaule. Il me faisait sien avec chaque poussée, chaque griffure de ses ongles et morsure de ses dents ou pincement de ses lèvres. Et quand il sortit de moi, me fit me retourner, il remonta mes jambes jusqu'à ma poitrine et s'enfonça à nouveau en moi, mais cette fois-ci, il m'embrassa, doucement, profondément.

Il aspira mon cou, ma clavicule et embrassa chaque parcelle de peau qu'il pouvait atteindre, et quand il déversa des mots d'amour et de désir dans mon oreille, je me mis à jouir. Intouchée, ma queue déversa ma semence entre nous et il me suivit peu de temps après.

Tandis qu'il m'enroulait dans ses bras pour dormir, il n'y avait aucun doute dans mon esprit.

J'étais sien.

CHAPITRE SIX

LE MATIN SUIVANT, quand je me regardai dans le miroir, j'éclatai de rire.

J'étais sien, c'était évident. J'avais des égratignures, des traces de morsures d'amour pour le prouver.

— Là, dis-je en prenant sa main, passant ses doigts sur les morsures sur mon cou et ma clavicule. Et là.

Puis je me retournai et il fit courir ses doigts sur les griffures et les traces de dents sur mon épaule.

— Je suis tellement désolé.

— Ne t'avise pas de l'être, lui dis-je. Je le voulais. Tu me l'as donné.

Il secoua la tête.

— Quand même, je suis désolé.

Je souris à son reflet.

— Pas moi.

— As-tu mal ? demanda-t-il doucement. Ai-je été trop rude ?

Je l'embrassai.

— Absolument pas. Tu étais parfait.

Je giflai ses fesses, de manière ludique.

— Va allumer la machine à café. J'ai besoin de me raser et nous avons beaucoup de choses à faire aujourd'hui.

Et par beaucoup, je voulais dire empaqueter le reste de mes affaires avant que les déménageurs arrivent. Ils les emmenaient seulement dans un lieu de stockage, mais j'avais quelques vêtements, photos et papiers personnels à récupérer. Le reste des meubles, télévision, appareils et autres trucs ménagers allaient dans un dépôt, pas très loin de chez Isaac. Ce n'était pas vraiment nécessaire d'apporter autre chose que mes effets personnels, puisque la maison de mon amant avait tout. Mais si j'avais besoin de quelque chose, ce ne serait pas trop loin.

Au milieu de l'après-midi, j'ouvrais juste la portière arrière de la Jeep quand mon portable sonna. Je vérifiai l'écran. Merde ! Mark. Mon meilleur ami, après Isaac, bien entendu. Je ne lui avais pas parlé depuis deux semaines.

— Hey.

— Putain, où étais-tu ?

Je souris au téléphone.

— Tu m'as manqué aussi.

— Tu m'appelles toujours. Qu'y a-t-il de plus important que de m'appeler ?

C'était typique de Mark. L'univers tournait autour de lui, apparemment.

— Eh bien, en fait, j'emménage avec Isaac.

— Non, c'est vrai ? cria-t-il. Il a finalement cédé, c'est ça ? Tu dois être vraiment bon pour sucer une queue.

Je me mis à rire.

— Un de mes nombreux talents.

— Alors, qu'est-ce qui a provoqué ce changement d'attitude ? demanda Mark.

Il savait qu'Isaac avait refusé que je vive avec lui jusqu'à présent.

Juste à ce moment-là, après avoir détaché Brady de son harnais sur la banquette arrière, Isaac se dirigea vers l'arrière de la Jeep.

— Là, lui dis-je. Peux-tu porter ceci à l'intérieur ?

Calant le téléphone entre mon oreille et mon épaule, je tendis une boîte à Isaac, en m'assurant que ses mains le tiennent bien.

— La porte menant à l'intérieur est ouverte.

Isaac se tint là avec la boîte.

— Tu sais que je suis aveugle, non ?

J'embrassai sa joue en riant.

— Oui, mais tu n'es pas inutile.

Je le regardai marcher avec précaution jusqu'à la porte qui conduisait du garage à la buanderie.

— Mark ? dis-je au téléphone. Désolé. Ouais, il s'est passé quelque chose qui l'a fait changer d'avis.

Je lui donnai la version brève de l'intrusion dans la maison d'Isaac et nos conversations qui avaient suivi. Comment il s'était avéré qu'il avait juste peur que le fait que je vive avec lui me fasse prendre conscience d'à quel point il était aveugle.

— Ça n'a aucun sens, souffla Mark. Bien sûr que tu sais qu'il est aveugle.

— Je n'ai jamais dit que cela avait un sens.

Je portai une autre boîte à l'intérieur et la posai près du comptoir de la cuisine.

— Veux-tu lui parler pendant que j'attrape le reste de mes affaires ? demandai-je. Il est juste là.

Je tendis mon portable à Isaac.

— Mark veut te dire bonjour.

Alors que je revenais par la véranda à la buanderie, puis dans le garage, j'attrapai mon manteau et mon sac de vêtements et je pouvais entendre la conversation du côté d'Isaac. Il riait à quelque chose que Mark avait dit. C'était très probablement le commentaire sur le suceur de queues.

Je pris mon sac et le déposai dans la chambre et quand je revins dans le salon, Isaac était assis sur le canapé. Brady était assis à ses pieds, son menton posé sur les genoux d'Isaac, profitant du grattage derrière son oreille.

Je souris intérieurement tandis que je m'asseyais sur le canapé à côté de lui. Posant ma main sur le dossier, je fis courir mes doigts dans ses cheveux, massant doucement l'arrière de sa tête. Il tourna son visage vers moi tout en continuant de parler à Mark. Il souriait.

— Oui, c'était bon. Je pense que je vais le garder dans le coin.

Je fis semblant d'être offensé, grognant pour qu'il entende ma réaction. Je lui grattai pas si gentiment l'arrière de son cou, le faisant sourire alors qu'il continuait de discuter au téléphone.

— Bien entendu, tu peux rester ici quand tu viendras nous rendre visite... Oh, bien sûr. Cela ne dérangera pas Carter de prendre la chambre d'amis...

— Si, ça me dérange ! l'interrompis-je.

Isaac éloigna le téléphone de sa bouche pour me parler, mais s'assurant que Mark puisse l'entendre.

— Mark dit qu'il restera dans mon lit, avec moi.

— Non, il ne le fera pas ! criai-je.

Me penchant, je parlai dans le téléphone.

— Non, tu ne le feras pas !

Nous pûmes entendre Mark rire, longtemps et très fort à travers le portable.

— Oh, Carter ! C'est si facile avec toi !

— Je suis d'accord, il est facile, répondit Isaac.

Je haletai pour de vrai cette fois, et recouvris sa main de la mienne, et repris l'appareil de ses mains.

— Vous avez fini tous les deux ? leur demandai-je, sachant que Mark pourrait m'entendre. Je ne suis pas facile.

Isaac se pencha vers moi et parla de manière à ce que Mark puisse entendre.

— Si, il l'est. Et il a des morsures d'amour pour le prouver.

Mark riait si fort que je doutais qu'il m'ait entendu lui dire de la fermer avant de lui raccrocher au nez. Je pris le visage souriant d'Isaac dans mes mains et le rapprochai pour déposer de petits baisers sur ses lèvres.

— Je vais regretter à jamais de vous avoir présenté l'un à l'autre.

— Tu aimes ça que nous nous entendions aussi bien.

Je l'embrassai à nouveau.

— Je ne peux pas croire que tu lui ais dit que j'avais des morsures d'amour.

— Oh, de qui te moques-tu ? s'écria-t-il. Mark adore ce genre de détails et tu le sais.

Mon meilleur ami était bisexuel. Un passionné du sexe autoproclamé qui « n'était pas tatillon » quant au fait de se retrouver au lit avec un mec ou une fille. Mon meilleur ami avait l'esprit en permanence sous la ceinture. Mon meilleur ami, Mark, qui n'avait jamais été effrayé par le fait que je sois tombé amoureux d'un aveugle. Mon meilleur ami qui s'était fait un chemin vers le cœur d'Isaac et l'adorait sans restriction. Tout comme Isaac adorait Mark.

— De toute façon, ajouta Isaac, il est énervé que tu ne l'aies jamais appelé pour lui dire que tu emménageais ici et que tu ne lui aies pas parlé du gars qui s'était introduit dans ma maison. Mais il viendra nous rendre visite le mois prochain, donc tu entendras *tout* ce qu'il a à te dire sur le sujet alors.

Il soupira.

— Oh, et il veut que tu lui envoies des photos de tes morsures et griffures sur son téléphone.

— Il ne les veut pas, répliquai-je. Tu as tout inventé.

Isaac sourit.

— Peut-être. Mais je suis certain qu'il apprécierait la vue.

Je me penchai et l'embrassai rapidement.

— Les marques sur mon corps sont pour toi et pour toi seulement.

Je me levai et me dirigeai vers la cuisine.

— Déjeuner d'abord, puis je déferai le reste de mes affaires. Je sortirai peut-être Missy pour la faire courir quand il fera plus frais, un peu plus tard.

Je sortis du jambon tranché du réfrigérateur et quelques tomates.

— Veux-tu aller au cinéma, ce soir ?

— Euh... Bien sûr.

Il y avait un cinéma pas très loin qui avait un système d'audio description. Où des aveugles et des gens capables de voir pouvaient regarder des films. Les aveugles portaient juste des casques qui leur donnaient une description auditive de ce qui se déroulait sur l'écran. Nous y avions été plusieurs fois durant les douze derniers mois.

— Je vais choisir celui que nous allons voir, parce que la dernière fois, celui que tu avais retenu était de la merde.

Ignorant ma pique, Isaac posa ses mains sur les deux côtés de la tête de Brady et posa son front contre celui du chien.

— Tu ne dois pas l'écouter. C'est lui qui a de mauvais goûts en matière de films, pas moi.

— Veux-tu ton sandwich au pain de seigle avec jambon et tomates avec ou sans fromage ?

— Sans fromage, merci.

— Et mes goûts concernant les films sont très bien.

Isaac se mit à rire et se leva pour venir dans la cuisine.

— Tu es autorisé à avoir ton propre avis sur le sujet, dit-il, allant au réfrigérateur et sortant la cruche de thé glacé. Même si tu as tort.

Je glissai des tranches de tomate et refermai son sandwich.

— Tiens, voilà ton déjeuner. Supplément de fromage.

Il remplit deux verres de thé, suivant délicatement son doigt sur le bord du verre.

— Et voilà ton thé. Extra insipide.

Il poussa un verre vers moi.

— Cela correspond à tes aptitudes à choisir un film.

— Ouais, merci. Je pensais que tu parlais des compétences de mon petit ami pour sélectionner un bon film.

Isaac mordit dans son sandwich et parla la bouche pleine.

— Nan, les choix de ton petit ami sont excellents.

Il avala sa nourriture.

— Tes compétences pour préparer un sandwich pourraient être améliorées, cependant.

Je me mis à rire et secouai la tête.

— Tu es très impertinent, aujourd'hui.

— Cela fait partie de mon charme.

Je mordis dans mon propre sandwich et, au lieu de prolonger notre gouaille, qu'il aurait sans aucun doute gagnée, je l'embrassai. Juste un petit baiser rapide.

— Viens-tu juste de m'embrasser avec du sandwich plein la bouche ?

— En effet, répondis-je en avalant ma nourriture.

— C'est dégoûtant.

Je souris.

— Cela fait partie de mon charme.

PENDANT QUE JE triais mes vêtements et faisais un peu de place dans la garde-robe d'Isaac, puis rangeais mon dossier de papiers personnels avec les siens sur le bureau, Isaac parla au téléphone avec Hannah. Ils mirent au point un brunch pour le lendemain.

Qui étais-je pour argumenter ? Je n'allais certainement pas discuter avec un Brannigan, encore moins deux.

Je revins dans le salon, vêtu de mon survêtement tandis qu'Isaac et sa sœur discutaient de la politique de stationnement du centre-ville pour des personnes avec des poussettes. Bien qu'il dût m'entendre entrer, je posai une main sur son épaule pour interrompre sa conversation.

— J'emmène juste Missy courir un peu, lui dis-je.

Je pris la laisse de la chienne, accrochée à un crochet de la véranda et appelai Missy pour qu'elle vienne me rejoindre à l'intérieur.

Elle était excitée et rebondit partout quand elle vit que je tenais sa laisse. Je l'attachai, embrassai le front d'Isaac en sortant pour lui préciser que je serais absent une heure ou deux, puis nous fûmes sur le trottoir, commençant un jogging à un rythme régulier.

C'était agréable. Non, mieux que ça. La *vie* était agréable. Et mes pieds retrouvèrent leur rythme habituel, me permettant de me perdre dans mes pensées. Les choses avec Isaac se passaient bien, Mark et lui s'entendaient à merveille, Hannah et Carlos avaient enfin eu un bébé, la petite Ada et j'adorais mon travail.

Mais c'était Isaac qui me faisait sourire. Je vivais avec lui, l'homme que j'aimais. Il s'améliorait : ses sautes d'humeur étaient rares par rapport au moment où nous nous étions connus et il apprenait à parler des choses qui le gênaient au lieu de tout garder pour lui. Et enfin, il apprenait de bonnes choses, comme quoi l'amour valait le fait de prendre des risques. Même sa relation avec son chien-guide, Brady, était au beau fixe.

Même l'incident effrayant avec l'intrus dans sa maison n'avait pas paru l'atteindre trop profondément. Il avait été secoué, naturellement, dans un premier temps et oui, il avait fait des cauchemars suite à ça, la première nuit, mais il semblait qu'il s'était repris, avait fait face et avait continué d'avancer.

Je savais qu'il était fort et solide. Il avait fait face à tant d'adversité dans sa vie et pourtant, il n'avait jamais renoncé. Bien entendu, parfois, il hésitait. Nous le faisions tous. Il avait des craintes comme tout le monde, mais il n'avait jamais laissé sa cécité l'empêcher de vivre. Il aimait son travail, il était bon dans ce qu'il faisait et était actif, et il avait quelques bons amis.

Ce n'était pas une surprise que je l'admire. Je ne faisais rien pour le cacher. C'était un homme remarquable. Même avec son tempérament, ses sautes d'humeur, ses murs défensifs et son époustouflante capacité à se montrer condescendant, arrogant et charmant en même temps, il était toujours parfait.

Parfait pour moi, de toute façon.

J'étais tellement perdu dans mes pensées que je n'avais pas réalisé depuis combien de temps je courais. Je vérifiai l'heure à ma montre et réalisai que cela faisait presque une heure. Je pouvais sentir la sueur couler dans mon dos tandis que je finissais la boucle de sept kilomètres dans le parc, à quelques pas de chez Isaac. C'était la fin de l'après-midi, le soleil chauffait encore et Missy haletait sans cesse. Je trouvai un robinet et collai mes mains sous l'eau pour lui donner à boire. Elle aimait courir, marcher et faire de la randonnée, elle aimait bien être à l'extérieur et je courais ou marchais avec elle presque tous les soirs. Mais il faisait chaud, donc après qu'elle et moi ayons bu, nous retournâmes vers la maison d'Isaac, nous laissant le temps de récupérer.

Alors que nous marchions dans l'allée, je vis une voiture garée devant, une que je ne reconnus pas. La pensée qu'Isaac était seul avec un inconnu augmenta ma fréquence cardiaque.

— Viens, dis-je à Missy tandis que je commençais à courir vers la porte.

Je l'ouvris et me précipitai à l'intérieur, ne me souciant pas de paraître grossier.

— Isaac !

— Nous sommes dehors, à l'arrière, me répondit-il.

Nous sommes. Comme dans *nous sommes*... Nous...

Il paraissait relativement heureux et je me sentis un peu stupide de penser qu'il avait pu être en danger. Je traversai la cuisine et rejoignis l'arrière de la véranda, puis la terrasse et je vis exactement qui la partie inconnue du « nous » était.

Je ne pouvais le croire.

Une partie de moi était totalement estomaquée et l'autre partie n'était absolument pas surprise.

Parce que, assis à la table de la terrasse avec Isaac, se trouvait Joshua Lindstrom.

Je libérai Missy et la laissai passer la porte avant moi et je la regardai trotter vers l'ombre des arbres avant de se vautrer dans l'herbe haute.

Je m'avançai vers la table et fis gentiment courir mes doigts sur l'épaule d'Isaac, le laissant savoir que j'étais là.

— Josh a appelé peu de temps après que tu sois parti. Il n'est pas là depuis longtemps. Il voulait juste venir et présenter ses excuses.

Seulement alors, je regardai Joshua.

— Pour quoi ? demandai-je, toujours choqué que ce gars ait eu l'audace de venir ici.

Dans la maison d'Isaac.

— Je voulais m'excuser auprès de vous deux, dit-il. Je ne voulais pas offenser l'un d'entre vous hier quand j'ai demandé à Isaac de sortir pour dîner. Je n'avais pas réalisé que vous étiez ensemble.

Je lui souris. Il savait foutrement bien que nous étions ensemble. Je pouvais sentir mon sang commencer à bouillir et j'étais sur le point de lui demander à quel putain de jeu il jouait, quand Isaac se mit à parler.

— Carter, te joins-tu à nous ?

— Non, je suis en sueur, répondis-je. Je vais peut-être aller me rafraîchir dans la piscine. Je vais juste aller me changer.

— D'accord, répondit Isaac avec hésitation.

Je savais que mon refus d'accepter les excuses n'allait pas passer inaperçu et vu la façon dont Josh me regardait, je savais également qu'il l'avait remarqué.

Je me rendis dans notre chambre, retirai mes vêtements et sortis mon maillot de bain de l'étagère, murmurant intérieurement. Présenter des excuses, mon cul ! Ce gars me frottait vraiment dans le mauvais sens du poil. Et alors que j'allais sortir, j'aperçus mon torse nu, recouvert de traces de morsures et de griffures et, pendant un très bref moment, j'envisageai de mettre un tee-shirt pour les recouvrir, puis j'y réfléchis à deux fois. Je souris.

Je voulais qu'il les voie.

J'attrapai une serviette, retirai mes baskets sales dans la lingerie avant de sortir et me dirigeai vers l'extérieur. L'expression sur le visage de Joshua était inestimable.

Il essaya de dissimuler sa surprise, puis il se reprit plutôt rapidement, mais continua de regarder. J'étais relativement bronzé, mais des taches pourpres ornaient toujours ma poitrine, mes épaules et mon cou, faisant un contraste frappant avec la couleur de ma peau. Il n'y avait pas à se méprendre sur elles, ni sur ce qu'elles étaient.

J'avais « propriété d'Isaac Brannigan » estampillé partout sur moi.

Je ne pouvais pas ne *pas* sourire tandis que je me glissais dans l'eau fraîche. Je ne fis qu'une seule longueur, sentant ma peau échauffée se refroidir au contact de l'eau et je souriais toujours à la réaction de Joshua quand j'étais arrivé à la piscine.

Je m'essuyai rapidement après, puis enroulai la serviette autour de ma taille, laissant mon torse non recouvert, et me laissai tomber dans la chaise à côté d'Isaac avec un gémissement.

— Désolé à propos de ça, dis-je, mine de rien. Qui a eu l'idée stupide de vouloir aller courir sept kilomètres par cette chaleur ?

Isaac sourit.

— Cela doit être toi.

— Oh, ouais, dis-je, posant une main sur sa cuisse. Ça l'était aussi.

Je regardai Joshua et lui adressai un grand sourire. Il me dévisageait avec une expression que je n'arrivais pas vraiment à interpréter. C'était un mélange d'incrédulité, de dégoût, de gêne et d'admiration. Il me sourit, presque agréablement.

— Carter, je pensais ce que j'ai dit tout à l'heure. Je voulais éclaircir les choses, c'est tout.

Je hochai la tête, et parce que j'étais obligé de lui répondre, je lui dis :

— Sans rancune.

Isaac se racla la gorge doucement.

— Excusez-moi, l'appel de la nature, dit-il. Je ne serai pas long.

Il tapota deux fois ma cuisse, ce que je pris pour l'équivalent de « sois gentil ».

Je le regardai tandis qu'il entrait dans la maison et quand la porte fut refermée derrière lui, je dévisageai Joshua.

— Pourquoi êtes-vous vraiment ici ?

Il sourit et regarda ses mains.

— Croyez-le ou non, je suis vraiment venu ici pour m'excuser.

— Et si je ne vous crois pas ?

Joshua haussa les épaules.

— Vous n'avez pas à le faire. Je suppose que je réagirais de la même manière si j'étais à votre place, mais je ne veux pas causer de problèmes, dit-il, me regardant droit dans les yeux.

Puis, il prit tout de même un air un peu penaud.

— C'est juste que je... Eh bien, je bouge souvent, voyage beaucoup avec mon travail et ce n'est pas très souvent que je rencontre des gars avec qui je peux me lier. Je veux dire, je rencontre des hommes pour un coup rapide, dit-il en rougissant à l'admission. Mais pas pour des conversations, des discussions sur le travail, la politique ou juste sur des choses courantes, vous savez ?

Je le dévisageai, un peu incrédule.

— Vous voulez parler ?

— Eh bien, ouais, répondit-il en haussant les épaules. C'est assez solitaire d'être tout le temps sur les routes. J'ai rencontré Isaac au travail, comme vous le savez, et nous parlons de livres et... c'était bon d'avoir une conversation intelligente avec quelqu'un à propos de quelque chose qui m'intéressait, et le fait qu'il soit également gay a rendu la chose plus facile, vous savez ?

Il releva les yeux vers moi et m'adressa un petit sourire.

— Je ne veux pas vous causer de problèmes, vraiment. Je me sens un peu stupide, pour être honnête.

Je souris à ça. Le voilà donc, admettant juste vouloir un ami. Quelqu'un à qui il pourrait parler, à propos de livres ou de problèmes qui affectaient la communauté des aveugles – deux choses pour lesquelles Isaac était passionné – et un collègue homosexuel qui plus était. Qui étais-je pour empêcher Isaac d'être ami avec les gens avec qui il s'entendait bien et avait des choses en commun ?

Je ne savais toujours pas vraiment quoi faire de lui. Apparemment, il disait la vérité, mais il y avait toujours ce sentiment sous-jacent, cette impression que quelque chose n'allait pas, quelque part, mais je n'arrivais pas à mettre le doigt dessus.

Il semblait dire toutes les bonnes choses, paraissait suffisamment honnête, et il voyageait à travers le pays, visitant des écoles pour aveugles afin de les aider. Théoriquement, il aurait vraiment dû être un gars super. Et si Isaac travaillait avec lui et devenait son ami, alors ce n'était pas mes affaires de m'immiscer entre eux. Donc, je pris la décision de faire un effort avec le nouvel ami d'Isaac.

Après tout, il n'était encore là que pour deux mois à peu près. En quoi cela pouvait-il être mauvais ?

Isaac revint et alors qu'il se rasseyait, je me levai.

— Qui veut un verre ?

Et juste comme ça, j'offrais un rameau d'olivier métaphorique à Joshua. Mais quand je me levai – et parce que je ne pus m'en empêcher – je me tournai et marchai vers la porte, de manière à ce que je sois certain qu'il ne puisse pas manquer de voir les griffures sur mes épaules et les morsures sur mon dos et mon cou.

J'avais dit que j'allais faire un effort. Je n'avais jamais dit que je serais un saint pour autant.

Je revins avec trois bouteilles d'eau et quelques bretzels, et ils discutaient à ce qui ressemblait à du travail pour moi. Quelque chose à propos de l'évolution des e-books et des écrans de liseuses, et de comment cela révolutionnait la lecture de nouvelles sorties et des classiques pour les aveugles. Isaac souriait tandis qu'il parlait et je les écoutai débattre, les rejoignant à l'occasion.

Joshua interrogea à Isaac à propos de son travail à Hawkins et, bientôt, la conversation concerna le travail d'Isaac. J'aimais le regarder parler de ses classes et des enfants à qui il enseignait. Tout son visage s'illuminait et il utilisait beaucoup ses mains. Assis là à l'écouter parler, avec ma main sur sa cuisse, je me retrouvai à sourire, en le dévisageant.

Joshua me regarda à travers la table et sourit, avant de détourner le regard, paraissant embarrassé d'être le témoin de mon adoration flagrante pour Isaac.

Je n'allais certainement pas m'excuser pour ça.

— Y a-t-il un problème ? demanda Isaac, incertain devant le silence embarrassé.

Je pris sa main et la serrai.

— J'adore te regarder quand tu parles de ton travail, répondis-je. Je pense que j'ai mis Joshua mal à l'aise par la façon dont je te regardais.

— Oh, non, dit rapidement Joshua. C'est juste... Je ne vois pas très souvent un couple de gays ensemble. C'est... eh bien, c'est agréable.

— Oh, dit Isaac, se redressant. Désolé.

— Ne t'excuse pas, lui dis-je.

Il se tourna vers moi.

— Es-tu encore en train de baver sur moi ?

J'éclatai de rire et regardai Joshua.

— Heureusement, il est seulement *un peu* vaniteux.

Joshua sourit et après une pause pensive, il demanda :

— Alors, vous êtes ensemble depuis un moment ?

— Un peu plus d'un an, lui répondis-je.

Il sembla surpris par ma réponse.

— Et vous vivez ensemble ?

— Ouais, dis-je. Mais ça, c'est très récent.

— Ouais, reprit Isaac en soupirant. Il m'a eu à l'usure finalement.

Je me mis à rire.

— Il me semble me rappeler des mots « viens habiter chez moi » sortant de ta bouche.

— Seulement parce que tu n'arrêtais pas de me harceler, dit Isaac avec un reniflement de dédain.

Je regardai Joshua et levai les yeux au ciel.

— Vaniteux *et* odieux !

Isaac sourit et serra ma main.

— Oh, oui, mais tu savais ça bien avant d'emménager avec moi.

Joshua nous souriait et je secouai la tête.

— Je ne gagne jamais ce genre de conversations.

Il se mit à rire.

— Non, je m'en doute un peu.

— Ne le laissez pas vous tromper, Joshua, dit Isaac avec un sourire. Carter donne autant qu'il reçoit.

Les yeux de Joshua se posèrent sur les morsures sur mon torse nu, puis remontèrent vers mon visage.

— Je peux voir ça.

Je souris, probablement un peu trop béatement, puis détournai le regard sur le jardin dans l'après-midi tombante.

— Eh bien, je ferais mieux d'aller prendre une douche et de nourrir les chiens si nous allons voir ce film.

Instinctivement, la main d'Isaac se posa sur sa montre. Il ouvrit la petite vitre et lut l'heure du bout de ses doigts.

— Oh, il n'est que quatre heures.

— Ouais, nous devons aller dîner quelque part avant.

— D'accord, dit-il en haussant les épaules. Mais si tu choisis le film, alors je choisis le restaurant.

— Marché conclu.

Je me levai et regardai Joshua, espérant qu'il comprendrait que c'était l'heure qu'il parte. Heureusement, il le fit.

— Je ferais mieux de vous laisser, les gars, dit-il en se levant. Merci de m'avoir laissé passer l'après-midi avec vous.

Merci de t'être invité toi-même, c'était plutôt ça.

Isaac se leva.

— De rien, Josh. Cela a été un après-midi agréable.

— En effet, répondit-il poliment.

Nous rentrâmes tous à l'intérieur et je préparai le dîner pour Brady et Missy pendant qu'Isaac raccompagnait Joshua à la porte d'entrée. Je remplis les bols des chiens et Isaac vint me retrouver dans la cuisine.

— T'a-t-il appelé à l'improviste pour dire qu'il voulait te voir ?

Isaac s'appuya contre le comptoir de la cuisine.

— Oui. Il a dit qu'il se sentait mal au fait de m'avoir invité à sortir devant toi, expliqua-t-il. Il voulait s'excuser auprès de nous deux.

Je me lavai les mains à l'évier.

— J'ai été surpris de le voir, ça, c'est sûr. J'ai pensé qu'il avait pu surveiller et attendre que je parte, ajoutai-je, moitié plaisantant, moitié pas du tout.

Il resta silencieux pendant un moment.

— C'est un gars sympa. Je pense qu'il se sent seul, c'est tout.

Je m'avançai vers lui et posai mes mains sur ses bras.

— Peut-être. Mais au moins, il sait que nous sommes ensemble maintenant.

— En effet, acquiesça-t-il et il posa ses mains sur ma taille.

Quand ses doigts sentirent ma peau nue, ses mains rampèrent sur mes côtés et sur ma poitrine.

— Étais-tu torse nu pendant tout ce temps ?

Je me mis à rire.

— Ouais. Depuis que je suis allé nager.

— Devant Josh ?

— Oui, dis-je, souriant toujours. Morsures et tout.

Isaac haleta et sa bouche se mit à béer.

— Carter !

— Et maintenant, il sait, sans l'ombre d'un doute, que nous sommes ensemble.

— Oh, Carter... gémit-il. Maintenant, il va penser que je suis une sorte de fétichiste.

— Tant qu'il sait que tu es *mon* genre de fétichiste, je m'en moque.

Ses épaules s'affaissèrent.

— Je travaille avec lui !

Puis il fronça les sourcils.

— Que veux-tu dire par *ton* genre de fétichiste ?

— Ton, comme dans je t'appartiens.

— Tu ne *m'appartiens* pas.

— Ah, mais je me permets de ne pas être d'accord. Ça dit « Isaac était là ». Et là, dis-je en prenant sa main.

Je posai le bout de ses doigts sur les morsures sur ma poitrine.

— Et là...

Je faisais bouger sa main tandis que je parlais.

— Et ici...

Il grogna et posa son front sur mon torse.

— Que suis-je censé lui dire lundi ?

Je relevai son menton.

— Tu te tiendras la tête haute et tu lui diras que tu es très aimé.

Il me sourit.

— Je ne peux toujours pas croire que tu aies fait ça.

— Préférerais-tu que je laisse quelques marques « Carter était là » sur ton cou et ta poitrine à la place ?

Il haleta à nouveau.

— Tu n'oserais pas !

— Si ton ami Joshua n'a pas encore compris, alors oui, je suis totalement pour.

Il sourit et me repoussa doucement.

— Va prendre ta douche. Habille-toi. Le dîner chez Lucia et les films de ce soir sont sur ton compte.

— Oh, chouette ! m'écriai-je sarcastiquement tandis que je traversais le salon et le couloir. C'est la première fois que tu me *laisses* payer et tu choisis l'un des restaurants les plus chers de Boston.

— Considère-toi comme chanceux, me cria-t-il.

J'entrai dans la salle de bain et lui criai en retour :

— Tu devrais te considérer toi-même comme chanceux si tu viens me rejoindre dans cette douche !

Je retirai mon maillot de bain quand j'arrivai dans la salle bain et au moment où j'ouvrais les robinets, il était derrière moi.

— COMMENT ÉTAIT LE FILM ? demanda Hannah.

Nous prenions le brunch, avec de petits sandwichs et des pâtisseries, assis à l'ombre, dans la véranda de leur maison, pendant que les chiens se vautraient sur la pelouse.

— Très bien, dis-je. J'ai aimé.

— C'était de la merde, ajouta Isaac.

Il était assis près de la terrasse extérieure, à une petite table loin de moi, avec Ada blottie contre lui. Il était particulièrement beau aujourd'hui, habillé d'un polo blanc, d'un bermuda et de ses lunettes de soleil de marque. Il sourit dans ma direction.

— Carter aime les films d'action et de violence.

Je levai les yeux au ciel et pris une gorgée de ma bouteille d'eau.

— Non pas que je ne trouve pas les films étrangers très artistiques et tout à fait fascinants.

Carlos se mit à rire.

— Hannah et moi avons des conversations similaires.

Hannah haussa un sourcil, pas du tout impressionnée par son mari.

— C'est parce que tes acteurs préférés sont Stallone et Arnie.

— Et alors ? se défendit-il. Qu'y a-t-il de mal à ça ?

Isaac ricana.

— Oh, mon Dieu ! Et moi qui croyais que les goûts de Carter en matière de films étaient mauvais.

Carlos s'adossa à son siège et secoua la tête en me regardant.

— Ce n'est pas de notre faute, ils n'ont aucun goût concernant la maîtrise cinématographique.

Et notre matinée s'écoula à échanger des plaisanteries, jusqu'à l'heure du déjeuner, lorsque je suggérai que nous devrions reprendre la route.

— Je dois passer dans mon ancienne maison et m'assurer

que les déménageurs ont bien tout pris, leur dis-je. Les nettoyeurs viennent demain. L'agent immobilier a déjà quelqu'un d'intéressé pour la louer.

— Oh, donc il n'y a plus de retour en arrière possible maintenant, dit Hannah avec le sourire. Sans regrets ?

Ma réponse fut immédiate.

— Aucun.

— Pour l'instant, ajouta Isaac. Cela ne fait qu'une semaine. Laisse-lui le temps.

— Arrête d'agir comme un idiot, Isaac, rétorqua-t-elle.

Puis elle me regarda.

— S'il se montre stupide avec toi, fais-le-moi savoir.

Je me mis à rire.

— Je pense que je lui ai fait comprendre.

Elle avait l'air fatigué, mais je savais qu'il valait mieux éviter de le lui dire de but en blanc.

— Tu devrais prendre un peu de repos tant qu'Ada dort.

Elle m'adressa un sourire et Carlos leva les yeux au ciel. Hannah et Isaac étaient tellement semblables. Têtus et indépendants. Caractères de Brannigan...

Elle sourit et nous embrassa tous les deux et nous serrâmes la main de Carlos, puis Isaac dit qu'il n'avait pas envie de passer le harnais à Brady pour aller jusqu'à la Jeep. Au lieu de ça, il utilisa mon bras comme guide et je le laissai devant la portière, côté passager. J'attachai les deux chiens à leurs harnais et nous partîmes.

Quand nous arrivâmes à mon ancienne maison, nous libérâmes les chiens et cette fois, Isaac remit son harnais de marche à Brady. Nous entrâmes pour trouver la maison, comme nous nous y attendions, complètement vide. Je passai de pièce en pièce, regardant dans les placards et les penderies. Il ne restait plus aucune trace de mon passage ici.

Isaac se tenait debout, penché contre le comptoir de la cuisine, avec Brady à ses pieds.

— Il y a de l'écho et c'est froid, dit-il. Ça ne ressemble plus du tout à chez toi.

Je m'avançai vers lui et embrassai ses lèvres.

— C'est parce que ce n'est plus chez moi. Plus maintenant. Chez moi, c'est avec toi, chez toi.

Il sourit, presque tristement.

— Es-tu certain de vouloir faire ça ?

— Faire quoi ?

— Renoncer à ta maison ?

— Quoi ? demandai-je, jetant un coup d'œil à la maison vide. Aurais-tu des doutes ?

— Non.

Il secoua la tête et tendit la main, la posant à plat sur ma poitrine.

— Je n'ai aucun doute.

— Alors, qu'y a-t-il ?

Il haussa les épaules.

— Je ne veux pas que *tu* regrettes d'être venu vivre avec *moi*.

— Pourquoi le ferais-je ?

— Parce que je suis aveugle.

Je pris sa main et l'embrassai.

— Nous en avons déjà parlé, Isaac. Je me fiche du fait que tu ne puisses pas voir.

Il soupira de manière exagérée.

— Tu es insupportable.

Je ricanai, heureux que cette tournure déprimante qu'avait prise la conversation soit terminée.

— Nan, dis-je. Je suis incroyable et génial.

— Et tu as dit à Josh que *j'*étais celui qui était prétentieux et arrogant ?

— Parce que tu l'es.

— Et pas toi, peut-être ?

— Non, je suis incroyable et génial.

— Si je suis d'accord avec ça, cela ne signifie pas que tu gagnes cette manche.

Je me mis à rire et pris son visage dans mes mains pour l'embrasser.

— Si, c'est vrai. J'ai totalement gagné celle-ci.

Il essaya de ne pas sourire.

— Une sur plus de deux cents, ce n'est pas si mal.

Je fis une petite danse de la joie.

— Ouais, mais tu penses que je suis incroyable et génial.

— As-tu fini ?

— Même pas en rêve !

Isaac soupira de nouveau et tira doucement sur le harnais de Brady.

— Allez, viens, Brady. Nous n'avons pas besoin de rester là pour ça, dit-il d'un ton plat. Aucun doute, nous n'avons pas fini d'en entendre parler pendant un moment.

Je souris tandis que je le suivais dehors, regardant la maison derrière moi pour la dernière fois. Quand nous revînmes chez lui, je passai en revue l'inventaire que les déménageurs m'avaient envoyé, vérifiant et contrôlant deux fois la liste détaillée que j'avais et ce qu'ils avaient emballé, pendant qu'Isaac était recroquevillé sur le canapé avec un livre.

Quand j'eus terminé, je rampai sur son corps, me faufilant sous le livre et me blottis contre lui. Après l'avoir suffisamment agacé, au lieu de lire, il essaya de m'apprendre quelques mots en Braille.

Me guidant du bout de ses doigts, il me montra des lettres et des mots et pendant que j'apprenais les bases, Isaac déclara que j'étais l'élève le plus lent qu'il avait jamais eu. Alors, je le chatouillai à la place, jusqu'à ce qu'il rie, se tortille et se torde sous moi, ce qui, bien entendu se termina en une série de caresses sur le canapé, et finit, évidemment, dans la chambre.

Et voilà comment s'écoula la deuxième semaine de notre vie ensemble. Amusement, baisers, rires, discussions à propos de tout et n'importe quoi et c'était foutrement parfait.

Mais quand je rentrai à la maison jeudi soir, après mes visites à domicile, alors qu'Isaac était censé prendre un taxi pour rentrer chez lui, je me garai dans l'allée pour trouver une voiture garée dehors, devant la maison. Isaac, manifestement, avait été ramené chez lui après son travail.

Par Joshua.

CHAPITRE SEPT

JE DÉCIDAI de me garer dans le garage, sachant qu'Isaac et Joshua entendraient s'ouvrir la porte automatique. Bon sang, Isaac pouvait entendre ma Jeep venir du bas de la rue. Mais je ne savais pas ce que j'allais trouver.

Je ne savais pas non plus si je devais être en colère ou si je devais avoir peur. Il y avait deux ans, j'étais rentré plus tôt pour surprendre mon ex-petit ami, et l'avais trouvé dans notre lit avec un autre gars.

Isaac savait tout de ma relation avec Paul et comment elle s'était terminée, et je n'avais jamais, pas une seule fois, pensé qu'Isaac serait du genre à me tromper. Je le *connaissais*. Je *connaissais* cet homme et je savais du fond de mon âme qu'il n'était pas capable d'un tel acte, mais cela n'empêcha pas la douleur froide de la peur de nouer mon ventre alors que j'entrais.

C'était presque comme une sensation de déjà-vu.

J'arrivai par la porte intérieure du garage, puis traversai la buanderie et la véranda. Je pus les entendre avant de les voir. Les voix venaient du salon, discutant de recherches médicales concernant quelque chose, mais la conversation s'arrêta lorsque je rentrai dans la pièce.

Je posai mon sac sur le comptoir de la cuisine et fus accueilli avec enthousiasme par Missy, puis par Brady. Je caressai les deux chiens, puis entrai dans le salon. Décidant de faire comme d'habitude, je les saluai.

— Hey !

Isaac m'adressa un sourire.

— Carter, dit-il, assis une jambe repliée sous l'autre.

Il tapota le siège à côté de lui, me faisant signe de m'asseoir là.

— Tu rentres un peu tard. Tout va bien ?

Je me laissai pratiquement tomber sur le canapé, à côté de lui.

— Ouais, tout va bien. Je t'en parlerai plus tard, lui dis-je, regardant Joshua.

Je lui adressai un petit sourire.

— Joshua.

— Bonjour à nouveau, dit-il plutôt gaiment. J'espère que cela ne vous dérange pas, j'ai offert à Isaac de le ramener chez lui. Cela lui a épargné une course en taxi.

— Dérangé ? Non, ça ne me dérange pas du tout, mentis-je en souriant.

Je revins sur Isaac et posai une main sur son genou.

— Comment s'est passée ta journée ?

— Bien, répondit-il d'un ton enjoué. Nous étions justement en train de discuter des avancées médicales avec différentes opérations des yeux. C'est plutôt intéressant.

Puis il posa sa main sur ma cuisse.

— Tu es sûr que tout va bien ? Tu n'en as pas l'air.

— Si, je vais bien, répondis-je en soupirant.

Puis je changeai totalement de sujet.

— Que veux-tu faire pour dîner ?

Isaac inclina la tête, se demandant manifestement ce qui se passait avec moi, pourtant très conscient de la présence de Joshua, assis dans la pièce.

— Commandons quelque chose, d'accord ? Tu peux choisir, ça m'est égal.

C'était la manière qu'avait Isaac de se montrer doux. Il savait que je n'étais pas en état d'argumenter. Je lui souris et caressai sa cuisse, puis relevai les yeux vers Joshua pour le trouver en train de sourire en nous regardant.

— Je peux y aller, dit-il rapidement. Carter, si vous avez eu une mauvaise journée...

— Non, c'est bon. Je suis certain que cela ne dérange pas Carter, intervint Isaac, parlant à Joshua. J'étais plutôt intéressé par les sites d'informations dont vous parliez.

Tant pis si cela me dérange, pensais-je. Et autant cela m'énervait qu'il soit ici, ce qui m'énerva encore plus, c'était que j'avais pensé qu'Isaac était du même genre que mon ex petit ami Paul qui m'avait trompé.

— Ça ne me dérange pas, dis-je à nouveau. Sincèrement, c'est le cas. Je vous suis reconnaissant d'avoir ramené Isaac à la maison.

Isaac me serra la cuisse, de manière rassurante et douce, mais Joshua se leva.

— Non, je dois vraiment y aller de toute façon. Isaac, je peux vous donner cette information au travail demain matin. Il n'y a pas d'urgence. De toute façon, on dirait que vous pourriez avoir besoin d'un peu de temps seuls, tous les deux, pour l'instant.

— Joshua, dis-je en me levant également. Vous n'avez pas à partir, vraiment, je vais bien.

— Ce n'est pas un problème, dit-il rapidement. Je dois y aller de toute façon.

Isaac se leva à côté de moi.

— Si vous en êtes sûr...

Il l'était, apparemment, parce qu'il partit. Je ne savais toujours pas quoi faire de lui. S'il était un tel crétin, pourquoi serait-il parti à mon retour ? Je n'aimais toujours pas le gars, mais il s'était, peut-être, racheté juste un peu.

Je fermai et verrouillai la porte derrière lui.

— Je ne voulais pas le chasser, dis-je à Isaac tandis que je revenais dans le salon.

Il était toujours assis sur le canapé et je m'assis à côté de lui.

— Non, c'est bon, dit-il. Je sais que ce n'est pas le cas. Il a dit qu'il devait partir.

Je me penchai et lui donnai un rapide baiser.

— Tu apprécies sa compagnie ?

— Seulement en tant qu'ami, Carter...

— Oh, je sais ça, dis-je en lui coupant la parole. Ce n'est pas ce que je voulais dire. Je pensais que tu aimais sa compagnie, et que vous vous entendiez bien, c'est tout.

— Oui, nous nous entendons bien, admit-il. Il sait tellement de choses à propos de ce que nous faisons à Hawkins et ce que font les autres écoles à travers le pays. Il connaît tout sur les nouvelles technologies et programmes et les derniers développements sur les recherches. Je trouve ça intéressant.

Je posai ma tête sur le dossier du canapé et le regardai.

— Je sais que ça t'intéresse, bébé. C'est vraiment bien.

Il tendit la main, attrapant la mienne.

— Dis-moi. Que s'est-il passé aujourd'hui ?

Je pris une profonde inspiration et soupirai.

— C'est Madame Yeo. Elle n'allait vraiment pas bien.

— Oh !

— Ouais. J'ai demandé s'il y avait quelqu'un que je pouvais appeler, mais elle a dit qu'elle allait bien.

— Qu'est-ce qui ne va pas avec elle ?

— Ça ressemblait à une infection pulmonaire. Elle toussait et crachotait. Elle n'allait vraiment pas bien, et elle est si petite et fragile.

— Elle n'a aucune famille, n'est-ce pas ?

— Je pense qu'elle a mentionné un neveu ? dis-je, essayant de me souvenir. Mais, bon sang, il doit au moins avoir la soixantaine.

Je soupirai.

— Je m'inquiète juste pour elle, c'est tout.

— Veux-tu que nous lui rendions visite ce week-end ? demanda-t-il. Nous pouvons y faire un tour et vérifier qu'elle va bien demain.

— Je ne sais pas, dis-je en hésitant. Ne serait-ce pas outrepasser quelque frontière professionnelle ?

— Carter, me reprocha-t-il. Tu as continué d'aller la voir toutes les deux semaines pendant un an. Nous lui avons donné ce nouveau chat quand le sien est mort ! Tu l'as même aidée à l'enterrer. Je pense que nous devrions y aller et lui rendre visite.

Je lui souris chaleureusement, et pris sa main dans les miennes.

— Tu ne peux pas me tromper, Monsieur Brannigan. Tu veux peut-être que le monde pense que tu es snob et arrogant, mais je sais combien tu es doux en réalité.

— Oh, non, dit-il avec désinvolture. Je suis vraiment arrogant. Je le suis même assez pour l'admettre.

Je me penchai et l'embrassai.

— Eh bien, ton arrogance pourrait-elle se contenter d'un dîner italien ? J'ai envie de pâtes et de salade.

— C'est parfait.

NOUS APPELÂMES pour dire à Madame Yeo que nous passerions samedi. Elle n'allait pas bien, mais apprécia le fait que nous ayons pris le temps de l'appeler et de venir en apportant de la soupe de poulet avec nous. Quand nous partîmes, Isaac était d'accord sur le fait qu'elle était malade. Elle retourna au lit alors que nous partions.

Le dimanche, nous allâmes faire de la randonnée sur les sentiers du Wompatuck State Park. Nous appréciâmes de nous retrouver au plein air, à faire de la randonnée et c'était le sentier de Wompatuck où Isaac avait passé la nuit dehors, dans le froid de l'hiver dernier. Mais nous revenions souvent, peut-être un week-end sur deux, prenant le chemin pavé ou les sentiers pour randonneurs. Pour un aveugle qui faisait de la marche, le duo Isaac/Brady formait une super équipe.

Et ils aimaient ça tous les deux. Isaac adorait ça. Nous prenions un sac à dos avec de quoi déjeuner, Missy également, et tous les quatre, nous passions des heures en pleine nature.

Sauf que, sans mes bottes de randonnée, nous étions limités aux chemins pavés, ce qui chagrina beaucoup Isaac. La police les avait prises et je ne les avais toujours pas récupérées.

Nous avions emprunté le parcours le plus populaire, afin de nous asseoir près du petit lac.

— Pourquoi ne me laisses-tu pas simplement t'en acheter une autre paire ?

— Parce que je vais récupérer une paire parfaite quand la police me la rendra.

— Je ne peux toujours pas croire qu'ils les ont prises, ou qu'ils aient pu penser que tu étais impliqué.

— Ouais, eh bien, plus ils pourront disculper de gens, mieux ce sera.

— Mmm... fit-il d'un ton pensif avant de prendre une gorgée de son eau. Pourtant, j'ai dit à l'inspecteur tout ce qu'il devrait avoir besoin de savoir.

Je ricanai.

— Tout le monde n'est pas aussi intelligent que toi. Tu pourrais avoir besoin d'être un peu plus tolérant envers ceux qui ne croient qu'en ce qu'ils peuvent voir.

Isaac grogna, soudain pris de colère.

— De toute façon, j'aimerais savoir s'ils ont trouvé quelque chose. Non pas que je m'y attende.

— Nous devrions appeler l'inspecteur demain, acquiesçai-je. Même si c'est juste pour lui rappeler que nous sommes toujours là.

Isaac soupira.

— Je ne sais pas quel en était le but, tu sais.

Je fronçai les sourcils.

— Le but de quoi ? D'avertir la police ? Parce que ce fils de pute mérite d'être attrapé !

— Non, dit Isaac en secouant la tête. Le gars qui... qui m'a poussé. Je ne sais pas pourquoi il a pris tout ça. Cela n'a aucun sens.

— Pourquoi dis-tu ça ?

— Il n'a rien volé qui avait vraiment de la valeur, expliqua Isaac. Bien sûr, l'ordinateur portable peut lui rapporter un peu d'argent chez un revendeur douteux, mais rien d'autre. Il a pris des choses au hasard. Pas des choses spécifiques.

— À quoi penses-tu, Isaac ? Penses-tu qu'il y a autre chose derrière tout ça ?

Il haussa les épaules.

— Je ne sais vraiment pas.

Il resta silencieux pendant une minute, pendant que mon esprit envisageait toutes les raisons possibles et les scénarios, cherchant ce que l'intrus voulait exactement. Avant que je puisse dire quoi que ce soit, Isaac commença à parler du fait que l'été était vraiment une saison différente des autres. Il me demanda ce que je savais à propos des migrations et des habitudes des oiseaux d'élevage qu'il pouvait entendre.

— Hmm... Je ne suis pas vraiment certain, admis-je. Je pourrais te donner une approximation.

Il fit claquer sa langue.

— Quel genre de vétérinaire es-tu ?

— Le mot-clef est « vétérinaire », pas ornithologue, me défendis-je fièrement. Je ne suis pas un expert en oiseaux.

— Oh, s'il te plaît ! se moqua-t-il avec impatience. Donne-moi tes suppositions concernant le huard gorge rouge.

— Eh bien, vu la taille de l'oiseau, je dirais qu'il pond entre deux et trois œufs au début du printemps. Le fait qu'il niche dans des arbres à feuilles caduques indique que c'est un oiseau qui migre pour l'hiver.

Isaac sourit et me poussa du coude.

— On dirait que tu fais plus que deviner. Pourquoi n'as-tu pas juste dit ça dès le départ ?

— Parce que je n'en suis pas vraiment certain.

— Peut-être pas, mais tu aurais pu me dire n'importe quoi, je n'aurais pas pu faire la différence.

Je secouai la tête.

— Pourquoi diable aurais-je fait ça ? Tu sais si je mens de toute façon.

Il inclina sa tête comme s'il y réfléchissait.

— Probablement. Mais ta réponse était plutôt impressionnante.

Je me moquai de lui.

— Si tu penses que c'est impressionnant, tu devrais

entendre ma théorie sur le rituel d'accouplement de l'espèce mâle homo-sapiens.

— Homosapiens ou homosexuels ?

— L'un ou l'autre, lui répondis-je. Je pratique couramment les deux.

Il me sourit.

— Y a-t-il quelque chose que tu ne connaisses pas ?

J'éclatai de rire.

— Rien que je ne sois pas disposé à apprendre, ce soir. Connais-tu des participants volontaires sur lesquels je pourrais pratiquer un examen ?

Il se pencha vers moi, me poussant à nouveau du coude.

— Eh bien, peut-être. As-tu quelque chose de particulier à l'esprit ?

— Je pense que je voudrais commencer par un examen physique complet et approfondi, compte tenu du fait que certaines zones ne peuvent être examinées que par la langue seulement.

Isaac prit le harnais de Brady et se leva.

— Es-tu prêt à partir ? J'ai une soudaine envie de rentrer à la maison.

Je ricanai.

— Vos désirs sont des ordres.

ISAAC TÉLÉPHONA à l'inspecteur Zinberg le lundi, après le travail et il lui fut répondu, fondamentalement, que bien que l'inspecteur ne soit pas là en ce moment, il y avait eu du nouveau dans l'affaire et qu'il serait contacté dans les jours suivants.

Il passa la soirée rivé à son ordinateur portable, avec ses écouteurs, à écouter quoiqu'il « lise » en ligne. Joshua lui avait donné une lecture intéressante et apparemment, cela le tenait plutôt absorbé.

Il était allongé sur le canapé avec son ordinateur sur les genoux et ses pieds sur mes genoux pendant que j'essayai de ne pas m'endormir en regardant la télévision. Ce n'était pas inhabituel pour Isaac de lire beaucoup, il restait souvent assis pendant des heures, perdu dans un livre, que ce soit audio ou en Braille. Il n'avait en général qu'un seul écouteur, afin qu'il ne soit pas totalement coupé du monde extérieur. Mais si c'était avec moi et que je regardais la télévision alors qu'il voulait lire – comme ce soir – il mettait ses deux écouteurs.

Je tapotai sa jambe et il souleva immédiatement un écouteur.

— Oui, que se passe-t-il ?

— Il est tard, bébé. Je vais au lit.

— Oh, j'en ai presque fini ici. Je serai là dans quelques minutes.

Je bâillai.

— Que lis-tu ?

— Oh !

Il semblait hésiter.

— C'est quelque chose que Josh m'a donné. C'est à propos des différentes recherches et avancées médicales en ophtalmologie. C'est vraiment très intéressant.

— Eh bien, cela le semble, mais je suis crevé, lui dis-je. Nous pourrons en parler demain si tu veux ?

— Hmm... D'accord. Bien sûr.

Je frottai son tibia à travers son bas de pyjama.

— Bien, je vais éteindre partout. Ne sois pas trop long.

— Je ne le serai pas, répondit-il, soulevant ses pieds de mes genoux pour que je puisse me lever. Ne fais pas de trop beaux rêves sans moi.

Il remit ses écouteurs, revenant à son document audio avant que je puisse répondre.

Je pointai la télécommande vers le grand écran plat, l'éteignis et quand j'atteignis le couloir, j'hésitai à éteindre la lumière. Je détestais toujours faire ça, même si, rationnellement, je savais que cela ne ferait aucune différence pour lui, ça me paraissait toujours désagréable. Je détestais la pensée d'éteindre les lumières pendant qu'il était toujours debout, à lire ou à écouter ce qui défilait sur son écran, même s'il m'avait assuré que cela ne faisait aucune différence pour lui, puisque son monde était un noir permanent.

Je souris tristement en le regardant assis sur le canapé avec ses écouteurs, parce qu'autant je détestais faire ça, autant cela me rendait triste de le faire, mais j'éteignis les lumières et laissai Isaac assis dans l'obscurité.

LES JOURS SUIVANTS, nous passâmes des soirées paresseuses à la maison. Je le conduisais au travail et allais le rechercher, nous faisions des promenades le soir et nous parlions, bien entendu. Isaac était enjoué, comme toujours, quand il parlait de son travail. Et je devais admettre que l'arrivée de Joshua et de ses connaissances sur cette industrie, suscitaient un enthousiasme chez Isaac que j'enviais.

Le soir, il lisait beaucoup, bien plus que d'habitude, pendant que je regardais la télévision ou lisais des revues professionnelles ou des journaux. Nous préparions à dîner, mangions, faisions l'amour. C'était en quelque sorte parfait.

J'appelai pour rendre visite à Madame Yeo, comme je le faisais tous les autres jeudis et pensais qu'elle allait de mieux en mieux. Elle ouvrit la porte, paraissant un peu pâle, toujours encombrée, mais elle sourit lorsque j'arrivai.

— Où sont Isaac et Brady ? me demanda-t-elle.

— Ils doivent être en train de rentrer à la maison, après le travail, lui dis-je. J'espère qu'il ne cherche pas à cuisiner le dîner, car il n'est vraiment pas doué pour ça.

Madame Yeo sourit.

— Mon mari ne pouvait pas cuisiner. Il était désespérant. Même pas capable de faire du thé, répondit-elle dans son mauvais anglais.

Je jetai un coup d'œil à son chat, Tiddles, bien que ce ne soit pas nécessaire. Ce n'était pas la santé du chat qui m'intéressait. Je m'assis avec la vieille dame pendant un moment, en sirotant du thé vert et en parlant de quelque chose qu'elle avait lu dans le journal. J'étais pratiquement certain que cela datait de la semaine précédente, non pas que cela comptait. Elle profitait juste d'avoir un peu de compagnie. Mais plus je restais, plus elle semblait se fatiguer et dès que je le pus sans paraître impoli, je lui dis que je devrais y aller.

— Dites bonjour à votre homme, me dit-elle tandis que je partais. Vous lui dites de me faire une petite visite, la prochaine fois.

— Je le ferai, lui répondis-je avec un sourire rassurant. Je lui dirai que vous avez demandé après lui.

M'étant attendu à ce que son état ait empiré, ou au mieux, qu'il soit le même que la dernière fois où je l'avais vue, je la laissai, heureux qu'il semble s'être amélioré. Mais mon humeur devint aigrie dès que je me garais pour trouver la voiture de Joshua devant l'entrée.

Il avait manifestement ramené Isaac à la maison, et j'aurais dû lui en être reconnaissant.

Mais cela ne fit que m'agacer.

J'essayai de l'apprécier, mais je n'y arrivais pas. Il y avait quelque chose à propos de lui sur lequel je ne pouvais pas mettre le doigt dessus.

Je passai par la porte intérieure du garage pour les trouver assis dans la cuisine, lisant quelque chose en Braille.

Ils avaient l'air très heureux et cela m'énerva également.

En général, je n'étais pas un homme jaloux. Enfin, je n'ai jamais pensé à moi-même comme étant jaloux. Je n'avais aucun problème à ce qu'Isaac passe du temps avec des amis. Là où j'avais un problème, c'est quand cet *ami* n'agissait pas du tout comme tel.

Néanmoins, je souris quand je vis Isaac. Je le faisais presque toujours.

Isaac tourna la tête au bruit de mes pas, et me sourit.

— Hey.

Je m'avançai vers lui, ignorant totalement Joshua, j'embrassai mon petit ami sur la joue.

— Hey. Que fais-tu ?

Isaac sourit et tapota ses doigts sur le livre devant lui.

— Juste un peu de lecture. Tu as l'air plus heureux. Comment va Madame Yeo ?

— Elle semblait aller mieux, lui répondis-je. Toujours pas la grande forme. Elle fatigue rapidement.

— C'est bon, non ?

— Ouais, je pense. Oh ! dis-je comme si je me souvenais de quelque chose. Elle m'a dit de te dire que tu devais prendre quelques cours de cuisine pour « garder ton homme heureux ».

Je l'imitais lamentablement.

— Pourquoi aurait-elle dit ça ?

J'adressai un sourire en coin à Joshua.

— Je pourrais lui avoir dit que ta cuisine était... expérimentale.

— Expérimentale ? répéta Isaac.

Puis il fit la moue.

— Et j'allais faire la cuisine pour ce soir.

— Oh !

— Eh bien, plus maintenant, dit-il, indigné. Que Dieu nous en préserve si c'est trop *expérimental*.

Je lui adressai un sourire.

— Ça m'arrive d'aimer ce qui est expérimental.

Isaac pinça ses lèvres, sachant que je ne parlais plus de sa cuisine.

— Eh bien, dit-il en se raclant la gorge et en se tournant face à Joshua. S'il vous plaît, excusez Carter. Il n'a aucune manière.

Je me mis à rire.

— Salut, dis-je en guise de salutations.

Il eut un sourire pincé.

— Salut.

Missy était patiemment assise à mes pieds, essayant de contenir son excitation au fait que je sois rentré à la maison. Je la caressai longuement. C'était une parfaite excuse pour montrer à Joshua qu'il ne valait pas mon attention.

— Salut, ma fille, roucoulai-je tandis que je malmenais un peu la face de Missy. Tu veux dîner en premier ou aller te promener ?

— Parle-t-il toujours à son chien ?

— Il m'a fallu beaucoup de temps pour réaliser que bien que nous soyons peut-être les deux seuls êtres humains dans la pièce, parfois sa conversation ne m'était pas destinée.

Me relevant, je souris et haussai les épaules.

— Désolé, Isaac, veux-tu dîner ou aller faire une promenade en premier ?

Isaac soupira de manière exagérée.

— Vous voyez ce que je dois subir, Josh ?

Je me mis à ricaner et secouai la tête.

— Ce n'est pas très dur pour toi, Isaac. Je vais même te laisser cuisiner le dîner pour te le prouver.

— Ouais, merci !

— Je suis prévenant comme ça, ajoutai-je tandis que je me lavais les mains à l'évier.

Quand j'eus fini, je me dirigeai vers le réfrigérateur.

— Thé glacé, eau ou bière ?

En même temps que des boissons, je sortis du réfrigérateur quelques fromages différents et ces petits poivrons marinés qu'Isaac aimait de la charcuterie, puis des gâteaux apéritifs de l'armoire.

— J'ai un peu faim. Tenez, servez-vous, dis-je à Josh.

Sur une petite assiette, je découpai quelques dés de fromage, ajoutai quelques poivrons et des crackers et déposai le tout devant Isaac.

— Tes favoris : midi, quatre et huit heures, dis-je, lui faisant savoir où se trouvait la nourriture sur l'assiette.

C'était une habitude pour moi de faire ainsi et Joshua travaillant avec des gens aveugles, je présumais qu'entendre des choses placées selon le cadran d'une horloge n'aurait rien de nouveau pour lui.

Le coin de sa bouche trembla, formant presque un sourire. Cela ressemblait à un sourire triste. Des réactions comme ça me rapprochaient de Joshua. Parfois, il était suffisant et m'adressait un regard empli de défi, puis d'autres fois, il souriait et paraissait presque désolé.

Je n'arrivais pas à le comprendre.

— Mmmm... gémit Isaac.

Puis, il parla, la bouche à moitié pleine.

— Josh, vous devriez essayer ces poivrons. Ils sont si bons !

— C'est son plat préféré, expliquai-je. Ils sont farcis à la ricotta et marinés dans une sorte d'huile. Isaac pourrait manger une boîte complète.

Joshua en essaya un, puis un peu de fromage et finit par prendre un cracker dans la boîte.

— Qu'est-ce que c'est ?

— Qu'est-ce que c'est, quoi ? demanda Isaac.

Joshua sourit.

— Ces étiquettes sur la boîte de crackers.

— Oh ! dis-je en souriant. Je me suis un peu amusé avec l'étiqueteuse en Braille.

— Je peux voir ça, dit Joshua en riant.

— Oh, mon Dieu ! dit Isaac tranquillement. Que dit celle-ci ?

Joshua fit courir son doigt sur l'étiquette.

— Cela dit « salut, mon beau ».

Je souris.

— J'ai mis des petites notes sur la nourriture.

Isaac gémit.

— Vous auriez dû voir celle qu'il avait mise sur la pâte à tartiner.

— Il a enlevé l'étiquette ! m'écriai-je.

— Parce que c'était impoli, rétorqua Isaac. Et si Hannah l'avait vu ?

— Je suis pratiquement certain qu'Hannah sait tout à propos... de corps recouvert de chocolat, dis-je, censurant ce que j'allais dire à cause de Joshua.

Il semblait un peu mal à l'aise, ou incommodé, alors, il était également raisonnable de supposer qu'il pouvait imaginer ce que j'avais mis sur ma note concernant le chocolat à tartiner.

— De toute façon, ajoutai-je, changeant de sujet, je vais emmener Missy courir un peu. Je m'absente seulement une heure, donc quand je serai de retour, le dîner sera presque prêt.

Isaac ironisa.

— Eh bien, j'aurai commandé à emporter d'ici là, oui.

— Marché conclu !

Je sortis de la cuisine et me dirigeai vers le couloir.

— Je vais juste me changer. Je ne serai pas long.

J'enfilai rapidement une tenue de jogging et les rejoignis dans la cuisine. Ils n'avaient pas bougé et parlaient maintenant de charcuteries. J'avançai vers Isaac, là où il était assis, sur un tabouret au comptoir et l'embrassai doucement sur les lèvres.

— Je reviens bientôt.

Puis je me tournai vers Joshua.

— Cela a été un plaisir de vous revoir. Merci encore d'avoir ramené Isaac à la maison.

— Aucun problème.

J'appelai Missy et attachai la laisse à son collier.

— J'ai mes clefs, Isaac, donc tu peux fermer si tu veux.

En tirant la porte derrière moi, pour la fermer, nous commençâmes immédiatement à courir. Je voulais qu'Isaac sache que j'avais confiance en lui en le laissant à la maison seul avec Joshua. Je voulais qu'il sache que, bien que Joshua n'était pas parmi les personnes que j'appréciais, cela ne me dérangeait pas qu'il soit là.

Mais le côté un peu jaloux en moi voulait que Joshua sache qu'Isaac était à moi, ce qui expliquait mon besoin de l'embrasser pour lui dire bonjour et au revoir. Je l'embrassai toujours pour lui dire bonjour et au revoir, donc ce n'était pas vraiment différent des autres jours. Isaac n'y verrait rien de spécial, mais je n'allais pas cesser de le faire juste parce que Joshua était là.

Je voulais qu'il me voie le faire.

Je voulais qu'il voie comment Isaac et moi étions ensemble tous les jours.

Parce que, quel que soit ce qu'il cachait, je ne pouvais toujours pas comprendre ce que Joshua essayait de gagner en se rapprochant d'Isaac, puis ainsi, il verrait que tous les deux, nous étions très proches.

Cela faisait-il de moi quelqu'un de possessif ?

Probablement.

M'en souciai-je ?

Nan. Pas du tout.

J'aimais Isaac. Je l'aimais comme je n'avais jamais aimé un autre être humain. Et il était hors de question qu'un homme comme Joshua arrive tout simplement en ville et me le souffle sous le nez.

Je me montrais aussi tolérant et agréable que je pouvais l'être avec Joshua. Je souris quand Missy et moi franchîmes le portail et que la voiture de Joshua avait disparu.

Je déverrouillai la porte, entrai à l'intérieur et appuyai mes mains sur mes genoux afin de reprendre mon souffle, et trouvai un Isaac souriant, assis sur le canapé. Il renifla.

— Le dîner sera là dans dix minutes. Va prendre une douche. Tu pues !

Je souris, m'avançai et l'embrassai en faisant du bruit.

— Je t'aime, aussi.

CHAPITRE HUIT

J'ALLAI CHERCHER Isaac à son travail vendredi après-midi, attendant le week-end avec impatience. Il me parla de sa journée, m'interrogea sur la mienne et nous convînmes d'une soirée tranquille, d'un bon dîner et d'un peu de vin. Nous étions pratiquement à la maison, lorsqu'il se souvint de quelque chose.

— Oh, j'ai failli oublier. J'ai parlé à Hannah aujourd'hui. Elle a appelé pendant mon heure de déjeuner. Nous les aurons à déjeuner à la maison samedi.

— D'accord. Ça me paraît bien.

— Et j'ai invité Josh.

Merde !

— Est-ce d'accord ? demanda-t-il.

Non, putain, non !

— Ouais, bien sûr.

— Tu en es sûr ? Parce que tu as hésité...

Je ne voulais pas gâcher notre vendredi soir, donc je m'en sortis avec :

— Bien sûr que j'en suis certain. Je pensais juste à la

manière dont je pouvais l'éblouir avec mes compétences au barbecue.

Isaac secoua la tête.

— Tu veux dire l'éblouir avec ta capacité à transformer n'importe quelle sorte de viande en un morceau calciné et cancérigène ?

Je restai bouche bée et me mis à rire en même temps.

— Je suis profondément offensé !

Isaac sourit.

— Vrai ?

— Oui ! Je pense que ce commentaire va te coûter cher.

Il souriait maintenant.

— Me coûter quoi ?

— Un test de goût précis.

— Hmm... fit-il. Si tu insistes...

— Oh, j'insiste !

Je me garai devant le garage et attendis impatiemment que la porte automatique s'ouvre. Mon aine commençait à me faire mal à l'idée du test de goût imminent. Je fis rouler la Jeep dans le garage, coupai le moteur et sautai hors de la voiture.

Isaac se mit à rire.

— Impatient à propos de quelque chose, peut-être ?

Ouvrant la portière arrière, je me penchai afin de défaire le harnais de Brady.

— C'est toi qui as commencé.

Isaac se lécha délibérément les lèvres.

— Je ne vois pas ce que tu veux dire.

Dès que le harnais fut défait, Brady sauta hors de la voiture.

— Bon garçon, dis-je au chien. Va retrouver Missy. Ton père va être occupé pendant un petit moment.

Le rire d'Isaac s'estompa lorsque je lui pris la main,

suivant Brady vers la porte et le dirigeant directement vers la chambre. Je ne perdis pas de temps à retirer mon pantalon de travail.

— Tu ne devrais vraiment pas parler de me goûter quand je conduis.

La main d'Isaac glissa sous l'élastique de mon slip et ses doigts enveloppèrent mon membre. Je baissai mon pantalon sur mes hanches et il glissa vers mes cuisses alors qu'il m'embrassait, utilisant ses deux mains pour faire descendre mon sous-vêtement également.

— Sur le lit, haletai-je. Je veux te goûter aussi.

À peine une seconde plus tard, nous étions tous les deux sur le lit, allongés sur nos côtés, dans un soixante-neuf, avec nos pantalons autour de nos chevilles, nos chaussures toujours à nos pieds. Je glissai mes bras autour de ses hanches, le rapprochant encore, afin que je puisse le prendre plus profondément.

Les mains d'Isaac étaient partout. Il connaissait mon corps mieux que moi-même. Ses doigts retraçaient chaque parcelle de peau, trouvant tout de mémoire. Il savait exactement quel endroit me ferait frissonner. Il savait où enfoncer ses doigts plus durement sur ma peau pour me faire gémir. Son manque de vue signifiait que sa connaissance de mon corps était purement tactile.

Comme toujours, il embrassa l'étoile tatouée sur ma hanche, comme s'il la voyait avec ses yeux et non pas du fait que je lui avais indiqué où elle était. Ses doigts me touchèrent, me caressèrent, me sondèrent et quand il prit ma longueur dans sa bouche et sa gorge, mes yeux roulèrent dans leurs orbites et je gémis autour de son sexe.

C'était si bon. Si, si foutrement bon.

Ignorant le resserrement dans mes testicules, je me concentrai sur lui. J'aimais son goût. J'aimais le prendre dans ma bouche, le sentir pousser doucement dans ma gorge. J'aimais quand il gémissait à mon contact, ma langue.

Mais quand il m'aspira plus profondément, me pompant plus fort, je gémis plus fort. Je lâchai sa queue, criai en jouissant, essayant de ne pas pousser violemment. Il resserra sa poigne sur moi, prit ce que je lui donnais, tandis que je me déversais dans sa gorge.

Avant que la chambre s'arrête de tourner, avant que la brume qui emplissait mon esprit disparaisse, il était de retour dans ma bouche, poussant, dégoulinant, jouissant. Il gémit et s'agita tandis que j'avalais le tout et frissonna lorsque je le nettoyai.

— Hmm... marmonna-t-il, roulant sur son dos.

— Hmm... en effet, acquiesçai-je.

Je pris son pénis flasque dans ma main et le caressai avant de le serrer. Il se cambra et je me mis à rire.

— D'autres tests plus tard dans la soirée, je pense.

— Peut-être que nous pourrions nous déshabiller complètement la prochaine fois.

Je soulevai ses bourses et appuyai mon index sur son périnée, le faisant se crisper.

— Je le pense aussi.

Et après avoir nagé, dîné et pris un peu de repos sur le canapé, nous nous dirigeâmes vers le lit. Seulement cette fois-ci, lorsque nous fîmes l'amour, quand j'étais en lui jusqu'à la garde, ses jambes enroulées autour de moi et que je bougeais lentement mes hanches, le pénétrant douce-ment, il prit une grande bouffée d'air.

— Bébé, tu vas bien ?

Il hocha la tête, puis murmura :

— Je souhaite pouvoir voir ton visage quand tu jouis.

Faisant peser mon poids sur mon coude, je pris sa main et la posai sur mon visage. C'était sa façon de me « voir ». Il retraça le contour de mes sourcils, mes joues, ma mâchoire. Il fit glisser son pouce le long de ma lèvre inférieure et le glissa dans ma bouche.

Isaac posa son autre main sur mon visage et la laissa là, sentant mon visage, *me voyant* jusqu'à ce que je jouisse. Il me serra contre lui et me garda là, enveloppant ses bras autour de moi. Quand je suggérai de nous lever pour nous nettoyer, il resserra son étreinte sur moi et secoua la tête.

— Reste.

UN DÉJEUNER avec Hannah et Carlos était toujours drôle. Isaac était assis au comptoir de la cuisine, tenant la petite Ada, pendant qu'Hannah et moi finissions de préparer le repas dans la cuisine. Carlos faisait défiler les chaînes de la télévision, cherchant quelque chose sur le sport.

Hannah nous raconta les couches sales qu'Ada avait remplies à ce jour, comment cela s'était infiltré jusque dans son dos, dans ses cheveux et dans ses chaussettes.

— Beurk, gémit Carlos depuis le canapé. C'était tellement dégoûtant.

Je me mis à rire.

— Ouais, ça me rappelle une fois où nous avons eu un dalmatien à la clinique, qui avait la maladie de carré. La pauvre bête a fait partout.

Hannah avait l'air préoccupée.

— Va-t-il bien ?

— Oh, bien sûr, lui assurai-je. Il est allé mieux après le bon traitement. Mais l'odeur... Mon Dieu, nous avons utilisé l'équivalent d'un mois de désinfectant pour tenter de nous débarrasser de cette odeur. Le propriétaire avait essayé quelques remèdes maison qu'il avait trouvés en ligne. C'était à base d'ail et de mélasse.

Je secouai la tête.

— Je peux encore la sentir.

Hannah releva les yeux de la laitue qu'elle était en train de laver dans l'évier et éclata de rire.

— Ça paraît dégoûtant.

Isaac leva la petite Ada endormie à son visage et l'inhala comme il le faisait toujours.

— Ne les écoute pas, ma chérie. Ils sont immatures, grossiers et parlent de choses dégoûtantes. Tu restes avec moi, mon cœur.

Juste à ce moment-là, la sonnette de la porte d'entrée retentit.

Hannah releva brusquement la tête et me regarda.

— Vous attendez quelqu'un ?

— Ce doit être Josh, déclara Isaac.

Je lui adressai un sourire pincé.

— C'est un ami du travail d'Isaac, Joshua, expliquai-je. Je vais lui ouvrir.

Essuyant mes mains sur un torchon, j'ouvris la porte d'entrée. Joshua souriait et tenait une boîte blanche, me l'offrant avec un sourire.

— J'ai acheté le dessert.

Je pris la boîte et m'effaçai.

— Entrez.

Revenant à l'intérieur, je fis les présentations et fus secrètement content que Joshua semble un peu mal à l'aise. Je ne sais pas si c'était parce qu'il ne s'attendait pas à ce que d'autres personnes soient présentes, ou si c'était parce qu'il n'avait pas l'habitude d'assister à un repas familial, mais je pensai que la présence de Carlos et d'Hannah le prit au dépourvu. Il vivait la majeure partie de sa vie sur la route apparemment, donc cela avait de quoi être un peu troublant.

Ses yeux s'écarquillèrent quand il vit Isaac tenant un bébé. Je souris, plutôt content de sa réaction.

— Et ce petit paquet rose qu'Isaac tient est Ada.

— Oh, c'est la petite nièce dont vous m'avez parlé.

— La seule et l'unique, dit Isaac. Cette créature a l'odeur la plus étonnante au monde.

— Ouais, se moqua Hannah. Nous étions justement en train de parler d'odeurs étonnantes qui sortaient de ses chaussettes.

— Voulez-vous arrêter tous les deux ? nous gronda Isaac.

Je me mis à rire et Hannah m'adressa un sourire. Isaac soupira et se tourna en direction de Joshua.

— Excusez-les. Ils sont grossiers.

— Ils sont toujours grossiers, ajouta Carlos de son canapé.

Joshua nous regarda tour à tour, souriant, mais paraissant apparemment un peu débordé. Il regarda la boîte blanche toujours dans ma main.

— Je... Euh... Je ne savais pas si je devais apporter quelque chose. Je ne voulais pas venir les mains vides.

Je glissai la boîte sur le comptoir et ouvris le couvercle. C'était un petit gâteau quelconque.

— C'est au caramel au beurre, triple caramel, dit Joshua en haussant les épaules. Peu importe ce que cela signifie.

Hannah jeta un coup d'œil par-dessus mon épaule.

— Cela signifie que c'est délicieux et bien que je tienne à vous dire que vous n'aviez pas besoin d'apporter quelque chose, je suis contente que vous l'ayez fait.

— Je dois le mettre au réfrigérateur, non ? demandai-je. Je dois juste faire un peu de place.

Je pris le plateau de brochettes faites maison dans le frigo et mis le gâteau à la place.

— J'ai préparé quelques brochettes à faire griller. En voici quelques-unes que j'ai préparées plus tôt, dis-je, utilisant ma meilleure voix de chef d'une émission de télévision alors que je soulevais le papier d'aluminium.

— Excuse-moi, me réprimanda Isaac. J'ai pratiquement tout mis sur les piques.

Je secouai la tête et murmurai « *je les ai faites* » à Hannah et, bien entendu, Isaac l'entendit.

— Vient-il juste de te dire qu'il les avait faites ?

Hannah se mit à rire.

— Si c'est le cas, alors nous ne pouvons pas les manger.

La bouche d'Isaac se mit à béer.

— Ma cuisine n'est pas si mauvaise.

Je contournai le comptoir de la cuisine pour m'approcher de lui et embrasser sa joue. Je prétendis que Joshua ne nous regardait pas.

— Bien sûr que non, bébé. Tu cuisines très bien.

Isaac me grogna dessus.

— Tu n'arriverais pas à mentir même pour sauver ta vie, Carter.

— C'est pour ça que tu m'aimes, dis-je.

Me penchant en avant cette fois-ci, je murmurai assez bas pour que personne d'autre ne puisse entendre.

— Tu aimes mes vingt-trois centimètres... d'honnêteté.

Isaac rougit et haleta et, de sa main libre, il me repoussa.

— Carter ! siffla-t-il. Nous avons de la compagnie. Maintenant, va commencer à les griller où nous ne mangerons jamais.

Souriant, je haussai les épaules devant Joshua et adressai un clin d'œil à Hannah. Elle éclata de rire et me tendit un bol d'oignons émincés.

— Tiens. Nous devons faire cuire cela d'abord, dit-elle, en empilant des pinces et la bouteille d'huile au-dessus des oignons.

— Mangez-vous toujours ensemble ? entendis-je Joshua demander tandis que je sortais de la cuisine.

— La plupart du temps, répondit Hannah. Le weekend, en tout cas.

Je les laissai et fis démarrer le grill. Attendant qu'il chauffe, je jetai une balle à Missy à plusieurs reprises, tandis que Brady regardait, bien que le concept soit enfantin. Il préférait l'ombre fraîche des arbres du jardin. C'était une chaude journée de printemps et je savais qu'à un moment donné, j'allais plonger dans la piscine.

C'était une honte, pensai-je que les morsures et les griffures sur mon dos et mon torse se soient estompées. Cela ne me dérangeait pas du tout que Joshua les voie à nouveau.

— Qu'est-ce qui te fait sourire ?

La voix d'Hannah me fit sursauter. Elle se tenait debout sur la terrasse, posant des assiettes sur la table.

— Griller des oignons n'est pas si amusant.

Je me mis à rire.

— Désolé, j'étais à un million de kilomètres de là.

Elle s'avança vers moi.

— Alors, est-ce qu'Isaac te traite bien ?

Mon sourire s'élargit.

— Il est très bien.

Elle soupira.

— Je suis vraiment contente pour vous deux.

Puis elle inclina la tête vers la porte.

— Quelle est l'histoire de Joshua ?

Je gémis doucement.

— Je n'en suis pas sûr.

Son regard devint sérieux.

— Essaie-t-il de se mettre entre vous deux ?

Je relevai les yeux vers la porte, m'assurant que nous étions toujours seuls. Je parlais quand même tout bas.

— Je ne sais pas à quel jeu il joue. Isaac jure que c'est un gars sympa, mais je n'en suis pas certain.

Elle fronça les sourcils, juste quand la porte arrière s'ouvrit et que les autres sortirent et notre conversation sur notre invité prit fin pour l'instant.

Carlos sortit le premier, tenant Ada, Isaac et Joshua le suivant. Hannah s'avança vers eux et prit le bébé, déclarant qu'il était temps pour elle de déjeuner d'abord. Elle s'assit à la table extérieure, déboutonna son chemisier et commença à allaiter sa petite fille. Elle drapa une légère couverture par-dessus son épaule, recouvrant sa poitrine exposée. Carlos posa une bouteille d'eau devant elle, et l'embrassa sur la tempe.

— Je vais chercher le plateau de viande, dit-il avant de disparaître à l'intérieur.

Isaac fit courir sa main sur le dossier d'une chaise, la tâtonnant, puis fit un pas de côté et s'assit à son tour. Joshua, paraissant toujours mal à l'aise, tira la chaise à côté d'Isaac et s'assit.

Je tournai résolument le dos, essayant de faire comme si ça ne me faisait rien que Joshua soit assis à côté d'Isaac. C'était seulement le déjeuner. Cela ne voulait rien dire. C'était juste un siège à table. Pas une grande affaire. Seigneur, je devais vraiment arrêter de laisser ce gars s'infiltrer sous ma peau.

— Nous y voilà, chef ! dit Carlos me tendant le plateau de brochettes et de saucisses.

Repoussant les oignons sur un côté, je commençai à cuisiner la viande alors que la conversation s'orientait vers Joshua. Hannah apprit bientôt que, oui, il travaillait avec

Isaac. Il passait son temps à aller dans différentes écoles pour aveugles à travers le pays. Non, il n'était pas un enseignant. Oui, il pouvait lire le Braille.

— Vous n'avez pas de base ? demanda Hannah. Pas de maison, je veux dire ?

Je m'arrêtai de retourner les brochettes pour écouter.

— Non, répondit Joshua. J'avais un endroit à San Diego, mais je n'étais jamais là. Je n'y passais que quelques semaines seulement tous les quelques mois, donc c'était un coût qui n'était pas justifié.

La table resta silencieuse tandis qu'ils enregistraient cette information. Je présumai qu'Isaac le savait déjà, mais d'après son silence, je commençais à me demander s'il connaissait vraiment Joshua. Le gars était littéralement sans domicile fixe. Pas dans le sens je-ne-peux-pas-me-le-permettre, mais dans le sens je-choisis-de-vivre-comme-ça.

— C'est un peu bizarre, dit Hannah, mais qu'en est-il de votre courrier ?

Joshua gloussa, un peu embarrassé.

— Tout se fait principalement par électronique et je le reçois par mail, mais mon bureau principal de New York reçoit tout ce dont j'ai besoin. Je peux passer jusqu'à trois mois à travailler dans n'importe quel endroit, donc ils peuvent me joindre à l'hôtel où je suis descendu si nécessaire.

Je plaçai méthodiquement les saucisses et les brochettes pendant que l'information s'ancrait dans ma tête. Je pensais à la vie qu'il avait, vivant dans une chambre d'hôtel. La solitude devait être terrible, pas étonnant qu'il s'accroche autant. Je me sentis presque désolé pour lui. Presque.

Pendant que nous déjeunions, la conversation revint sur l'école Hawkins et sur les vacances d'été à venir. C'était relativement difficile pour lui, car Isaac pouvait parler de son travail toute la journée. Il nous parla des nouveaux livres que ses élèves les plus jeunes lisaient et comment Joshua les avait aidés en mettant en œuvre les nouveaux programmes de descriptions audio-visuelles.

— Comme celui que j'utilise au cinéma, avec le casque, expliqua Isaac. Seulement ceux-ci sont pour une salle de classe. Les enfants adorent ça. Le premier DVD que nous leur avons passé était Toy Story. C'était incroyable.

J'aimais ça quand Isaac parlait de ce que ses élèves faisaient. Tout son visage s'éclairait et il souriait fièrement. J'enviais le fait que Joshua arrivait à partager cela avec lui. Je veux dire, je partageais tout le reste avec lui, dans tous les sens du terme, mais sa vraie passion, son travail, était la seule chose dont je ne faisais pas partie.

J'avais rencontré tous ceux avec qui il travaillait et Isaac me racontait sa journée, ce qui se passait, quels étaient les potins. J'aimais le fait que nous puissions parler de son travail et du mien, parce que cela ouvrait la voie à des conversations sans fin. Et être assis autour d'une table, sur la terrasse par un samedi midi, ce n'était pas différent.

Après avoir mangé, c'était le milieu de l'après-midi et il commençait à faire chaud. Hannah avait nourri Ada encore une fois et l'avait mise au lit à l'intérieur, dans une chambre avec l'air conditionné et j'avais allumé l'arroseur sur l'herbe pour Missy. Elle sautait au travers, poursuivant vainement le jet d'eau, s'amusant et se rafraîchissant en même temps. Brady préférait la fraîcheur de l'herbe du jardin ombragé et Carlos et Joshua avaient commencé à discuter de football.

Je me levai et retirai mon tee-shirt.

— Je vais aller nager, déclarai-je à personne en particulier.

Je m'avançai derrière Isaac, qui était toujours assis à la

table de la terrasse, à côté de Joshua. Je posai une main sur son épaule et me penchai pour murmurer.

— Tu viens avec moi ?

— Je... Euh... commença-t-il. Je...

Avant qu'il puisse me débiter une piètre excuse, je pris sa main.

— Allez, tu viens avec moi.

— Je ne m'attendais pas à aller nager...

— Alors, pourquoi portes-tu ton short de bain ?

Isaac soupira.

— Je pensais que nous irions plus tard.

Je tirai doucement sur sa main.

— Ne m'oblige pas à te jeter par-dessus mon épaule.

Hannah sortit à cet instant et nous sourit.

— Tu sais qu'il le fera, Isaac.

Je le guidai vers la piscine. Il protesta, véhément. En fait, il souriait et je savais qu'une fois que nous serions dans l'eau, j'allais le payer. Je balançai mes tongs et me tournai vers Isaac. Je passai délicatement son tee-shirt par-dessus sa tête, faisant attention à ses lunettes et le jetai par-dessus la clôture qui entourait la piscine.

— Bon sang, Carlos ! dit Hannah. Pourquoi ne ressembles-tu pas à ces deux-là ?

— Parce que un je suis un homme hétérosexuel et marié, se défendit-il. Tout le monde se fiche de savoir à quoi je ressemble.

Hannah jeta le contenu de sa bouteille d'eau sur son mari. J'éclatai de rire, ainsi qu'Isaac à côté de moi. Je regardai son torse pâle aux muscles bien définis et souris. Délibérément, je ne regardai pas Joshua, bien que je sois certain qu'il devait nous épier.

Je pris la main d'Isaac et nous descendîmes les quelques marches dans la partie peu profonde de la piscine et nous restâmes là, attendant qu'il prenne ses repères. Nous avions fait cela des centaines de fois. Isaac était familier avec sa propre piscine, y nageait tout le temps, mais il était toujours prudent en y entrant et en sortant. Une fois qu'il était dedans, cependant, c'était une tout autre histoire.

Sachant qu'il ne voudrait pas retirer ses lunettes devant Joshua, j'attendis qu'il se tienne devant moi avant de tendre la main et de retirer ses lunettes, les posant avec précaution sur le bord de la piscine. Mais à peine deux marches plus bas, il passa ses bras autour de moi et me poussa sous l'eau, avant de nager de l'autre côté de la piscine.

Je repris une grande bouffée d'air, riant et me lançant à sa poursuite. Il était plus rapide que moi dans la piscine, mais j'attrapai son pied et l'arrêtai en plein élan. Isaac pivota, frappa la surface de l'eau à la volée du plat de sa main pour m'arroser le visage. Nous nous battions souvent dans la piscine, bien que je ne fasse jamais rien qui pourrait l'effrayer ou saper sa confiance en moi. Nous n'étions jamais sérieux ou rudes. Nous ne faisions que jouer.

Il posa une main sur mon bras et attrapa ma poitrine, si bien que je glissai une jambe derrière sa cuisse, essayant de lui faire perdre l'équilibre, mais il se rattrapa rapidement à moi et me noya, s'arrangeant cependant pour que nous soyons tous les deux sous l'eau. Donc, je tordis son mamelon, le faisant rire sous l'eau.

Il refit surface, souriant et fit courir ses doigts dans ses cheveux, secouant l'eau, puis il frotta son mamelon.

— Ça fait mal !

Je me rapprochai un peu et fit glisser mon pied sur son tibia.

— Oh, pauvre chéri, dis-je tranquillement. Je ferais mieux d'y accorder une attention toute particulière plus tard.

Il m'arrosa à nouveau, puis je pris sa main et le guidai vers les marches, du côté peu profond. Je n'avais qu'à poser la main sur le bord de la piscine, au niveau de la première marche et il pouvait sortir tout seul, donc je le précédai et ramassai les deux serviettes sur le bain de soleil.

— Tiens, une serviette, lui dis-je.

Il commença à se sécher.

— Je vais entrer et me changer.

— Besoin d'aide ?

— Non, parce que je te connais trop bien, Carter, dit-il, passant la serviette dans ses cheveux.

Des pointes noires se dressaient dans son sillage.

— Nous avons des invités, murmura-t-il.

Je m'esclaffai, nouant la serviette autour de ma taille avant de ramasser ses lunettes sur le bord de la piscine. Je les glissai sur son visage et accrochai son bras au mien pour le ramener vers la porte à l'arrière de la maison.

— Dernière chance pour mon aide.

Ignorant mon offre, Isaac me gifla les fesses et entra pendant que je revenais vers les autres à la table sur la terrasse. Ne portant qu'une serviette par-dessus mon short de bain, je me laissai lourdement tomber dans la chaise à côté de Joshua et souris aux trois visages qui me regardaient.

Hannah m'adressa un sourire.

— Tu te sens revigoré ?

— Oh, ouais. Tu devrais y mettre les pieds si tu ne veux pas y aller complètement. Cela te rafraîchirait un peu.

La sœur d'Isaac sourit et inclina la tête, ce qui m'indiqua qu'elle s'apprêtait à sortir quelque chose d'un peu inattendu.

— Joshua a pensé que c'était bizarre que tu te battes avec Isaac dans la piscine.

Je dévisageai Joshua.

— Bizarre ?

Il était manifestement gêné qu'Hannah ait répété cela.

— J'ai juste pensé que c'était inhabituel pour quelqu'un de se comporter de cette façon dans une piscine, avec un aveugle. Je veux dire, Isaac est manifestement d'accord avec ça...

— D'accord avec ça ? demandai-je, gardant un ton léger. C'est lui qui a commencé. Pourquoi irais-je doucement avec lui ? Il se bat mieux que moi et il est plus fort que moi.

Je tapotai mon estomac exposé.

— Il est en meilleure forme que moi. Seigneur, il me botte même le cul sur un tapis roulant.

Joshua hocha la tête et sourit, clairement embarrassé.

— Oui, je... Euh... Je ne voulais rien dire de particulier par là. J'étais juste surpris, c'est tout.

Hannah lui sourit.

— Carter n'a jamais traité Isaac ou ne lui a fait sentir qu'il était différent.

Je haussai une épaule.

— Pourquoi le ferais-je ? Il est remarquable.

— Oh, je sais, acquiesça Joshua, bien que ce soit évident que cela avait pour but d'apaiser la conversation. Je l'ai vu au travail.

— Ne laissez pas son incapacité à voir vous tromper, lui dis-je.

C'était un avertissement comme une déclaration. Toute possibilité d'apprécier cet homme venait juste de disparaître. Je n'aimais pas comment il parlait de la cécité d'Isaac pour plusieurs raisons. Un, ce n'était pas son putain de rôle de dire quoi que ce soit à ce sujet. Deux, cela m'irritait qu'il – ou que n'importe qui d'autre – puisse voir Isaac autrement que comme un égal et trois, pour quelqu'un qui travaillait avec des personnes aveugles au quotidien, il devrait savoir – et penser – différemment.

— Isaac est l'une des personnes les plus compétentes que j'ai jamais rencontrées, voyantes ou non.

Puis j'ajoutai, pour le seul bénéfice de Joshua :

— Une chose que j'ai apprise et que j'aime chez les gens qui sont aveugles, c'est qu'ils traitent tout le monde sur le même pied d'égalité. Ils ne jugent pas les gens d'après la couleur de leur peau, ou les vêtements qu'ils portent, ni par des stéréotypes préconçus, comme pourrait le faire une personne voyante qui se permettrait de juger quelqu'un qui est aveugle.

Je pensais que cela serait suffisant pour faire taire Joshua. Je haussai un sourcil en le regardant, le défiant en silence de dire encore une chose à propos d'Isaac et, avec sagesse, il hocha simplement la tête en guise d'acquiescement.

Hannah essaya de ne pas sourire.

Carlos se leva, nerveux par la soudaine tension.

— Puis-je offrir un verre à quelqu'un ?

— Quelqu'un veut-il quelque chose ? demanda Isaac depuis l'intérieur. Je peux l'apporter.

— Plus d'eau, s'il te plaît, criai-je. Si c'est d'accord ?

Isaac sortit par la porte de derrière, apportant quatre bouteilles d'eau, marmonnant sur le fait d'être traité comme une mule. Je me levai et attrapai les bouteilles qu'il amenait, puis tirai son fauteuil pour lui. Comme toujours, il fit courir ses doigts sur l'accoudoir de la chaise avant de sentir le second, puis de s'asseoir. Je m'assis à côté de lui. Isaac tourna son visage vers moi.

— Alors, les gars, de quoi parliez-vous ?

Avant que l'un d'entre nous puisse répondre, le téléphone portable d'Isaac, qui était posé sur la table, se mit à sonner. La voix mécanique programmée pour lui indiquer qui appelait nous apprit que l'inspecteur Zinberg était en ligne.

Isaac fronça les sourcils et je lui tendis son portable.

Il fit glisser son pouce sur la partie inférieure gauche de l'écran tactile et répondit à l'appel.

— Allô... ? Oui, c'est Isaac Brannigan...

Il y eut un long silence pendant lequel il écouta ce que le policier disait et que nous nous regardions en silence.

— Pouvez-vous patienter une seconde ?

Isaac se tourna face à moi et me tendit sa main libre. Je la pris immédiatement.

— Carter, peux-tu me déposer au poste de police demain ?

— Bien sûr !

Puis, il parla à nouveau au téléphone.

— Inspecteur ? Bien sûr, demain, c'est très bien... Oui, dix heures... D'accord, c'est bien. Merci. D'accord, au revoir.

Isaac fronça à nouveau les sourcils et reposa son appareil sur la table. Nous attendîmes tous qu'il s'explique.

— Euh... Ils pensent avoir retrouvé mon intrus.

— L'homme qui s'est introduit dans ta maison ? demanda Hannah.

Il hocha la tête.

— Ouais. Lui.

CHAPITRE NEUF

— QU'EST-CE que l'inspecteur a dit d'autre ? demandai-
je.

Isaac haussa les épaules.

— Euh... Eh bien, il a dit qu'il y avait d'autres personnes qu'il avait volées également, apparemment, et ils l'ont attrapé alors qu'il essayait de refourguer des objets signalés volés.

Il serra ma main.

— Ils peuvent le retenir seulement pendant un certain temps apparemment. L'inspecteur Zinberg veut que je vienne au poste demain matin.

Puis il fronça les sourcils.

— Il n'a pas dit pour quoi exactement.

— Pour aider à l'identification du gars, dis-je. Voilà pour quoi.

Il secoua la tête.

— Quoi ? Dans une ligne ? demanda-t-il avec incrédulité. Oublies-tu quelque chose ?

Il indiqua ses yeux.

— Ceux-là ne marchent pas.

— Oh, s'il te plaît, m'écriai-je. Tu lui as donné la meilleure description que n'importe quelle personne en mesure de voir pouvait faire.

Isaac soupira avec impatience. Ne jamais lui faire de compliment, surtout quand il s'agissait de son aptitude à vivre sans la vue.

— De toute façon, je suppose que nous le saurons demain.

Hannah prit une gorgée de sa boisson.

— Eh bien, je suis heureuse qu'ils aient attrapé cet imbécile.

— Ouais, acquiesça Carlos. Et s'il a fait la même chose à d'autres personnes, j'espère qu'ils vont l'accuser de tout. Cambrioler une maison et vous pouvez vous en tirer avec quelques charges, mais cambrioler plusieurs maisons et vous serez enfermé.

— Je l'espère, dis-je carrément. J'espère que ce fils de pute aura ce qu'il mérite.

— Je suis d'accord, dit Hannah.

— Ouais, les gens comme ça ne devraient pas être dans les rues, admit Carlos, un peu plus diplomatiquement.

Joshua était inhabituellement silencieux, jusqu'à ce qu'il réalise que je le regardais, il s'empressa de parler.

— Oui, Isaac, cela aurait pu être plus grave. Il aurait pu vous blesser ou pire.

Je relevai les yeux vers Joshua, pas tout à fait certain de savoir comment prendre ce qu'il venait de dire. Il avait dit que cela aurait pu être plus grave, comme si ce qui était arrivé à Isaac n'était pas sérieux du tout et que le gars *aurait pu* lui faire mal, comme si ça n'avait pas été le cas.

— Il lui a fait mal. Il l'a poussé à terre.

— Exactement, dit Joshua, d'accord avec moi, ce qui me rendit encore plus confus. Et si la personne suivante avait été plus sérieusement blessée ou qu'il était devenu plus désespéré ? Des gens comme ça ne devraient pas être dans les rues, je suis d'accord.

Isaac serra de nouveau ma main, dans ce que je pensais être une tentative de m'empêcher de répondre à Joshua.

— Ouais, eh bien, dit-il, mettant fin à cette conversation, comme je l'ai dit, je suppose que nous en saurons plus demain.

— Et je récupèrerai peut-être mes bottes, dis-je, changeant de sujet. Nous pourrons aller faire de la randonnée demain après-midi si le temps le permet.

Isaac sourit entre ses dents serrées.

— Ou nous pourrions juste aller à la boutique de sports de plein air et t'acheter une nouvelle paire, comme je l'ai suggéré une bonne douzaine de fois.

— Je n'ai pas besoin d'une nouvelle paire de bottes. Mon ancienne va très bien.

Hannah se mit à rire.

— J'adore ça quand vous vous chamaillez. Ça nous fait paraître, Carlos et moi, normaux.

— Ce n'est pas une dispute, la rassurai-je. Il ne m'a pas injurié encore.

Nous ignorant tous les deux, Isaac soupira lourdement.

— Vous voyez ce que je dois endurer, Josh ?

L'homme blond sourit.

— Ouais.

Puis il se racla la gorge.

— Je devrais peut-être vous laisser, les gars, et rentrer à l'hôtel. Je vous ai assez dérangé comme ça.

— Oh ! dit Isaac. En êtes-vous sûr ? Vous pouvez rester sans problème.

Délibérément, Joshua ne me regarda pas.

— Non, c'est bon, vraiment, dit-il poliment.

Il se leva.

— J'ai passé une après-midi très agréable, mais je devrais y aller.

— Très bien, je vous raccompagne, dit Isaac.

Joshua dit au revoir, souriant à tout le monde et m'adressant un petit hochement de tête. Je lui dis que je le verrais sans doute dans la semaine et il hocha à nouveau la tête. Je le regardai disparaître avec Isaac à travers la porte arrière et traverser la véranda, et quand ils furent hors de portée d'oreille, Hannah se pencha sur la table.

— Quel est le problème avec lui ? murmura-t-elle, toujours consciente de la meilleure ouïe d'Isaac par rapport à nous.

— Je ne sais pas, admis-je. Mais je ne l'aime pas.

Hannah et Carlos sourirent.

— J'ai pu m'en rendre compte, répondit-elle avec un petit rire.

— J'ai essayé de l'apprécier, leur dis-je tranquillement. Parce que c'est un ami d'Isaac, mais il est bizarre.

Carlos hocha la tête.

— Il est un peu bizarre.

— Il peut se montrer gentil, mais c'est comme s'il y avait quelque chose qui se cachait dessous, essayai-je d'expliquer. Je n'arrive pas à mettre le doigt dessus. C'est comme s'il se montrait agréable, alors qu'il ne l'est pas.

— Oui ! acquiesça Hannah. J'ai eu cette impression.

— Il est ici tout le temps, leur dis-je. Enfin, au moins deux ou trois fois par semaine.

— Bon sang, dit Hannah en fronçant les sourcils. Est-il gay ? A-t-il un penchant pour Isaac ?

— Seigneur, Hannah ! dit Carlos. Carter n'aime déjà pas le gars, ne rajoute pas de l'huile sur le feu !

Je me mis à rire.

— Eh bien, il nous a dit qu'il est gay. Mais il sait parfaitement que nous sommes ensemble, ironisai-je. Le week-end dernier, il était là et je me suis assuré de retirer mon tee-shirt devant lui pour qu'il puisse voir toutes les morsures sur mon torse et mes épaules.

Carlos secoua la tête, mais Hannah éclata de rire.

— Vraiment ?

Je me mis à rire et hochai la tête.

— J'avais même des traces de griffures dans mon dos.

Je baissai les yeux vers ma poitrine toujours nue.

— Elles se sont estompées maintenant. Vous ne pouvez pas les voir.

Hannah se mit à rire et frappa dans ses mains. Elle semblait extrêmement fière de son frère.

— Oh, mon Dieu ! Isaac est un animal !

Carlos souriait maintenant.

— Heureusement que Carter est vétérinaire !

La voix d'Isaac interrompit notre rire.

— Hannah ! appela-t-il. Quelqu'un est réveillé et pleure ici.

Elle se leva.

— J'arrive ! cria-t-elle à Isaac.

Elle regarda le bazar sur la table, mais avant qu'elle puisse commencer à empiler les plats et les assiettes vides, je l'arrêtai.

— Laisse ça. Vous deux, allez prendre soin de votre petite. Je vais m'occuper de ça.

— Tu en es sûr ? demanda Hannah. Cela ne me prendra que quelques secondes pour t'aider avant que nous partions.

— J'en suis certain. Vous avez déjà bien assez à faire.

Hannah leva les yeux au ciel et Carlos m'adressa un sourire, mais ils rentrèrent dans la maison. Je pus les entendre parler avec Isaac, pendant que je débarrassais la table. Quand j'entrai à l'intérieur avec les mains pleines, ils s'apprêtaient à partir. Carlos rangeait les affaires du bébé dans la voiture.

Hannah embrassa la joue d'Isaac et lui fit promettre de l'appeler après que nous soyons sortis du poste de police demain.

— Bien entendu ! la rassura-t-il.

Quand elle se pencha pour m'embrasser à mon tour, je murmurai :

— Ne dis pas à Isaac que tu sais, dis-je en indiquant mon cou et ma poitrine.

— Ne dis pas à Isaac que tu sais quoi ? demanda-t-il.

Il avait l'ouïe vraiment très fine.

Merde !

Hannah se mit à rire.

— À propos des morsures et des griffures que tu as laissées sur le pauvre Carter.

La bouche d'Isaac se mit à béer et il se tourna face à moi.

— Seigneur, Carter ! Je te laisse seul pendant une minute et tu leur parles de ça !

— Eh bien, je...

— Dois-je même savoir sur quoi portait la conversation ? demanda-t-il.

— Oh, ne t'énerve pas, petit frère, dit Hannah. Je dois dire que je suis plutôt fière.

Isaac grogna et se détourna d'elle.

— Merci beaucoup, Carter !

J'enveloppai mes bras autour de lui et le serrai fortement.

— Ne t'énerve pas, bébé. Je ne leur ai pas parlé de celles sur toi.

Isaac soupira, résigné, et Hannah éclata de rire en se dirigeant vers la voiture.

— Ooh, dit-elle, en se retournant brusquement. Joshua a laissé le gâteau, n'est-ce pas ?

Ses yeux étaient écarquillés et pleins d'espoir.

Je me moquai d'elle.

— Je vais aller te le chercher.

— NE SOIS PAS NERVEUX, lui dis-je, prenant sa main. Je serai juste là, avec toi.

Nous étions assis dans la Jeep, garés devant le poste de police.

— C'est juste un peu intimidant, admit-il tranquillement. Je n'aime pas ne pas savoir ce qui se passe, tu sais ?

Je serrai sa main.

— Je suis certain que l'inspecteur te guidera. Il va peut-être simplement te poser d'autres questions, ou il pourrait même peut-être te rendre tes affaires.

Isaac fronça les sourcils.

— Je suis sûr que s'il s'agissait d'une de ces deux choses, il serait venu à la maison.

— Eh bien, peut-être, concédai-je. Mais la seule façon de le savoir est d'entrer là-dedans. N'oublie pas, tu n'as pas à faire quoi que ce soit si tu ne te sens pas à l'aise de le faire.

Je caressai le dos de sa main avec mon pouce.

— Une fois que l'inspecteur t'aura dit ce qu'il attend de toi, tu pourras dire oui ou non. Tu n'es pas obligé de faire quoi que ce soit. Tu peux retirer ta plainte si tu veux.

Il secoua la tête.

— Non, ça va aller, dit-il.

Il libéra sa main de la mienne et défit sa ceinture de sécurité.

— Allons en finir avec ça.

Une fois Brady harnaché, Isaac prit une profonde inspiration et se redressa.

Je souris et posai gentiment sa main sur mon bras.

— Allons-y. Par ici.

La réception du poste de police était telle que ce que vous pouviez voir à la télévision. Il y avait un grand comptoir avec une cloison de verre où se trouvait un agent en uniforme. Il nous dévisagea tous les deux des pieds à la tête, puis ses yeux se fixèrent sur les miens.

— Puis-je vous aider ?

Isaac répondit.

— Mon nom est Isaac Brannigan. J'ai un rendez-vous avec l'inspecteur Zinberg à dix heures.

Nous fûmes emmenés dans un couloir, qui s'ouvrait sur une salle d'attente avec des rangées de bureaux le long du mur du fond et une rangée de sièges le long de l'autre mur. On nous demanda de nous asseoir et d'attendre. Apparemment, l'inspecteur ne serait pas long.

Je m'assis à côté d'Isaac, et Brady s'assit entre ses pieds. Isaac tritura le harnais. Il y avait beaucoup de bruit : voix, radios, téléphones, passants. Je doute que j'aurais même remarqué ces sons avant que je rencontre Isaac.

— Tu vas bien ? demandai-je.

Il hocha la tête.

— Oui. Je me demande pour quoi je suis ici.

Je tapotai sa jambe juste quand l'inspecteur Zinberg tournait au coin du couloir.

— Monsieur Brannigan, Docteur Reece, veuillez me suivre, dit-il, agitant sa main vers un bureau en particulier.

Nous nous assîmes dans deux fauteuils en face de son

bureau et il se laissa tomber sur sa chaise avec un soupir. L'inspecteur ouvrit un dossier et récapitula pratiquement tout ce qu'Isaac lui avait dit lors de sa déclaration le jour où c'était arrivé.

— Vous avez appelé deux jours plus tard pour nous informer que des documents financiers avaient également été pris, continua Zinberg. Y a-t-il autre chose que vous avez remarqué comme manquant ?

Isaac secoua la tête.

— Non, pas que je sache.

Alors, l'inspecteur expliqua les raisons de notre visite.

— Nous avons une personne suspecte qui correspond à notre enquête. Comme je vous l'ai dit au téléphone, il a été attrapé en train de revendre des objets volés, éléments qu'il prétend avoir trouvé.

Réalisant que ce n'était pas mon rôle de parler à moins d'être directement interrogé, je regardai Isaac. Il fronça les sourcils.

— Pas seulement des choses volées chez moi ? A-t-il dérobé des affaires à d'autres personnes ?

C'était bizarre qu'Isaac demande ça. Il savait que le délinquant avait volé d'autres personnes. Peut-être avait-il juste besoin de l'entendre. L'inspecteur hocha la tête.

— Oui.

Il inclina lentement la tête.

— Les autres étaient-ils... aveugles ?

Je me tournai pour faire face à l'inspecteur et attendis qu'il réponde. Je n'avais même pas pensé à ça.

L'inspecteur me regarda, puis Isaac.

— Ils ont tous un handicap physique d'une manière ou d'une autre, oui.

— Seigneur ! laissai-je échapper, sans y penser.

L'inspecteur me regarda et hocha la tête.

— Il y a eu trois autres incidents dans les deux dernières semaines.

Isaac se racla la gorge.

— Quelqu'un a-t-il été blessé ? demanda-t-il.

Je tendis la main et serrai la sienne.

— Pas sérieusement, répondit Zinberg. À peu près comme pour vous, l'intrus les a poussés tandis qu'ils rentraient chez eux, évitant ainsi d'avoir à forcer la porte.

Isaac hocha à nouveau la tête et se mordilla la lèvre.

— Cela a un certain sens, je suppose.

— Les autres victimes n'ont pas pu faire une bonne description visuelle de l'attaquant non plus, indiqua l'inspecteur. Bien qu'ils ne soient pas aveugles comme vous, ils étaient trop effrayés pour regarder ou en état de choc.

Isaac l'interrompit.

— Quels sont leurs handicaps ?

Zinberg haussa un sourcil à la question, mais répondit.

— Un est sourd, une dame âgée avec une canne, l'autre gars est trisomique, tous vivants de manière indépendante.

La mâchoire d'Isaac se crispa et ses narines s'évasèrent alors qu'il prenait une profonde inspiration, sa prise sur ma main se resserra.

Puis l'inspecteur lui sourit.

— C'était votre description de l'intrus qui nous a conduits à lui, Monsieur Brannigan.

— Isaac, le corrigea-t-il. S'il vous plaît, appelez-moi Isaac.

Zinberg continua.

— Isaac, c'est votre description qui nous a aidés. Les autres victimes – celles que nous connaissons – n'ont pas vu grand-chose, mais la seconde, la vieille dame, a dit qu'elle pensait que l'homme avait une odeur familière. Elle a dit que son frère, quand il était vivant, roulait ses propres cigarettes et buvait un vin parfumé au tabac.

Isaac hocha la tête.

— Oui, c'est une odeur distinctive.

L'inspecteur sourit.

— Il y a d'autres facteurs communs, mais en nous donnant l'indication qu'il sentait le vin parfumé au tabac, nous savions alors qu'il pouvait être le même gars.

Isaac se rassit dans son siège et sembla souffler de soulagement.

— Et vous l'avez maintenant ? Il ne peut plus blesser quiconque ?

— Nous le détenons, oui.

Isaac inclina la tête.

— Le détenons ? Que cela signifie-t-il ?

— Cela veut dire que nous avons besoin de preuves supplémentaires, dit le policier. Nous pouvons l'arrêter pour recel d'objets volés, mais à moins que nous puissions le replacer sur les scènes de crime, c'est tout ce que nous avons.

— Aucune empreinte digitale ? demandai-je.

Ils avaient tout recouvert de poudre. J'étais bien placé pour le savoir puisque j'avais dû nettoyer tout le talc noir. L'inspecteur secoua la tête.

— Nous en avons quelques-unes de partielles. Nous les étudions pour l'instant.

Isaac haussa les épaules et secoua la tête.

— Je ne sais pas s'il portait des gants ou s'il a touché quelque chose d'autre, désolé.

— Ne vous excusez pas, dit Zinberg. Vous nous en avez dit bien plus que quiconque a pu le faire. Ce gars est intelligent.

— J'ai dit qu'il parlait comme quelqu'un d'instruit, lui rappela Isaac.

Zinberg sourit à nouveau.

— Oui, effectivement.

— Je vous ai même parlé de son accent, ajouta Isaac. Cela correspond-il avec l'homme que vous détenez ?

— En effet, répondit le policier. Il est du district de New York.

Isaac hocha la tête comme s'il venait enfin de comprendre quelque chose.

— Ce que vous dites c'est que, peu importe ce que je peux vous dire à propos de cet homme – comment il marche, parle ou sent – le fait que je ne puisse pas vous donner de description visuelle, le plaçant physiquement dans ma maison, signifie que mon témoignage est inutile. Je suis désolé, inspecteur Zinberg, dit Isaac en prononçant son nom comme s'il lui laissait un mauvais goût dans la bouche. Oui, c'est malheureux pour vous que je ne puisse pas voir. Cela rend votre travail *moins facile*. Mais si vous étiez bon dans votre profession, vous auriez pris les informations que je vous avais données et les auriez utilisées.

Isaac se leva, déclarant apparemment que la rencontre était terminée. Je souris à l'inspecteur. Cela faisait un bon moment depuis que je n'avais pas vu le tempérament d'Isaac et entendu ses mots bien sentis. Il était comme un pétard lorsqu'il était en colère et c'était hilarant de le regarder dire à quelqu'un d'autre le fond de sa pensée. Et pour être honnête, j'étais juste content que ses mots cuisants visent quelqu'un qui n'était pas moi.

Je me levai, pris le bras d'Isaac et le dirigeai vers la porte.

— Monsieur Brannigan ! cria Zinberg.

— J'aimerais rentrer à la maison maintenant, répondit

Isaac, juste pour moi.

Donc, j'ouvris la porte du bureau et nous guidai vers la salle d'attente.

— Isaac, stop ! cria l'inspecteur en nous suivant. S'il vous plaît...

Il s'arrêta et se retourna vers le son de la voix du policier.

— Inspecteur Zinberg, si vous allez me traiter comme un citoyen de seconde classe et ne pas tenir compte de tout ce que je pourrais vous dire parce que je suis aveugle...

— Je n'ai pas fait ça, se défendit-il. Pour être honnête, les informations que vous nous avez données sont exceptionnelles. Meilleures que ce que la plupart des gens *avec* la vue pourraient nous donner. Mais cela ne prendrait qu'une seconde à un avocat à peu près décent d'envoyer cette affaire dans le caniveau parce que nous ne pouvons pas le replacer sur la scène...

L'inspecteur continua de parler, mais mon attention fut attirée par autre chose.

Tout d'abord, Isaac. Sa main saisit mon bras, celle qui n'était pas accrochée au harnais de Brady, saisit mon avant-bras et sa poigne était brutale. Me faisant me demander ce que diable il se passait. Je regardai sa main sur mon bras, puis son visage.

Puis je l'entendis.

Brady.

Brady grognait.

Je l'avais entendu aboyer une fois ou deux, mais je ne l'avais jamais entendu grogner.

L'inspecteur s'était arrêté de parler et regardait le chien aux pieds d'Isaac, et ensemble, nous suivîmes la direction du regard du chien.

Je n'avais pas remarqué que deux officiers de police en

uniforme avec un troisième homme étaient entrés dans la salle d'attente. Brady l'avait certainement fait. Il les fixait, sa fourrure était hérissée sur son cou et un sourd grognement sortait de sa gorge.

Zinberg regardait l'homme retenu entre les deux agents, puis regarda Isaac et sa forte poigne sur mon bras.

— Loretto, Young ! cria-t-il.

Je réalisai qu'il s'agissait des deux agents de police.

— Ramenez-le en salle d'interrogatoire numéro quatre. J'ai d'autres questions.

L'homme en question, celui après lequel Brady grognait, regarda l'inspecteur à côté de nous et leva les yeux au ciel.

— D'autres questions ! ricana-t-il presque. Vous allez prendre le témoignage d'un homme aveugle ? Ou de son chien ?

La réaction d'Isaac au son de sa voix fut immédiate. Il haleta doucement, se rapprochant instinctivement de moi, loin de l'homme qui venait de parler. Il tira sur le harnais de Brady, l'éloignant également de l'homme et murmura :

— C'est lui ! Je reconnais sa voix.

L'homme parla à travers la pièce à nouveau, s'adressant à Zinberg.

— Si vous ne m'accusez de rien, alors, je crois que j'ai le droit de partir.

L'inspecteur Zinberg regarda Isaac, comment il me tenait, puis de nouveau Brady qui se tenait toujours sur la défensive.

— Isaac, êtes-vous sûr ?

Il hocha rapidement la tête et répondit par l'affirmative.

Alors, l'inspecteur releva les yeux vers l'homme et sourit.

— Je crois que vous n'irez nulle part.

Et avec un petit geste de la tête en direction des deux policiers, il dit :

— Emmenez-le en garde à vue. Inculpez-le avec quatre chefs d'accusation d'effraction, de vol, d'agression, d'intimidation, de possession d'objets volés, de recel d'objets volés et de tout ce à quoi vous pourrez penser. J'arrive tout de suite.

Je regardai avec incrédulité, choqué par ce qui venait juste de se passer, tandis que les deux hommes en uniforme emmenaient le gars.

— Tu peux lâcher mon bras maintenant. Il est parti, dis-je doucement et les doigts d'Isaac se détendirent.

Je glissai mes bras autour de sa taille, m'approchant un peu plus de lui.

L'inspecteur Zinberg posa une main rassurante sur son bras.

— Je pense que c'est une preuve suffisante. Maintenant, je crois que vos mots étaient – tels que vous les avez dits – si j'étais bon dans ma profession, j'aurais pris les informations que vous m'aviez données et les aurais utilisées. Eh bien, je ferais mieux de les utiliser.

Isaac ouvrit sa bouche pour parler, mais l'inspecteur le coupa.

— Je suis désolé que vous ayez à subir ça tout à l'heure, Isaac, dit-il sincèrement. Je n'avais absolument pas prévu que vous le rencontriez. Mais dans un certain sens, je suis content que ce soit arrivé. Je suis content que votre chien ait été là également.

Il nous dit que nous étions libres d'attendre, bien qu'il comprenne si nous voulions rentrer à la maison, et que, de toute façon, il nous ferait savoir ce qui allait se passer.

— Je pense que je vais rentrer à la maison, dit Isaac. Vous pouvez m'appeler n'importe quand.

Il était plus calme, plus modéré et l'inspecteur le

remarqua.

— C'est parfait, Isaac. Je resterai en contact.

Zinberg fit un pas en direction des officiers et de leur suspect, mais s'arrêta et se retourna vers nous.

— Isaac, puis-je vous demander quelque chose ?

— Oui.

— Est-ce que le nom de Max ou de Maxwell Krabanski signifie quelque chose pour vous ?

Isaac resta silencieux pendant un moment, puis secoua la tête.

— Non.

Zinberg hocha la tête.

— Vous ne connaissez pas le nom, par votre travail ou par un associé ?

— Non, je n'ai jamais rencontré quelqu'un qui s'appelle Max, Maxwell ou Krabanski, répéta Isaac.

Zinberg me regarda.

— Êtes-vous familier avec ce nom, Docteur Reece ?

Je secouai la tête.

— Non.

Isaac déglutit bruyamment.

— Est-ce lui ? Est-ce son nom ?

— Oui, ça l'est, répondit l'inspecteur. Je voulais juste savoir si vous le connaissiez d'une autre manière, avant que je retourne là-bas. Je vous recontacterai cet après-midi.

Il posa à nouveau sa main sur le bras d'Isaac avant de disparaître au bout du couloir.

C'était évident qu'Isaac était bouleversé, si bien que je le plaquai contre moi et, après un long moment de silence, il se pencha contre moi.

— Carter ?

— Oui ?

— S'il te plaît, ramène-moi à la maison.

CHAPITRE DIX

ISAAC RESTA SILENCIEUX TOUT l'après-midi. Je suggérai d'aller au magasin de sports de plein air et de le laisser m'acheter de nouvelles bottes, espérant que cela pourrait lui remonter le moral, et que nous pourrions aller faire une randonnée, mais il secoua la tête.

— Une autre fois, dit-il doucement.

Il était sur le canapé, lisant ce qui ressemblait aux documents que Joshua lui avait donnés. Je nourris les chiens, rangeai après le dîner et m'assis enfin à côté de lui.

— Est-ce que tu vas bien ?

Ses doigts s'arrêtèrent sur la page.

— Oui, je vais bien.

— C'était un peu confus au poste de police aujourd'hui, non ?

Il hocha la tête.

— Plutôt deux fois qu'une.

— Que veux-tu dire ?

— Eh bien, tout d'abord, je ne m'attendais pas à ce que cet homme soit là, ce Maxwell Krabanski. Dès que j'ai entendu Brady grogner, je savais que quelque chose n'allait pas... puis il a parlé. Je me souvenais de cette voix, dit-il calmement. Je ne l'oublierai jamais.

Je posai une main sur sa jambe.

— Brady a été incroyable aujourd'hui.

Il acquiesça tranquillement.

— Oui, il l'a été.

— Tu sais, ce Maxwell ne ressemblait pas à ce que je m'étais imaginé de lui, dis-je. Il est grand et fin, et plus vieux que je le pensais. C'est ce qui m'a surpris le plus. Il doit être dans la fin de la quarantaine. Je ne sais pas pourquoi j'avais pensé à un jeune crétin.

Isaac haussa les épaules, indifférent.

— Oh, vraiment ?

Il resta silencieux pendant un certain temps encore, apparemment distrait, si bien que je poussai un peu.

— Bébé, tu as dit « tout d'abord ». Qu'y a-t-il d'autre ?

— L'inspecteur Zinberg, répondit-il en soupirant. Comment il a dit au début que tout ce que je lui avais dit auparavant était pratiquement inutile parce que je ne peux pas voir. Que mon avis sur ce qui s'était passé ne comptait pas parce que j'étais aveugle.

Il haussa les épaules avec indifférence.

— Ce genre d'attitude m'énerve vraiment.

Je frottai son dos et le tirai contre ma poitrine, m'allongeant contre l'accoudoir du canapé.

— Je sais. Cependant, ce n'était pas son opinion personnelle, c'est plus pour indiquer qu'il savait que des avocats pouvaient s'arranger avec le système judiciaire.

Sa voix était calme.

— Cela rend-il la chose meilleure ? Cela te paraît-il juste ?

— Non. Non, ça ne l'est pas.

Il hocha la tête, enleva ses lunettes de soleil et frotta ses mains sur son visage.

— Je déteste juste avoir à me défendre comme si j'étais une sorte de citoyen de second ordre, comme si mon opinion ne comptait pas parce que je suis foutrement aveugle, je suis un putain d'être humain avec des droits comme tout le monde !

Je resserrai mon étreinte.

— Tu es un incroyable *putain d'être humain*, Isaac. Ne laisse pas ces connards te rabaisser. Ils ne te connaissent pas comme moi je le fais.

Il se redressa, paraissant soudain nerveux. Il tripota son siège et tourna son visage vers moi.

— Je veux voir, Carter.

Je clignai des yeux, surpris. Non pas que ce qu'il me disait soit surprenant, c'était juste la manière dont il le dit.

— Je sais que tu le veux.

— Non, je veux vraiment voir.

Je secouai la tête.

— Isaac...

— Et si je te disais qu'il y avait peut-être un moyen ?

— Peut-être un moyen pour quoi ?

— Que je puisse voir.

Son téléphone bourdonna, me faisant sursauter. L'activation de la voix indiqua que l'appelant était Hannah.

Isaac resta là, immobile, pendant une longue seconde, ne voulant manifestement pas arrêter cette conversation.

— Hannah, Hannah... dit la voix synthétique jusqu'à ce qu'Isaac grogne et réponde.

— Oui ? Désolé... dit-il.

Je devinai que c'était pour le ton avec lequel il avait répondu au téléphone.

— Ça s'est bien passé, dit-il ensuite. Enfin, probablement mieux que bien. Le gars a été inculpé.

Son ton s'adoucit une fois qu'il commença à parler à sa sœur. Elle avait dû lui demander tous les détails de ce qui était arrivé au poste de police, parce qu'il raconta tout ce qui s'était passé, point par point.

Je manœuvrai sur le canapé, contournant Isaac avant de me lever. Sachant qu'il pouvait rester au téléphone pendant un certain temps, j'embrassai sa tempe et lui laissai un peu d'intimité. Hannah et lui pouvaient parler pendant des heures, ce qu'ils faisaient parfois.

Après avoir pris une douche et rejoint Isaac sur le canapé, il lui racontait que l'inspecteur Zinberg nous avait appelés dans l'après-midi pour nous dire que Maxwell Krabanski avait été officiellement inculpé de quatre chefs d'accusation pour pénétration illégale dans une propriété privée, vente de biens volés et de quatre autres accusations pour intimidation. Il nous avait informés qu'il était un ex-patron d'entreprise qui avait eu une blessure à une jambe, ce qui l'avait rendu dépendant aux antidouleurs, et l'avait amené à être licencié et à se sentir brisé, d'où la nécessité d'argent liquide par n'importe quel moyen rapide ou de tous les médicaments qu'il pouvait trouver dans des armoires à pharmacie et qu'il pouvait voler. Isaac raconta tout à Hannah, mais elle avait encore tout un tas de questions.

Tandis qu'Isaac parlait, je m'installai à côté de lui, allumai la télévision, mais mis le son en sourdine, faisant défiler les canaux, à la recherche de quelque chose d'un tant soit peu intéressant. Mon esprit continuait à rechercher ce qu'il avait voulu dire à propos d'avoir un moyen pour lui de revoir. D'après ce que j'avais compris, un décollement de rétine ne laissait qu'une toute petite chance de pouvoir être opérée, ce qui avait lieu en général dans les deux semaines après le décollement initial, et même alors, l'opération ne marchait pas toujours.

Certainement pas dix-neuf ans après l'accident.

Mais Isaac n'était pas un imbécile. Il savait ça à propos de sa vue, mieux que personne.

Donc, je me demandais ce que diable il avait pu se passer pour qu'il change d'avis.

— D'accord, je t'aime aussi, dit Isaac avant de raccrocher.

Il posa son téléphone sur la table basse et soupira.

— Seigneur ! Ce qu'elle peut parler !

Je me mis à rire.

— Je pense que c'est un trait de famille.

Il me poussa du coude de manière ludique, puis s'installa contre moi à nouveau, avec un autre soupir.

— Elle va bien ?

— Oh, oui. J'ai juste eu droit au jeu des vingt questions. La prochaine fois, peut-être qu'elle devrait venir avec nous. Cela m'épargnerait tout ce temps.

Je caressai son bras et fus sur le point de lui demander ce qu'il voulait dire par son commentaire plus tôt, sur le fait de voir à nouveau, mais il se mit à bâiller.

— Allez, dis-je en nous redressant. Il est temps d'aller au lit pour toi.

— Hmm... Désolé, je n'ai pas été très sociable aujourd'hui.

Je pris son visage dans mes mains et l'embrassai doucement.

— Ne t'excuse pas. Cela a été une journée très éprouvante.

Je me levai et pris la main d'Isaac, l'aidant à se remettre sur ses pieds.

— Va prendre ta douche, ça va te faire sentir mieux. Je vais fermer.

J'étais déjà au lit au moment où Isaac sortit de la salle de bain. Il était nu. Je repoussai les couvertures pour qu'il puisse se glisser dans le lit. Il était chaud et sentait le savon. Je souris et embrassai son front tandis qu'il se blottissait contre moi.

— Bébé ?

Il marmonna contre ma poitrine.

— Mmmm... ?

Je voulais lui demander ce qu'il avait voulu dire à propos de sa vue, mais compris qu'avec la journée qu'il avait eue, il était un peu stressé, si bien que je le laissai tranquille.

— Tu vas bien ?

— Mmmm...Mmmm... Fatigué...

Je traçais des cercles sur son dos, ce qu'il adorait. Je le sentis sourire contre moi. J'embrassai son front encore une fois et murmurai :

— Dors.

Et il s'endormit. Même s'il était agité, au mieux. Il tourna et se retourna toute la nuit, même le fait que je l'enveloppe de mes bras ne le calma pas comme ça le faisait normalement. Habituellement, s'il était agité pendant qu'il dormait, je le caressais et le tirais contre moi et il se détendait, même dans son sommeil. Mais pas cette fois-ci. Quelque chose le préoccupait certainement.

Il me fallut attendre le soir suivant pour que je puisse lui demander ce que c'était. J'avais été le chercher au travail et nous étions rentrés à la maison, chacun parlant de sa journée, tour à tour. Quand nous étions arrivés, je lui posai la question qui avait tourné toute la journée dans ma tête.

— Isaac, lui demandai-je en remplissant un verre de thé

glacé. Que voulais-tu dire hier quand tu as évoqué qu'il y avait peut-être un moyen pour que tu puisses revoir ?

Il déglutit difficilement.

— Euh... Il y a eu quelques avancées médicales concernant les dommages subis par les nerfs rétiniens...

Sa voix chuta, comme s'il n'était pas certain de ma réaction.

— Vraiment ? demandai-je, excité par la possibilité.

Il sourit à mon ton de voix et hocha la tête.

— J'ai beaucoup lu sur le sujet. C'est très récent, mais ils ont obtenu quelques succès.

— Récent à quel point ?

— Eh bien, c'est simplement au cours des douze derniers mois.

— Oh !

Cela commençait à paraître pas trop bon.

— Ils doivent bien commencer quelque part, non ?

— Bien sûr, concédai-je, essayant de paraître de son côté. Bien sûr.

— Il y a eu quelques articles dans une revue médicale que j'ai lus à propos de ce que cela pourrait signifier pour des gens comme moi.

— C'est vraiment bien, lui dis-je. Où en sont les tests cliniques ? J'imagine qu'ils sont toujours en phase d'essais si c'est aussi récent ?

— Non, ils ont dépassé l'étape des essais cliniques.

Voilà qui paraissait beaucoup mieux.

— Vraiment ? Cela signifie que l'Association Médicale Américaine a approuvé les tests cliniques.

Son sourire s'effaça.

— Ce n'est pas par le biais de l'AMA, marmonna-t-il.

— Que veux-tu dire que ça ne l'est pas ?

Je ne comprenais pas. Toute nouveauté médicale devait être approuvée par l'AMA.

— Ce n'est pas arrivé aux États-Unis encore.

— Oh !

— C'est un médecin en Argentine qui a pratiqué cette opération et...

Je lui coupai la parole.

— Argentine ?

Il hocha la tête et haussa les épaules.

— Ouais, à Buenos Aires, il y a un médecin...

— Isaac, stop !

— Quoi ?

— Tu réalises comment cela sonne, non ? demandai-je. Subir une opération aussi risquée que celle-ci, dans un autre pays, avec des normes médicales et de santé différentes, avec un médecin qui n'est peut-être même pas qualifié...

— Seigneur, Carter ! cria-t-il, levant ses mains en l'air.

— Quoi ? rétorquai-je sèchement. Où as-tu même entendu parler de ça ?

Il marqua une pause pendant une seconde, décidant évidemment si oui ou non, il devait me le dire. Sa voix était plus calme, plus composée et hautement sur la défensive.

— Josh m'a donné les revues médicales et les documents de recherches.

Je gémis et levai les yeux au ciel.

— Bien sûr, c'est lui.

— Qu'est-ce que c'est censé vouloir dire ?

— Bon sang ! Josh ceci, Josh cela... dis-je avec véhémence. Seigneur, il apparaît et t'offre le monde.

— Oh, pour l'amour de Dieu ! dit Isaac, levant ses mains en l'air. Vraiment, Carter ? Est-ce de ça dont il s'agit ? Es-tu jaloux ?

— De lui ? crachai-je. Non.

Je tirai sur mes cheveux.

— ... Oui ! D'accord... Oui, je le suis !

— Pourquoi ?

— Il est comme ton nouveau meilleur ami. Il se montre tout gentil avec toi, mais me lance des regards noirs, mais je ne peux rien te dire parce que tu penses que je suis jaloux.

— Ne sois pas ridicule !

Isaac ignora complètement mon commentaire.

— Il a toujours été gentil avec toi.

— Ouais, pendant que tu étais là.

— Oh, putain, Carter !

Il soupira longuement, essayant de recouvrer son sang-froid. Puis l'expression de son visage devint triste.

— Peux-tu au moins essayer d'être heureux pour moi ? Cela pourrait changer ma vie pour toujours.

Ma bouche se mit à béer.

— Quoi ? Isaac ! Bien sûr que je le suis !

— Non, tu ne l'es pas.

— Eh bien, peut-être que si j'en savais un peu plus... lui dis-je honnêtement. Mais ça ne me paraît pas très légal.

Isaac se tourna comme s'il allait partir, mais s'arrêta.

— Josh avait raison. Il a dit que tu n'aimerais pas ça. Voilà pourquoi je n'en ai pas parlé devant toi jusqu'à maintenant.

— Tu vois ? Il te raconte des conneries sur moi, inventant même des choses.

— Vraiment ? demanda Isaac calmement. Ça me paraît tout à fait justifié. Penses-tu que je devrais suivre cette procédure ?

— Ce n'est pas juste. Je n'en sais pas assez sur le sujet pour te répondre objectivement.

— C'est une question simple, Carter. Veux-tu que je puisse revoir un jour ou non ? Quelle est ta réponse ?

— Non, non, je ne veux pas. Pas par un boucher quelconque en Amérique du Sud !

Isaac déglutit difficilement et releva son menton, d'un air de défi. Il traversa la cuisine, le salon puis se dirigea dans le couloir.

— Isaac, s'il te plaît...

— Je serai sur le tapis roulant, dit-il froidement. Je ne vais pas dîner ce soir. Je n'ai pas besoin de compagnie non plus.

Et là-dessus, il sortit. Quelques minutes plus tard, j'entendis le bruit sourd de ses pieds sur le tapis de course, si bien que je me déshabillai, enfilai un short de bain et fis des longueurs dans la piscine. Puis je m'assis sur la terrasse de derrière et lançai une balle à Missy jusqu'à ce qu'elle s'en fatigue, puis j'enfilai un survêtement et mes baskets et sortis courir avec elle.

Il était dans le salon, en train de lire, quand je revins. J'emmenai Missy directement dans le jardin, revins à l'intérieur, passai devant Isaac sans dire un mot et éteignis l'interrupteur, le laissant seul dans le noir.

Je me douchai et me mis au lit.

Je regardai le mur, attendant qu'il vienne se coucher, afin que je puisse prétendre que je dormais déjà.

Il ne vint jamais.

LE MATIN SUIVANT FUT ÉTRANGE. Le bruit de la douche me réveilla et, voyant que le côté du lit d'Isaac n'avait pas bougé, je me levai et trouvai le lit de la chambre d'amis défait.

Merde !

Je ne savais pas quoi dire. Je savais qu'il pouvait être

entêté, mais merde ! Que voulait-il que je dise ? Je n'allais pas faire machine arrière sur ce sujet. C'était pour sa santé et sa sécurité, sans oublier de mentionner son espoir et son cœur brisé quand cela tournerait mal.

Et cela le ferait.

Je préparai du café et attendis qu'il vienne pour aller me préparer pour le travail.

— Le café est sur le comptoir, lui dis-je en passant devant lui.

Je n'attendis pas sa réponse.

Après une douche rapide et un rasage, j'allai dans la cuisine. Isaac était là, avec un Brady déjà harnaché.

— Je peux prendre un taxi si tu préfères ne pas m'emmener.

Je soupirai.

— Isaac, je peux te conduire. Ça ne me dérange pas du tout.

Il m'adressa un hochement de tête.

— Merci.

Nous ne parlâmes pas de tout le trajet jusqu'à son travail, jusqu'à ce qu'il sorte et attrape le harnais de Brady.

— Dois-je réserver un taxi pour rentrer à la maison ?

— Je serai là, lui répondis-je calmement. Isaac, je ne veux pas me disputer avec toi.

Il vint à côté de la Jeep et releva fièrement son menton.

— Alors, ne le fais pas, dit-il simplement avant de se diriger vers l'allée en béton qui menait aux portes de l'école.

C'était le vieil Isaac. L'Isaac qu'il était il y a douze mois.

C'était l'Isaac impossible, qui ne voulait pas entendre raison, ni le point de vue de quelqu'un d'autre. L'homme qui avait dressé des murs défensifs et repoussait les gens.

Je voulais frapper ma tête sur le volant, je voulais crier

et hurler et donner des coups de pied dans quelque chose. Il était tellement exaspérant.

Je passai ma journée à me montrer professionnel et poli, mais mon assistante, Rani n'était pas stupide. Je n'avais pas à expliquer quoi que ce soit, cela devait être écrit partout sur mon visage. Elle demanda comment allait Isaac. Je lui répondis qu'il allait bien, mais elle me sourit, me tapota le bras et me donna un peu d'espace, prenant soin de plus que sa part de travail. Elle valait son pesant d'or.

J'allai chercher Isaac à son travail, comme j'avais dit que je le ferais, et j'espérais que la journée de travail aurait aplani les choses entre nous et que nous pourrions repartir sur un bon pied. Mais ce ne fut pas le cas.

Il se tenait au bout du chemin, où je passais le prendre, parlant à un autre professeur. Sa tête tourna au bruit de ma Jeep passant le portail et je pus pratiquement voir son masque se mettre en place, il se redressa, carra ses épaules comme il se durcissait et son sourire disparut.

Je sortis et m'avançai vers lui tandis qu'il disait au revoir à son collègue.

— Hey, dis-je doucement.

— Hey.

Nous revînmes jusqu'à la Jeep en silence et restâmes comme ça pendant la totalité du chemin de retour jusqu'à la maison. Je savais que si cela allait être une bataille de volontés, à propos de qui pouvait se montrer le plus tenace, il allait gagner haut la main. Mais je n'avais jamais reculé devant lui dans une dispute. Je n'avais jamais fait de concessions à cause de sa cécité. Je ne l'avais jamais traité différemment que de la manière dont je traitais tout le monde.

Et ça n'allait pas commencer maintenant.

Mais ce silence me tuait. Si bien que, lorsque nous

entrâmes dans sa maison, je lui demandai comment s'était passée sa journée et il me répondit « bien ».

Je lui demandai ce qu'il voulait pour dîner, et il répondit :

— Il y a une salade toute prête dans le réfrigérateur. Je prendrai ça.

Ce qui, une fois traduit, signifiait « *je ne vais pas manger avec toi* ».

Je soupirai, puis il m'annonça qu'il allait faire son entraînement habituel sur le tapis roulant, puis passer la soirée à corriger le travail de ses élèves. Et il faisait cela, selon lui, parce que c'était ce qu'il faisait tous les lundis soirs avant que je m'installe. Cela n'avait rien à voir avec moi, apparemment. Enfin, d'après lui.

J'étais habitué à ses paroles cinglantes, bien que cela fasse un certain temps qu'il ne s'en soit pas pris à moi. C'était sa manie de dire des mots blessants pour faire mal à ceux qui l'entouraient. Il ratait rarement son but.

Mardi soir ne fut pas meilleur.

Il continuait de répondre seulement à mes questions ou tentatives de conversation avec une brève réponse sèche. Je préparai à dîner, qu'il mangea, mais la seule chose qu'il dit fut un tranquille « merci ». Il s'occupa lui-même de ranger la cuisine, puis déclara qu'il avait des rapports à commencer avant la fin de l'année scolaire dans trois semaines. À nouveau, je passai la soirée à promener Missy, suivant un parcours plus long que la normale, retardant le moment de revenir chez Isaac.

Je veux dire à la maison.

Je pris conscience que je n'avais jamais pensé à cet endroit comme étant la maison, même après que j'aie emménagé. Je n'étais là que depuis quelques semaines, mais c'était toujours la maison d'*Isaac*. Bien sûr, je vivais là, mais ce n'était pas chez moi. J'essayai de ne pas m'attarder sur cette prise de conscience ni sur ce que cela signifiait.

Je revins chez Isaac, donnai à manger aux chiens et pris une douche, puis me glissai dans le lit. J'étais épuisé : le corps las et fatigué émotionnellement. Il y avait un poids qui pesait dans ma poitrine et j'avais l'impression que mon estomac se nouait. Mon esprit ne pouvait s'empêcher de tourner et je n'arrivais pas à dormir.

Il était toujours éveillé, lisant, ou m'évitant, quand je sortis du lit pour attraper une boisson. Il était sur le canapé, ses doigts glissant sur les pages devant lui. Après un verre d'eau du robinet, je revins et m'arrêtai à la porte du salon.

— Isaac, je ne veux pas me disputer avec toi. Je veux que tu sois heureux. Alors peut-être que si tu me montrais les revues médicales dont tu m'as parlé, peut-être que je serais capable de comprendre ce dont tu m'as parlé.

Il inclina la tête et sa voix fut calme.

— D'accord.

Il dormit dans notre lit cette nuit-là. Il était levé avant moi, mais c'était un début.

Mercredi après-midi, je pensai que les choses se déroulaient de mieux en mieux. Je parlai de ma journée tandis que je préparais à dîner. Qu'il soit à l'écoute ou s'il s'en souciait, je ne savais pas. Il hochait la tête et souriait poliment, mais c'était une conversation à sens unique, au mieux.

Il s'assit au comptoir pendant que je me tenais du côté cuisine, préparant un sauté rapide. Je pensai que c'était un progrès, étant donné qu'il était dans la même pièce que moi, mais c'était évident qu'il cherchait à trouver le courage de me dire quelque chose. Je remplis les assiettes alors que je finissais mon histoire d'une beagle enceinte qui était programmée pour une césarienne, la semaine prochaine. Elle avait eu des complications avec sa dernière portée, donc c'était une décision mutuelle, du propriétaire et de moi-même afin de ne pas prendre de risques, cette fois-ci. Ce n'était pas une conversation passionnante, mais je pensais qu'Isaac aurait au moins pu dire quelque chose. Mais il resta juste assis là.

Je posai l'assiette devant lui et une fourchette à sa gauche.

— Isaac ?

— J'ai ramené ces revues, dit-il brusquement.

Oh !

— Oh, dis-je tranquillement.

J'étais content qu'il l'ait fait, je voulais les lire. Mais je redoutais également de ramener le sujet sur le tapis. Nous commencions tout juste à nous reparler. En quelque sorte...

— Où sont-elles ?

— Dans ma sacoche.

Il était à nouveau anxieux, comme s'il n'était pas tout à fait certain de vouloir que je les lise. Peut-être que c'était quelque chose dont il ne voulait plus que je voie ou que je fasse partie.

— Si tu ne veux pas que je les lise...

— Je veux que tu les lises, mais je ne veux pas que tu le fasses au cas où tu ne serais pas d'accord avec ça.

— C'est comme tu veux, Isaac.

Je ne voulais pas demander ce qui se passerait si je ne l'étais pas.

Puis il murmura.

— Je ne veux pas que tu me dises que tu penses que je suis stupide...

— Je ne penserais jamais ça.

Il haussa tristement les épaules.

— Je veux ça. Tellement. Je ne peux pas m'en empêcher, Carter, indépendamment de l'effet que ça me fait.

L'effet que ça lui faisait ? Effrayé. Perdu. Plein d'espoir. De désir.

— Cela te rend humain, Isaac.

Il posa sa fourchette et repoussa son assiette. Ses épaules s'affaissèrent.

— Un humain aveugle.

— Un humain parfait.

Il secoua la tête.

— Tu dois arrêter de prétendre que je suis quelque chose que je ne suis pas. Je suis aveugle. Il y aura toujours des choses que je ne pourrais pas faire. Il y aura toujours des choses que tu devras faire pour moi.

— Je me fiche de ça.

— Pas moi ! cria-t-il. Chaque jour. Ça me dérange. Tous les jours.

— Nous en avons déjà parlé, Isaac, dis-je. Je pensais que nous avions dépassé ce stade.

— Je n'arriverai jamais à passer par-dessus, dit-il en secouant la tête. Je ne comprends pas pour quoi tu es tellement opposé à cela. Je ne veux pas que tu lises ces revues si tu ne fais que relever les aspects négatifs et que tu me dises de ne pas le faire.

— Je suis capable de lire des revues médicales de manière objective, Isaac. Je lis des revues vétérinaires tout le temps.

— Es-tu capable de comprendre ce que cela représente pour moi ? Parce que je ne pense pas que tu le puisses. Tu vas le lire du point de vue de Carter, qui pense que je suis merveilleux et qui ne se soucie pas que je sois aveugle.

Il fronça les sourcils et sa voix était calme, mais il y avait une colère sous-jacente, derrière chacun de ses mots.

— Essaie de le lire de mon point de vue, du point de vue d'une personne aveugle, parce que je me soucie du fait que *je* sois aveugle, et que la vie n'est pas toute rose et parfaite, Carter.

Je ne savais pas quoi dire. Ses paroles piquaient, et comme toujours, elles atteignirent leur but. Je savais que je lui disais tout le temps qu'il était parfait. Parce qu'il l'était. Il était parfait pour moi. Je ne me souciais *pas* qu'il soit aveugle, cela ne me dérangeait pas. Je le lui avais dit des centaines de fois et il l'utilisait maintenant contre moi.

— Je ne sais pas ce que tu veux que je dise, répondis-je doucement.

Je pris mon assiette toujours pleine et la posai dans l'évier. Je ne pouvais même pas regarder de la nourriture.

— Laisse ton assiette. Je nettoierai plus tard, lui annonçai-je. Je vais... Euh... Je sors Missy pour une promenade.

J'attrapai la laisse et Missy se précipita vers moi, tout excitée. J'attachai la laisse à son collier et retournai mon regard vers Isaac.

— Je ne sais pas ce que tu espères que je te dise, Isaac. Si tu veux que je m'excuse de t'aimer juste de la façon dont tu es, alors je suis désolé. Je suis désolé de te mettre sur un piédestal. Je suis désolé de penser que tu es extraordinaire. Et je suis désolé d'être honnête. Je t'ai toujours dit la vérité ou si je pensais que tu prenais une mauvaise décision, alors en quoi cela serait-il différent ?

Il ne répondit pas, non pas que je m'y attende. Je me dirigeai vers la porte.

— Si tu veux que je lise ces documents, laisse-les pour que je puisse les prendre quand je reviendrai. Si tu ne le veux pas, je comprendrai.

Je marchai, marchai et marchai un peu plus. C'était difficile à faire. C'était plus des pas mécaniques, un pied devant l'autre, essayant de trouver un sens aux pensées qui traversaient ma tête.

Mon cœur était lourd, mon estomac faisait des nœuds. Je me sentais mal, écœuré que nous nous soyons disputés et je me sentais seul. J'aimais Isaac, totalement et complètement. Mais plus je marchais, plus je repensais à ce qu'il avait dit. Pouvais-je voir tout ce merdier de son point de vue ?

Si j'avais été aveugle, si je n'avais jamais vu son visage, si je n'avais vu son sourire, serais-je prêt à tout risquer pour changer ça ?

Bien sûr que je le ferais.

Merde !

Quand je revins à la maison, elle était sombre, à l'exception de la lumière de la cuisine. Brady vint nous retrouver dans le couloir, roulé en boule et endormi sur le sol. Je le caressai et Missy lui lécha le côté de la bouche. J'entrai le code de l'alarme et, ayant besoin de faire pipi, me dirigeai vers les toilettes en premier. En revenant, je m'arrêtai devant la porte de la chambre, surpris de voir un Isaac endormi dans notre lit. Je souris intérieurement, pour la première fois de ce qui me semblait être des jours et me dirigeai vers la cuisine.

Là, sur le comptoir, se trouvait une pile de plusieurs centimètres de haut de revues et de fichiers.

Toutes les informations qu'Isaac avait eues de Joshua étaient là.

En Braille.

Merde !

Bien sûr, j'avais appris quelques mots. Isaac m'avait appris les rudiments, mais de là à lire des documents médicaux... Seigneur, cela aurait pu aussi bien être écrit en russe, en Morse ou avec une putain d'encre invisible. Je feuilletai les pages, à la recherche de n'importe quoi d'imprimé en mots. Bien entendu, il n'y avait rien. Pourquoi y aurait-il eu quelque chose ? C'était pour qu'Isaac le lise, cela ne pouvait qu'être en Braille.

Avec un soupir bruyant, je ramassai la pile de documents et de fichiers et m'effondrai dans le canapé, posant mes doigts sur le papier, je commençai à lire.

La première page me prit environ une demi-heure et je n'arrivais pas à comprendre quoi que ce soit. Je n'étais même pas certain de le faire correctement, ou de lire la bonne chose. J'avais pu reconnaître un mot ici ou là, mais c'était inutile.

Donc, j'attrapai un bloc-notes et un stylo et commençai à retranscrire ce que je pensais être les intitulés. Je feuilletais les pages et lisais les titres et sous-titres. Je cherchais des mots-clefs ou des points de référence et je les écrivais.

Mon ordinateur portable était au travail et je ne voulais pas utiliser celui d'Isaac avec son lecteur d'écran sans sa permission. Les choses étaient déjà suffisamment tendues entre nous, je ne voulais pas qu'il pense que j'espionnais derrière son dos. Puis je pensai que je pourrais écrire tous les documents cités, toutes les références que je pourrais trouver et regarder en ligne demain.

C'était méthodique de chercher les lignes plus courtes en début ou en tête des paragraphes, tout ce qui pouvait ressembler à un titre, un nom ou une adresse et tout recopier.

Dieu seul savait combien de temps il me faudrait. Je ne savais même pas jusqu'où j'étais allé dans cette pile de documents. Mais mes yeux étaient lourds et j'étais pratiquement sûr que je ne « lisais » rien correctement. Je me souvins d'avoir pensé que je devrais vraiment me lever et aller au lit, mais je tenais à y arriver. Je voulais montrer à Isaac que j'étais sérieux à ce sujet.

Je dus m'endormir sur le canapé, car Isaac me réveilla le lendemain matin. Il secoua doucement mon épaule.

— Carter ?

Je me redressai, surpris. Et gémis.

— Ooh, mon cou...

Je m'étais manifestement endormi avec la tête formant dans un angle bizarre, parce que la douleur dans mon cou était forte.

— Merde ! Je ne voulais pas m'endormir.

— Tu as de la chance de ronfler, dit Isaac, en allant dans la cuisine. Sinon, j'aurais pu ne pas te trouver.

Je frottai mes mains sur mon visage, puis mon cou, sentant une douleur lancinante dans mon crâne, et le long de ma colonne vertébrale.

— Vraiment, je ne voulais pas dormir ici.

Je ne voulais pas qu'il pense que c'était délibéré, compte tenu de nos arrangements de couchage de ces derniers jours.

— Désolé.

— C'est bon, répondit-il depuis la cuisine. Le café est en route. Va te doucher.

Eh bien, au moins, c'était une conversation spontanée. Je me levai et sentis chaque vertèbre protester dans ma colonne vertébrale.

— Ouh ! Seigneur... gémis-je, tournant lentement mon torse afin de m'étirer. Je crois que j'ai dû dormir plié comme un bretzel.

Isaac se mit à rire.

— Vas-y. Ou tu vas être en retard.

Une douche extrêmement chaude plus tard, une tasse de café pas si chaud que ça et nous étions en chemin. Nous passâmes la plus grande partie du trajet en silence et, alors que nous approchions de son travail, Isaac dit :

— Alors, comment t'en es-tu sorti avec ces papiers ?

Il les avait trouvés sans aucun doute éparpillés partout sur la table basse, donc il savait que j'avais tenté de les lire. Et c'était assez évident qu'il voulait que je les lise en Braille afin que je sache combien c'était difficile, même pour lui, alors qu'il le faisait tous les jours.

— Euh... Lentement. Je ne suis pas très bon avec le Braille. Je continue de perdre mes lignes et j'ai dû très souvent deviner les lettres. C'était très lent.

Je me garai dans le parking et trouvai une place près du chemin. Isaac resta assis là, avec ses mains sur ses genoux, jonglant avec ses doigts.

— Si tu veux, peut-être que je pourrais te les lire ?

Et pour la première fois de ce qui me semblait une éternité, je souris.

— J'aimerais ça.

Il hocha la tête et sortit de la Jeep. Je défis la ceinture de Brady et caressai la fourrure sur sa tête. Il me sourit et me donna un coup de langue baveuse avant de sauter dehors pour rejoindre Isaac. Je contournai la voiture pour me tenir à côté d'Isaac qui finissait de fixer le harnais à Brady.

— Je te retrouve la maison. C'est jeudi, donc j'ai les visites à domicile cet après-midi.

— Pas de problème, dit-il en souriant.

J'attrapai sa sacoche et passai la lanière sur son épaule. C'était le plus proche que j'avais été de lui depuis quatre jours.

— Passe une bonne journée.

— Toi aussi.

Et avec ça, il ordonna à Brady d'y aller et ils remontèrent le chemin jusqu'à la porte d'entrée de l'école.

Les choses n'étaient pas au mieux entre nous, mais au

moins, maintenant, nous parlions. Je souris pendant tout le chemin jusqu'à mon travail.

———

— QUELQU'UN EST de meilleure humeur aujourd'hui, dit Rani en agitant ses sourcils. Je suppose qu'Isaac a cessé de vous faire la tête ?

Je lui adressai un sourire et jetai le papier de mon sandwich dans la poubelle. Je nettoyai les miettes sur mon bureau et avalai la dernière bouchée de mon déjeuner. Mon assistante en était venue à bien me connaître durant les douze derniers mois, ce qui incluait ma relation avec Isaac.

— Je ne pense pas qu'il s'arrêtera un jour, dis-je.

Ses yeux se posèrent sur mon ordinateur portable ouvert sur mon bureau.

— Vous travaillez pendant votre pause déjeuner ?

— Euh... Non, pas vraiment, dis-je. Je regarde juste quelque chose pour Isaac. Rappelez-moi de prendre mon portable pour rentrer à la maison. Si je passe les portes cet après-midi sans, frappez-moi la tête avec.

— Pour de vrai ?

Je lui souris.

— Eh bien, non. Mais un rappel me serait utile.

— Marché conclu.

Heureusement qu'elle me le rappela, parce que j'étais en retard pour commencer mes visites à domicile et que je l'avais oublié. Je faillis trébucher avec mon sac et une boîte de différents produits pour mes patients quand Rani cria.

— Ordinateur portable !

Je m'arrêtai à mi-chemin de la porte et devant une salle d'attente pleine de clients amusés qui attendaient pour voir l'un des autres vétérinaires, je dus retenir la porte avec mon pied, redresser tout ce que je tenais dans mes mains pendant qu'elle glissait la sacoche sur mon épaule.

— Merci, dis-je en souriant et je me dirigeai vers ma Jeep.

J'avais trois visites à faire maintenant, étant donné que j'avais retiré Isaac de la liste officielle des visites. Ils étaient tous des patients que mon prédécesseur, le Docteur Fields voyait, et bien que je ne l'avais jamais fait ailleurs en tant que vétérinaire, j'avais gardé les visites par courtoisie professionnelle. C'était, après tout, comme ça que j'avais rencontré Isaac.

Les deux premiers rendez-vous ne faisaient pas partie de ma liste standard de visites. Ils ne m'appelaient que lorsqu'ils en avaient besoin. L'une était éleveuse de chats birmans, donc c'était plus facile, plus efficace et plus rentable pour moi de lui rendre visite, plutôt qu'elle vienne et amène plusieurs chats ou chatons en même temps. Le second était un gars qui s'occupait de pythons. Son python-diamant de trois ans avait les yeux enflammés. Pas mon type de patients favoris, mais j'avais pris de quoi effectuer des tests, avais rincé l'œil avec une solution saline et lui avait dit de garder l'animal isolé de ses autres serpents avant de lui dire que je resterais en contact.

Je ris intérieurement alors que je me dirigeais chez Madame Yeo, imaginant sa réaction quand je lui dirais que je venais de traiter un serpent. Son attitude pragmatique, très comme il faut, était souvent hilarante. J'attrapai le sac de nourriture desséchée pour chat sur le siège avant et toquai à sa porte.

Un vieil homme chinois, de petite taille ouvrit la porte.

— Que vous voulez ? aboya-t-il, d'un ton bourru, dans le même mauvais anglais que parlait Madame Yeo.

L'homme me regardait, les sourcils froncés, puis vit la nourriture pour chat et mon sac, puis revint sur mon visage.

— Bien. Vous pouvez attraper ce stupide animal.

Il fit un pas de côté, me laissant entrer.

— Vous prenez-le avec vous.

Hésitant, j'entrai, mais me retournai vers le vieil homme grincheux.

— Je suis désolé, Madame Yeo est-elle ici ?

Il se redressa, avec un regard vide sur son visage pendant un moment.

— Elle est morte, la semaine dernière. J'ai nettoyé sa maison. Tant de choses, ordures. J'ai mis la plupart à la poubelle.

Je me tenais dans le petit salon, pas certain d'avoir bien compris, ayant totalement perdu la parole.

— Je suis désolé, murmurai-je. Elle est décédée ?

— Oui, répondit-il sèchement. Semaine dernière. Vendredi... non, samedi...

Il secoua la tête.

— Je ne peux pas m'en souvenir.

Je jetai un coup d'œil dans la pièce où je me trouvais. Elle était pratiquement vide. Le salon était toujours là, mais jonché de papiers. Le comptoir de la petite cuisine était rempli de boîtes vides et de cartons, les portes des armoires étaient ouvertes, les étagères nues.

— Le chat, dit l'homme à voix haute, me surprenant. Vous prenez le chat. Ou je le jette dehors. Quelqu'un d'autre le nourrit.

Je n'avais toujours pas bougé. Je ne pouvais pas parler. Je me tenais simplement là, impuissant, perdu, tenant un sac de nourriture pour chat et mon sac.

Le petit homme rude se tint en face de moi. Il agita ses mains pour attirer mon attention.

— Monsieur ? Vous trouvez le chat. Vous le prenez.

Je hochai la tête, déglutissant afin de pouvoir parler.

— Oui, je vais le prendre.

Je trouvai le pauvre Monsieur Tiddles caché, effrayé, sous une armoire restante dans l'une des chambres à coucher. Il donnait l'impression de ne pas avoir été nourri depuis une semaine. Puis je songeai que cela devait probablement être le cas.

Je le ramassai et le serrai contre ma poitrine, le câlinant et lui chuchotant doucement « ça va aller » encore et encore. Je le posai dans l'une des boîtes et l'installai sur le siège avant de ma Jeep.

Je combattis mes larmes tout le chemin, jusqu'à la maison.

CHAPITRE ONZE

JE ME GARAI dans l'allée et gémis quand je vis la voiture de Joshua garée devant la porte.

Ce n'était pas ainsi que je m'attendais à ce que cet après-midi se déroule. Je me réjouissais de passer quelque temps avec Isaac, lui, lisant pour moi. J'avais pensé que peut-être, nous pourrions nous allonger sur le canapé ensemble pendant qu'il me lirait ces revues médicales et je lui dirais que j'étais désolé de notre dispute, et il aurait dit qu'il était désolé également et nous nous serions réconcilier, faisant l'amour et tout serait revenu à la normale.

Mais maintenant, Joshua était là et Madame Yeo...

J'entrai par la porte du garage, portant Monsieur Tiddles dans la boîte. Les deux chiens me saluèrent avec impatience, puis avec curiosité quand ils sentirent l'odeur du chat. Je traversai la véranda et me dirigeai vers la cuisine quand le son du rire d'Isaac fit grossir la boule qui m'obstruait la gorge.

Je ne l'avais pas entendu rire depuis des jours.

Isaac était assis au comptoir de la cuisine avec Joshua et se tourna au bruit de mes pas.

— Tu rentres plus tôt aujourd'hui, dit-il chaleureusement. Madame Yeo manquait-elle de thé vert ?

Je posai la boîte sur le sol, contre le mur, en dehors du chemin. Joshua me regarda et son sourire s'effaça. Je devais ressembler exactement à ce que je ressentais.

— Carter, tout va bien ? demanda Isaac.

Juste à ce moment-là, Monsieur Tiddles miaula du fond de sa boîte.

Le visage d'Isaac se figea brutalement au son.

— Qu'est-ce que c'était ?

Je me raclai la gorge.

— C'est Monsieur Tiddles, dis-je. Isaac, Madame Yeo est décédée.

Et dès que je prononçai les mots à haute voix, les larmes que j'avais essayé de retenir ne purent s'arrêter. J'essuyai mon visage avec mes mains.

— Je suis désolé, dis-je d'une voix faible. Je ne voulais pas...

Isaac repoussa sa chaise et en trois enjambées rapides, avait glissé ses bras autour de moi, m'interrompant en plein milieu de ma phrase.

— Ne sois pas désolé.

Ses mains remontèrent rapidement vers mon visage et essuyèrent mes larmes. Il posa son front contre le mien et enroula à nouveau ses bras autour de moi.

— Ne t'excuse pas.

J'enterrai mon visage dans son cou et glissai mes mains dans son dos et il me tint pendant que je pleurais.

La voix de Joshua s'éleva.

— Je vais y aller.

Je relâchai mon étreinte sur Isaac, pensant qu'il voudrait lui dire au revoir, mais il ne le fit pas. Il me serra plus fort.

— Merci, Josh. Je vous en parlerai demain, fut tout ce que répondit Isaac.

Et juste comme ça, quand j'avais le plus besoin de lui, il me choisissait.

Je n'attendis pas que Joshua parte. Je m'en moquais totalement.

J'empoignai la chemise d'Isaac et le tins aussi serré que lui me tenait. J'inhalai son parfum, le laissant envahir mes sens.

— Tu m'as manqué, murmurai-je contre son cou.

— Tu m'as manqué aussi.

Ses mots provoquèrent une nouvelle vague de larmes.

— Son neveu était là, lui dis-je à travers mes larmes. Il était horrible. Il a juste jeté ses affaires comme si sa vie ne signifiait rien. J'ai dû prendre le chat, Isaac, il allait juste le laisser mourir de faim.

— Chhh, bébé, dit-il doucement. Ce n'est pas grave.

Il se pencha contre le comptoir de la cuisine et me tira contre lui.

Après un long moment, je reculai et pris quelques profondes inspirations, essuyant mon visage.

— Je suis désolé, je ne voulais pas m'effondrer comme ça.

Ses mains tinrent mon visage et ses pouces essuyèrent mes joues.

— Cela n'a pas été une bonne semaine, hein ?

Je secouai la tête.

— Non.

Il frotta son nez contre le mien et je pouvais sentir son souffle sur ma langue. Il releva son menton, juste un peu et m'embrassa, le plus doux des contacts. Il tint ses lèvres, là, touchant à peine les miennes – pour le plus doux des moments et presque un baiser – puis avec ses mains toujours sur mon visage, il attira ma bouche contre la sienne. Lèvres entrouvertes et baiser profond, chaud et dévorant, il m'embrassa.

Ses lèvres, sa langue, son goût. Ses mains, son corps, sa chaleur. Il me possédait avec son baiser. J'écartai ma bouche pour pouvoir respirer, puis l'embrassai comme il venait de le faire. Je le désirais. J'avais besoin de lui. J'avais besoin d'être proche de lui, j'avais besoin de me sentir voulu, désiré.

Aimé.

Vivant.

Je tins son visage et nos langues se rencontrèrent dans sa bouche. Ses mains étaient maintenant sur mon dos, me tenant contre lui. Elles glissèrent sur mes fesses et il me plaqua contre lui, frottant son érection contre la mienne, me faisant gémir.

— Seigneur, Carter... gémit-il contre ma bouche.

Avec mes mains toujours sur son visage, je reculai et embrassai doucement ses lèvres gonflées.

— Isaac...

Et le chat se mit à miauler.

Isaac sursauta au bruit.

— Seigneur !

Nous nous mîmes à rire, allégeant la tension sexuelle et l'urgence entre nous. Je fis un petit pas en arrière, bien qu'il garde ses mains sur ma taille et après quelques inspirations pour reprendre contenance, il dit :

— Dis-moi ce qui s'est passé.

Je lui racontai comment le neveu de Madame Yeo s'était montré brusque et grossier, totalement indifférent.

— Il s'en foutait. Il a simplement tout balancé, comme si tout ce qui se trouvait chez elle n'était qu'un inconvénient pour lui.

Je secouai la tête.

— Celle pauvre vieille dame, Isaac. Elle n'avait personne dans sa vie qui se souciait d'elle.

Isaac secoua la tête.

— Elle t'avait, toi. Tu n'avais plus besoin de l'appeler pour venir la voir une fois que son vieux chat était mort, mais tu l'as fait. Et tu es resté pendant qu'elle préparait du thé et qu'elle tempêtait sur le fait que ce monde était fou.

Il fit courir ses mains de mes côtes à mon visage.

— Tu as perdu une amie aujourd'hui, Carter.

Je hochai la tête, sentant la montée de nouvelles larmes à mes yeux.

— Son neveu ne pouvait même pas se souvenir du jour où elle est morte, vendredi ou samedi. Il s'en fichait.

— C'est horrible !

— Et le pauvre Monsieur Tiddles, dis-je. Il était tellement effrayé quand je l'ai attrapé, et mort de faim. J'ai mis un peu de nourriture dans la boîte avec lui. Je vais l'installer dans la buanderie pour ce soir et réfléchir sur ce que je ferai de lui demain.

Isaac hocha la tête.

— D'accord.

Je ne bougeai pas. Je restai debout là, contre lui, avec mes mains maintenant posées sur ses épaules, mes doigts caressant délicatement son cou. Je ne voulais pas le laisser partir. Je ne voulais pas arrêter de le toucher.

Isaac sourit.

— Aujourd'hui ?

— Oui.

J'acquiesçai et l'embrassai doucement.

— Je ne veux simplement pas te lâcher.

Sa voix était douce, mais ferme.

— Je ne vais nulle part.

Il ne disait pas ça littéralement, ce qu'il voulait dire qu'il n'allait nulle part loin de moi. Après la semaine merdique que nous avions eue, après notre dispute et le silence, il ne s'éloignait toujours pas.

Je pris son visage dans mes mains à nouveau et embrassai ses lèvres.

— Je ne vais nulle part non plus.

Le chat miaula *encore* à l'intérieur de la boîte, faisant *encore* sursauter Isaac. Il posa ses mains sur ma poitrine et me repoussa un peu.

— Si, tu y vas. S'il te plaît, fais quelque chose avec ce chat avant qu'il me donne une crise cardiaque.

— Ne pars pas, dis-je, picorant ses lèvres. Ça ne me prendra qu'une seconde.

Je ramassai la boîte et la posai doucement dans la buanderie. J'installai une assiette de croquettes pour chat que j'avais prises pour Madame Yeo et une gamelle d'eau. J'ouvris la boîte et laissai le chat sortir, tandis que j'inclinais la boîte sur le côté et glissai une vieille serviette dedans pour lui faire un endroit de fortune où dormir. Je le câlinai longuement, lui disant qu'il n'avait plus besoin d'avoir peur, qu'il n'était plus seul, puis je le couchai et refermai la porte derrière moi.

Isaac se tenait toujours debout contre le comptoir de la cuisine, bien qu'il ait retiré ses lunettes de soleil. Il tendit une main, que je pris immédiatement, et il posa la mienne sur son visage, appuyant sa joue dans ma paume.

Il ne parla pas. Il n'en avait pas besoin.

Il embrassa ma paume et soupira. Son autre main se posa sur ma hanche et il m'attira contre lui. Puis il enfouit son nez contre mon cou. La main qui était sur mon visage, glissa sur ma poitrine et s'enroula autour de ma taille. Ses doigts s'enfonçaient dans ma peau et il bougeait, se tortillant doucement contre moi. Il déposait une pluie de baisers légers le long de mon cou, sous mon oreille et ma mâchoire.

Seigneur !

Il prit le lobe de mon oreille entre ses dents, puis haleta contre mon oreille.

— Carter ?

Je savais ce qu'il demandait. J'acquiesçai.

— S'il te plaît...

Je le guidai jusqu'à la chambre, où il prit soin de moi, si gentiment, connaissant si bien mon corps. Il me toucha partout, chaque centimètre de ma peau fut savouré. Ses mains, sa bouche, connaissaient chaque partie de mon corps.

Puis il me fit l'amour.

Il s'assit sur le lit, ses jambes tendues devant lui. J'étais face à lui, les jambes écartées, enroulées autour de lui, le prenant profondément dans mon corps. Il s'occupa de moi pendant que je le chevauchais et il m'embrassait doucement, me disant qu'il m'aimait.

Je n'avais pas réalisé à quel point je m'étais senti déconnecté, combien je m'étais senti seul et perdu cette semaine, jusqu'à ce qu'il nous reconnecte tous les deux. Jusqu'à ce qu'il reconnaisse ma présence auprès de lui. Jusqu'à ce qu'il mette le feu à mon sang et me tienne alors que je me lovais dans ses bras.

Je ne m'étais jamais senti aussi vivant. Aussi aimé.

Plus tard cette nuit, après un bain ou deux, et avoir commandé un dîner à emporter, nous étions allongés au lit. Isaac avait le dos contre la tête de lit et j'avais posé ma tête sur sa poitrine. Utilisant une main pour tenir les documents, l'autre pour les lire, il commença plutôt maladroitement de lire à haute voix les documents en Braille pour moi.

J'avais vraiment l'intention de l'écouter, mais le bruit

des battements de son cœur et le grondement profond de sa voix se répercutant dans sa poitrine tandis qu'il lisait, me bercèrent et je m'endormis.

JE LUI APPORTAI le café alors qu'il était toujours au lit.

— Pourquoi ça ? demanda-t-il, encore endormi.

— J'ai pensé que nous pourrions essayer de lire ces rapports ce matin. Je suis désolé de m'être endormi hier soir.

Il se redressa et prit la tasse de café.

— Quelle heure est-il ?

— Il est tôt.

— Cela ne pourrait-il pas attendre jusqu'à ce soir ?

— Mark sera là ce soir, tu te souviens ? Lui et toi allez partager ton lit et m'envoyer dans la chambre d'amis ?

Isaac sourit tandis qu'il prenait une gorgée de son café.

— C'est vrai. J'avais oublié ça.

— Eh bien, tous les deux, vous feriez mieux de ne pas être sérieux sur ça, dis-je en plaisantant.

Isaac et Mark flirtaient toujours l'un avec l'autre. Mon meilleur ami flirterait avec une pierre s'il pensait qu'il pouvait la mettre dans son lit.

Isaac prit une autre gorgée de son café et le posa sur la table de nuit.

— Comment te sens-tu ce matin ? demanda-t-il doucement.

— Je vais bien. Toujours un peu triste que Madame Yeo soit partie, mais je suis heureux que nous nous soyons retrouvés. Merci d'avoir su comprendre ce dont j'avais besoin la nuit dernière.

— J'en avais besoin également.

Je souris et me penchai, embrassant sa joue.

— Pour l'instant, nous avons à peu près une heure. Veux-tu commencer à me les lire ?

— Si tu veux.

— Je veux être impliqué, lui dis-je. Si c'est quelque chose que tu envisages sérieusement, alors je veux le faire avec toi. Je vais même essayer d'être objectif.

Il sourit à ma pauvre tentative de me montrer amusant.

— Donne-moi les documents. Ils sont sur la commode.

JE FINISSAIS juste dans mon bureau et pouvais entendre les rires des membres de l'équipe près du bureau de la réceptionniste. J'avais fait une petite réunion avec mon équipe ce matin pour leur dire à propos de Madame Yeo et cela avait assombri toute la matinée. Mais quelque chose amusait Rani, Kate et Luke, mon étudiant en quatrième année. Non, pas quelque chose, mais *quelqu'un*. Je souris tandis que je passais de mon bureau à la salle d'attente.

— Hey ! cria Mark lorsqu'il me vit.

Souriant, il agita ses bras comme un fou avant de traverser rapidement la salle pour m'embrasser.

— Je racontais juste à ces gens des histoires te concernant, datant de l'université.

Je jetai un œil aux membres de mon équipe, qui souriaient tous.

— Il raconte des mensonges, les avertis-je.

Mark s'étrangla.

— Et je n'ai même pas parlé de la fête où tu étais déguisé en Ann Darrow, la blonde plantureuse de King Kong et que tu t'étais fait arrêter pour racolage.

— Ce n'était pas moi, dis-je rapidement, puis je le répétai en regardant mon personnel.

Ils se mirent à rire et je me retournai vers Mark.

— *Tu* étais Ann Darrow et j'étais King Kong. *Tu* as été arrêté pour racolage. J'ai juste été emmené au poste de police dans un costume de gorille.

Mark se mit à rire.

— Oh, ouais !

Je secouai la tête en le regardant, reconnaissant que la salle d'attente soit vide.

— Cela n'a pas été une bonne idée de demander à cette femme, officier de police, si elle était intéressée. Ou à ce *flic*.

— Ouais, elle n'avait pas un grand sens de l'humour, dit-il en fronçant les sourcils.

Puis il me dévisagea.

— Mais tu faisais un beau King Kong.

Je tournai le dos à mon personnel qui souriait toujours en nous regardant.

— Vous voyez ce que j'ai dû subir ?

Mark passa son bras autour de mes épaules.

— Tu m'aimes.

— C'est une question d'opinion.

Il ramassa son sac.

— Ferme-la, et ramène-moi à la maison.

— Passez un bon week-end, les gars, dis-je aux trois personnes qui se tenaient toujours devant le bureau de la réception. Je vous présente mes excuses s'il a offensé l'un d'entre vous avec ses... propositions.

Mark fit semblant de se sentir insulté.

— Comme si tu avais besoin de faire cette remarque !

Je levai les yeux au ciel et Rani s'esclaffa.

— Ne l'encouragez pas ! dis-je en gémissant.

Mark fit la moue.

— Oh, viens ! Allons voir Isaac. Au moins, lui, je sais qu'il m'aime !

Il sourit à son public et marcha vers la porte.

— Et je dors dans le lit d'Isaac, ce soir.

Je le poussai vers la porte.

— Non, c'est hors de question ! Et ne dis pas des choses comme ça devant mon équipe !

— Pourquoi ? Seraient-ils jaloux ?

— Mark ! sifflai-je. Ils peuvent t'entendre !

Nous n'étions qu'à quelques mètres de la porte.

— Bien ! dit-il d'une voix forte. Parce que cette Rani est une belle fille.

Je soupirai.

— Désolé, Rani ! criai-je.

Elle passa la tête par la porte.

— Au revoir, Mark.

Il s'arrêta de marcher, lui adressant un sourire éclatant.

— Non, dis-je en saisissant son bras. Pas quelqu'un avec qui je travaille !

Seigneur, cela allait être un week-end pénible. Je le poussai vers la Jeep.

— Monte dans la voiture et tais-toi !

Il se mit à rire, jeta son sac à l'arrière et grimpa dedans. Sans public, il était beaucoup plus modéré.

— Alors, comment va Isaac ? Plus important encore, comment se passe votre vie à deux ?

— Très bien, lui dis-je, tandis que je me glissais dans le trafic. Enfin, la semaine dernière était plutôt mauvaise. Nous avons eu une grosse dispute...

— À propos de quoi ?

J'envisageai de ne pas entrer dans les détails, mais savais que je ne pouvais pas avoir de secrets pour lui. Si bien que je lui parlais du désir d'Isaac de recouvrer la vue. Je lui parlais de ce qu'il m'avait lu ce matin, à propos des « recherches » et des revues médicales.

— Alors quel est le problème ? demanda-t-il.

Je soupirai.

— Je ne sais pas, ce Joshua est un crétin et je ne lui fais pas confiance. C'est juste qu'il y a quelque chose qui cloche avec lui.

— Comme le dit l'adage : si ça ressemble à des conneries et que ça sent comme des conneries...

Je me mis à rire.

— Je ne crois pas que ce soit tout à fait ce que dit l'adage, mais ouais, exactement !

— Mais Isaac n'est pas stupide.

— Je sais qu'il ne l'est pas, dis-je tranquillement. Mais je pense que la possibilité de revoir obscurcit son jugement.

Mark haussa les épaules.

— C'est plutôt normal, non ? demanda-t-il. Je veux dire, si c'était toi, ne voudrais-tu pas essayer n'importe quoi ?

Je soupirai et me garai dans le parking devant l'école où travaillait Isaac.

— S'il te plaît, ne lui dis rien à propos de tout ça. Ne lui en parle pas à moins qu'il n'amène le sujet sur le tapis.

Mark hocha la tête, puis leva les yeux vers la porte d'entrée de l'école et sourit.

— Le voilà !

Puis il demanda :

— Qui est ce gars avec lui ?

— Beurk ! C'est Joshua. Il est comme un bouton qui ne veut pas disparaître.

Isaac commença à s'avancer vers la Jeep, que ce soit parce qu'il l'avait entendue ou parce que Joshua le lui avait dit, je n'en étais pas sûr. Mark sortit et se dirigea vers lui avant moi et, sans s'occuper de Brady, il jeta ses bras autour de lui.

— Te voilà ! Le mari de mon meilleur ami !

Au début, je grinçai des dents à ce qu'il venait de dire, mais l'expression sur le visage de Joshua était inestimable et je ne pus m'empêcher de sourire.

— Oh, Mark ! dit Isaac, se libérant de l'étreinte de mon ami. Et moi qui pensais que tu me manquais...

Je ricanai.

— Il a juste traumatisé mon équipe.

Isaac se tourna vers moi et me sourit presque timidement.

— Hey.

— Hey.

Mark leva les yeux au ciel, puis tendit la main à Joshua.

— Mark Gattison. Le meilleur et extraordinaire ami de Carter et le copain de lit pour le week-end d'Isaac.

— Mark ! s'étrangla Isaac. Oh, Josh ! Je suis désolé. Mark dit n'importe quoi.

— Et il ne sait pas se tenir en société, ajoutai-je.

Je ne corrigeai pas le commentaire de Mark à propos de son arrangement pour la nuit devant Joshua. J'espérais qu'il se demandait si c'était vrai.

Joshua serra la main de Mark.

— Enchanté de vous connaître.

Puis il me dévisagea.

— Carter, je suis désolé pour la perte de votre amie, hier. Et je suis désolé de m'être imposé.

— C'est bon, lui dis-je.

Mark pivota et me regarda.

— Que s'est-il passé, Car ?

Je lui adressai un petit sourire.

— Je t'expliquerai plus tard. Rentrons à la maison, d'accord ?

Mark m'adressa un regard interrogateur.

— D'accord, dit-il, puis se glissant entre Isaac et Joshua, il le prit par la main et l'amena vers la Jeep.

Je les suivis, souriant. Isaac parla par-dessus son épaule.

— Au revoir, Josh.

Je me retournai pour qu'il puisse voir mon sourire. Il nous regardait tous les trois, avec un air un peu abasourdi. Encore une fois, Mark s'arrangeait toujours pour choquer la plupart des gens qu'il rencontrait. Isaac ouvrit la portière côté passager et lâcha le harnais de Brady.

— Tu vas à l'arrière avec Brady, dis-je à Mark.

— Cool, répondit-il, caressant la tête du chien. Toi et moi, mon pote, nous avons droit à toute la banquette arrière rien que pour nous.

Isaac donna l'ordre et Brady sauta à l'arrière. Mark le suivit et attacha le chien à la ceinture de la voiture.

— Paaaaaapaaaaa... gémit Mark. C'est quand qu'on arrive ?

Isaac se mit à rire et mit sa ceinture de sécurité.

— Cela va être un long week-end, hein ?

Je montai dans la voiture et fermai ma portière.

— Ouais ! C'est sûr !

CHAPITRE DOUZE

MARK ÉTAIT un bon moyen de se distraire. Il nous faisait rire et c'était bon de se concentrer sur quelqu'un d'autre, qui n'était pas venu depuis un certain temps. Il déclara que c'était pizza et bière pour le dîner et pendant que nous mangions, il nous interrogea sur l'homme qui avait suivi Isaac et qui avait forcé l'entrée. Isaac lui dit tout, de l'incident en lui-même, jusqu'à l'entrevue au poste de police quand Brady avait grogné après un étranger, ce qui lui avait valu d'être inculpé.

— Et dès que l'homme a parlé, j'ai reconnu sa voix, lui indiqua Isaac. Mais c'est Brady qui l'a reconnu le premier.

— Ce devait être effrayant, dit Mark.

Isaac avala sa bouchée et hocha la tête.

— Ça l'était, oui.

— Je me serai chié dessus, annonça grossièrement Mark.

Je regardai la part de pizza dans ma main, puis mon ami.

— Très élégant, Mark ! dis-je sèchement. Vraiment bien.

Isaac se mit à rire.

— Ouais, ben, ce n'était pas *aussi* effrayant.

Puis Mark me demanda ce que Joshua avait voulu dire quand il avait annoncé qu'il était désolé pour la perte d'une amie hier.

Je pris une gorgée de bière et hochai la tête.

— Tu sais, Madame Yeo à qui je rendais visite les jeudis ?

— Celle à qui vous avez amené un chat quand le sien est mort ? demanda-t-il.

— Ouais, eh bien, elle est décédée, lui dis-je. Je l'ai découvert hier.

Il fronça les sourcils.

— C'est si triste.

— Oui, ça l'est, acquiesçai-je. C'était vraiment une gentille et charmante vieille dame.

Isaac s'ébroua.

— Eh bien, elle ne l'était pas vraiment, dit-il.

Mark et moi le dévisageâmes et il sourit.

— Elle avait quatre-vingt-treize ans et tout le temps de mauvaise humeur. Elle détestait les enfants qui jouaient dans la rue, leur criaient dessus et pensait que c'était drôle si elle arrivait à les faire pleurer. Elle tempêtait après les nouvelles technologies, les voitures, les informations et l'état du monde en général. Elle détestait tout. Elle était loin d'être une gentille et charmante vieille dame.

Mark porta sa main à sa bouche pour dissimuler son sourire.

— Vraiment ?

Je regardai Isaac, la bouche grande ouverte. Il passa son bras autour de mes épaules et enfouit son nez dans mon cou.

— Sauf Carter. Elle l'adorait, déclara-t-il doucement. La seule lumière de sa vie.

Je souris tristement à ses mots.

— Enfin, Monsieur Tiddles et moi.

— Ah, c'est le chat qui jette un mauvais regard à vos deux chiens, dit Mark, pointant sa bière vers le rebord de la fenêtre.

J'avais laissé la porte de la buanderie ouverte ce matin, pour que le chat s'aventure hors de la maison. J'avais mis Missy dans le jardin pour la journée, et j'avais imaginé qu'il faudrait quelque temps au chat pour s'acclimater à la nouvelle maison pendant qu'il n'y avait personne. Le chat, cependant, s'était aventuré pour trouver un rayon de soleil sur le rebord de la fenêtre et n'avait pas été plus loin.

Isaac prit une autre gorgée de sa bière.

— Est-il toujours sur le rebord de la fenêtre ?

— Ouais, pauvre petit gars, dis-je. Je pensais qu'il serait bien, mais s'il ne s'entend pas avec les chiens, alors je pourrais mettre une annonce au travail pour voir si quelqu'un voudrait de lui.

Puis, je réalisai que je n'avais pas vraiment demandé à Isaac s'il était d'accord avec ça.

— C'est seulement si c'est d'accord avec toi, Isaac ? dis-je, posant une main sur sa jambe. Je ne t'ai même pas demandé, je l'ai juste amené ici.

Il secoua la tête.

— C'est bon, dit-il. Tu n'avais pas vraiment le choix. Cela va juste me prendre un peu de temps pour m'y habituer. Les chats sont très silencieux et si je ne peux pas l'entendre, cela pourrait me surprendre s'il surgissait tout à coup devant moi ou quelque chose comme ça.

— Je peux lui mettre un collier avec une clochette, dis-je.

Isaac se détendit à mon côté, posa ses pieds sur la table basse et sa main sur ma cuisse. Je souris et pris une autre gorgée de bière. Il buvait rarement de l'alcool. Il disait que ça diminuait la perception de ses autres sens et que la perte d'équilibre n'était pas une bonne chose pour lui. Mais vu la manière dont il souriait paresseusement et riait pour un rien, c'était très mignon.

— Oh, non ! dit Mark. Non, non, non. Vous commencez à roucouler tous les deux devant moi. Aucune caresse en face de moi.

Il se leva de l'autre canapé et posa une main sur le genou d'Isaac avant de retirer la bouteille de bière de sa main.

Isaac sourit.

— Carter, que fait-il ?

Mark se mit à rire.

— Toi, Monsieur-Sexy-dans-un-costume, tu vas danser avec moi.

— Je suis quoi ?

— Sexy dans un costume, répéta Mark.

— Non, non pas ça, dit Isaac en riant tandis que Mark le mettait sur ses pieds. L'autre partie.

Mark le tira gentiment par la main vers le milieu du salon.

— Tu vas devoir me montrer ta façon de bouger.

— J'ai toujours dansé avec Carter, lui répondit Isaac. Et je peux t'assurer que toi et moi n'allons pas danser comme *ça*.

Mark rejeta sa tête en arrière et éclata de rire.

— Donne-moi des détails, s'il te plaît ! dit-il avec excitation.

— Eh bien, commença Isaac. Nous commençons là, à danser lentement, mais nous finissons au lit...

— D'accord ! l'interrompis-je. Plus de bière pour Isaac.

Les deux hommes éclatèrent de rire et Mark me dit de

jouer au Maestro et de mettre un peu de musique. Je sortis du salon et me dirigeai vers la station d'accueil de l'iPod.

— Quel genre de musiques ?

— Quelque chose de funky, dit Mark.

J'appuyai sur « play » sur l'appareil d'Isaac. Je pensais que cela aiderait s'il connaissait les chansons et je commençai à nettoyer les restes du dîner. Posant les boîtes vides des pizzas et les bouteilles de bière sur le comptoir de la cuisine, je me mis à rire tandis que Mark essayait d'apprendre à Isaac comment danser sur une musique rapide.

Mark flirtait comme d'habitude, ondulant des hanches et agitant des mains baladeuses, et Isaac s'amusait comme un petit fou. Je m'assis sur le canapé, posant mes pieds nus sur la table basse, caressant la tête de Missy pendant que Mark et Isaac plaisantaient et me faisaient rire.

Alors que la musique gardait le même tempo, leur danse ralentit progressivement et je souriais toujours en les regardant. Isaac portait toujours son costume de travail, sans la veste, mais il était éblouissant dans son pantalon gris et sa chemise blanche. Il avait retiré sa cravate quand il était rentré à la maison et avait défait le premier bouton et Mark défit le suivant, puis celui d'après et l'autre, puis me regarda en haussant les sourcils.

— Seigneur, Carter ! C'est un vrai sexe dans un costume !

Je souris et Isaac arrêta d'agiter ses hanches et éloigna ses mains.

— Non ! dit Mark, reprenant les mains d'Isaac et les posant à nouveau sur sa poitrine. Nous arrivons juste à la bonne partie.

— Euh... hésita Isaac, tournant son visage vers moi. Carter...

— Carter sourit comme un idiot en te regardant, le rassura Mark, puis il glissa une main sur les fesses d'Isaac.

— Les mains ! dis-je légèrement, sachant que Mark le faisait uniquement pour provoquer une réaction de ma part.

Mark se mit à rire.

— D'accord. Donc les règles sont... danser, c'est bien, tâtonner son cul ne l'est pas.

Isaac se mit à rire et posa à son tour une main sur les fesses de Mark et je me raclai la gorge, et répétai :

— Les mains !

Isaac ricana.

— Pas seulement mon cul. Le tien aussi, apparemment.

Mark enroula ses bras autour d'Isaac et embrassa bruyamment son cou, le chatouillant et le faisant se tortiller et rire. Puis il s'éloigna d'Isaac, me dévisagea et sourit.

— Ton tour, Carter, bébé, dit-il à voix haute. Je l'ai chauffé pour toi. Maintenant, montre-moi comment tu danses collé à lui.

Je terminai la dernière gorgée de ma bière et me levai, prenant rapidement la place de Mark. Je me tins contre Isaac et posai ses mains sur mes hanches. Il se pencha en avant, inspira profondément et marmonna.

— Hmmm... Je connais cette odeur.

Mark déglutit, assez fort pour que nous puissions l'entendre.

— Il n'a jamais rien dit quant à la manière dont je sentais.

Je jetai un regard à Mark et souris, puis fis courir mon nez le long du cou d'Isaac, là où il avait déboutonné son col. Sachant que Mark nous regardait toujours, délibérément, je fis courir une main sur le côté d'Isaac, sur son dos, puis la fis lentement descendre sur son cul et plaquai nos aines, l'une contre l'autre.

— Il aime mon odeur.

Isaac grogna son assentiment encore une fois, balançant ses hanches contre les miennes, tortillant son petit cul sous ma main.

— Et il peut poser ses mains partout sur mon cul, autant qu'il veut, ajouta Isaac.

— Seigneur ! gémit Mark.

Il avait raison. Trois ou quatre bières et les inhibitions d'Isaac avaient totalement disparu. Merde, il allait me tuer ! Juste quand je pensais que nous devions arrêter notre petit jeu, Mark secoua la tête.

— Je vais vous laisser, dit-il. Ne faites pas trop de bruit, cette nuit, non plus. C'est déjà bien assez triste que je doive me masturber tout seul.

Isaac sourit contre mon cou.

— Bonne nuit, Mark.

— Bonne nuit, Mark, dis-je. Il y a une boîte de Kleenex dans le tiroir de la table de nuit et du lubrifiant dans la salle de bain.

Mark se mit à rire alors qu'il prenait le couloir.

— Nan, c'est bon. J'ai amené le mien.

Isaac gloussa et poussa durement ses hanches contre moi.

— Pouvons-nous y aller et faire du bruit ?

IL ÉTAIT TÔT quand je quittai un Isaac toujours endormi et me dirigeai vers le magasin. Mark n'avait pas refait surface non plus, si bien que j'essayai de faire au plus vite. J'avais appelé le magasin local pour commander un tas de choses, pris trois cafés en route et rentrai à la maison pour trouver Mark se préparant à manger et Isaac, toujours au lit.

Je criai pour l'appeler, lui disant de se lever. Sa réponse fut un gémissement sourd.

—J'ai amené le petit déjeuner et le café, lui criai-je.

Mark s'empressa de vérifier dans les sacs en papier, tirant des croissants et des bagels lorsqu'Isaac entra dans la cuisine, torse nu. Au moins, il avait enfilé un bas de pyjama.

—J'ai mal à la tête, marmonna-t-il.

Je pris son café et le posai dans sa main, enroulant ses doigts autour de la tasse.

—C'est pourquoi je t'ai commandé un double.

Isaac gémit tandis qu'il portait la tasse à ses lèvres et prenait une petite gorgée.

—Je savais que je te gardais pour une raison.

Je souris et embrassai sa tempe.

—Merci.

Il posa son café sur le comptoir de la cuisine, puis mis ses mains à plat dessus. Il laissa sa tête tomber en avant et prit quelques inspirations profondes.

—Je me sens vraiment mal.

Mark se mit à rire alors qu'il avait la bouche pleine de bagels.

—Une gueule de bois, c'est pénible.

Je frottai le dos d'Isaac.

—C'était l'idée de Mark. Tu n'as qu'à t'en prendre à lui.

Isaac marmonna.

—Oh, mais je lui en veux !

Mark gloussa et poussa le sac de pâtisseries sous le nez d'Isaac.

— Mange, bois du café et prends une douche chaude. Tu seras comme neuf !

Je pris le sac.

— Veux-tu des croissants, des bagels ou une pâtisserie danoise ?

Isaac retroussa le nez.

— Café, puis douche. Peut-être de la nourriture plus tard.

Il prit une autre gorgée de son café juste au moment où Monsieur Tiddles se mettait à miauler sur le sol de la cuisine. Isaac faillit recracher sa boisson.

— Seigneur !

Mark pressa ses lèvres pour ne pas s'esclaffer à haute voix et je ramassai le chat. Prenant la main d'Isaac, je la fis gentiment courir sur la tête de Monsieur Tiddles.

— Il ne voulait pas t'effrayer.

Isaac grommela et reprit sa main.

— Cette foutue bestiole est trop silencieuse.

— Je vais lui prendre une clochette pour son collier au travail lundi, lui dis-je.

— Hmm... fit-il, toujours pas impressionné. Je vais prendre une douche.

— N'oublie pas qu'Hannah vient pour déjeuner aujourd'hui, lui rappelai-je.

Je donnai rapidement une nouvelle caresse au chat derrière les oreilles et le reposai au sol. Il s'arrêta à l'entrée du couloir.

— Dois-je être vivant pour ça ?

Mark se mit à rire.

— Je ferais mieux d'arrêter la bière.

Isaac gémit.

— Tu peux éviter la bière.

— Puis j'ai pensé que nous pourrions aller en ville ce soir, ajoutai-je. Emmener Mark là-bas, lui montrer les environs, faire quelque chose d'amusant. Qu'en penses-tu ?

Isaac sourit et haussa les épaules.

— Tant que cela n'implique pas de la bière, ni rien d'alcoolisé ou de rester debout trop longtemps, je m'en moque.

— Je peux t'aider avec la partie « ne pas rester debout trop longtemps », plaisanta Mark.

Je poussai son bras en souriant, il se leva et tendit ses bras au-dessus de sa tête.

— Je vais aller faire quelques longueurs dans la piscine.

— Je vais prendre une douche et retourner au lit, marmonna Isaac, sa voix s'estompant tandis qu'il marchait dans le couloir.

— Eh bien, je vais... dis-je, en jetant un coup d'œil autour de moi, ne sachant pas trop quoi faire.

Mark me poussa dans la direction où Isaac venait juste de disparaître.

— Tu dois faire en sorte qu'il se sente mieux, dit-il en riant. Bon sang, Carter ! Ton petit ami magnifique et à moitié nu vient juste de dire « douche et lit » dans la même phrase. Fais le calcul...

Je me moquai de lui, jetai un coup d'œil au couloir, puis revins sur Mark.

— Combien de longueurs vas-tu faire ?

Il sourit.

— Pendant vingt minutes au moins, sinon plus.

— Fais-moi une faveur, dis-je, me dirigeant vers la porte donnant sur le couloir. Va jusqu'à trente.

———

LE DÉJEUNER avec Hannah et Carlos fut égal à lui-même : bonne nourriture, bonne conversation et beaucoup d'éclats de rire. Mark avait rencontré la sœur d'Isaac et son beau-frère à quelques reprises durant l'année écoulée et, bien entendu, il les avait charmés tous les deux.

Isaac était revenu à la vie, avec un peu d'aide de ma part, d'abord avec une branlette savonneuse sous la douche, puis en dormant une autre heure pour faire partir son mal de crâne. Il s'était réveillé, m'avait aidé à préparer des salades et à tout préparer, puis il avait ri avec tout le monde, une fois installé sur la terrasse et être passé à table.

Je racontai à Hannah et à Carlos que Madame Yeo était décédée et Isaac resta silencieux pendant que je leur donnais la version courte de ma rencontre avec le terrible neveu. Mais soudain, Isaac appela Brady, prit le harnais et demanda :

— Carter, puis-je emprunter tes clefs de voiture ?

Je dus l'admettre, j'étais stupéfait.

— Euh...

— Pas pour moi, évidemment.

Il se pencha.

— Mark ? Peux-tu être mon chauffeur ?

Les yeux de Mark plongèrent dans les miens, mais il répondit rapidement à Isaac.

— Bien entendu que je peux.

— Bien sûr, dis-je. Est-ce une mission secrète ?

— Ouais, dit Isaac en se levant.

Mark le rejoignit, ne sachant manifestement pas où il devait aller avec Isaac, mais heureux d'y aller néanmoins. Il glissa sa main dans celle d'Isaac et sourit, prenant un air béat.

— Ne nous attendez pas...

Je levai les yeux au ciel, et pris les clefs dans ma poche, les lançant à Mark.

— Tiens-toi bien.

Je me surpris à sourire tandis que je les regardais s'éloigner, main dans la main.

Hannah m'adressa un grand sourire quand je la regardai enfin.

— Alors, où en sont les choses avec Joshua ?

Mes narines s'évasèrent juste à la mention de son nom et Hannah se mit à glousser, gênant Ada dans son sommeil.

— J'ai juste cité son nom et tu grognes presque, dit-elle, amusée. Tu peux regarder Isaac et Mark se montrer affectueux l'un avec l'autre et t'en amuser, mais rien que le nom de Joshua te donne de l'urticaire.

Je soupirai, trouvant soudain le couvercle de ma bouteille très intrigant.

— C'est différent.

— Oui, c'est vrai, acquiesça-t-elle. Tu connais Mark. Tu sais qu'il a beau jouer les idiots et sortir les choses les plus scandaleuses, il ne franchirait jamais la ligne avec Isaac.

Je la dévisageai.

— Non, il ne le ferait pas.

— Mais Joshua ?

Je haussai les épaules.

— Je ne le connais pas. Je ne sais pas ce qu'il cherche.

— Tu ne lui fais pas confiance, résuma Carlos.

Ce n'était pas une question.

— Non. Pas du tout, admis-je. J'ai essayé de l'apprécier. Je me suis montré gentil avec lui, pour Isaac. Mais non, je ne lui fais pas confiance.

Hannah soupira et hocha la tête.

— Isaac a été très silencieux cette semaine. Il n'a pas voulu me dire ce qui n'allait pas, j'ai pensé que Joshua y était pour quelque chose. J'ai pensé que peut-être Isaac avait réalisé à quel point c'était un crétin.

Je secouai la tête.

— Euh... En fait, non, cette semaine, Isaac et moi avons eu une grosse dispute. Nous ne nous sommes pratiquement pas parlé pendant quatre jours.

Les yeux d'Hannah sortirent presque de leurs orbites.

Le fait que je lui dise qu'Isaac et moi, nous étions disputés la choquait apparemment.

— Quoi ? Pourquoi, bon sang ?

— Hannah, écoute, commençai-je. Je ne suis pas vraiment sûr de pouvoir t'en parler. Je veux dire, je suis surpris qu'il ne t'ait rien dit.

Elle était inquiète maintenant.

— Me dire quoi ?

Je savais qu'ils se parlaient tous les jours, et qu'ils se racontaient tout, puis je me souvins qu'il ne voulait pas vraiment me parler de cette nouvelle opération radicale des yeux non plus. Mais je n'étais pas certain que ce soit à moi de lui en parler.

— Carter, dit Hannah sévèrement. Si Isaac te dit quoi que ce soit sur le fait que tu m'en parles, tu n'auras qu'à lui dire que je t'ai menacé de sévices corporels. À tous les deux.

Je lui adressai un sourire et, après une profonde inspiration, je posai la capsule de la bouteille sur la table.

— Isaac pense qu'il a peut-être trouvé un médecin pour lui rendre la vue.

Hannah me dévisagea, ne bougeant pas un seul muscle de son visage pendant qu'elle digérait ce que je venais de dire. Puis elle cligna des yeux. Deux fois. Carlos et elle s'écrièrent à l'unisson.

— Quoi ?

Je leur dis tout ce que je savais. Je leur racontai comment Joshua lui avait donné quelques documents sur des recherches et des études de cas d'un médecin argentin qui avait obtenu quelques succès en redonnant la vue à des cas similaires à celui d'Isaac. Je leur dis que j'avais essayé de lire les revues en Braille, mais qu'Isaac avait fini par me les lire. J'expliquai que j'avais trouvé quelques informations en ligne à propos de la clinique et du médecin en question, mais c'était douteux au mieux. Puis je leur dis, que malgré tout ce qu'Isaac m'avait lu, sachant toutes les informations qu'il avait eues, je n'y croyais toujours pas.

Hannah écouta attentivement, et, après tout ce que je venais de lui dire, sa première question n'avait rien à voir avec la tonne d'informations que je venais de lui donner.

— Est-ce la raison de votre dispute ? demanda-t-elle.

— Ouais, il pensait que je me montrais trop négatif et que je ne voulais pas qu'il continue dans cette voie. Mais, je ne me montrais pas négatif, franchement, lui dis-je, secouant la tête. J'ai juste réfléchi rationnellement, logiquement. Il était tellement en colère contre moi. Il était vraiment nerveux à l'idée de m'en parler, ce qui, je présume, est la raison pour laquelle il ne t'en a pas encore parlé.

Hannah hocha la tête, pensive.

— Ouais, peut-être... Ou peut-être qu'il sait qu'il obtiendra la même réaction. Je sais que tu ne veux que ce qu'il y a de meilleur pour lui, Carter. Tu n'as pas besoin de te justifier devant moi, dit-elle.

Je leur souris tristement à tous les deux.

— Hannah, si c'est réalisable, si c'est légitime et si c'est sûr – et si c'est vraiment ce qu'il veut – alors je suis tout à fait pour. Mais, jusque-là...

Je soupirai.

Carlos regarda Hannah tandis qu'elle hochait la tête lentement et restait silencieuse pendant un long moment.

— Pourquoi ? demanda-t-elle. Pourquoi maintenant ?

— Eh bien, il y a eu quelques petites choses au cours de ces dernières semaines qui l'ont vraiment affecté. La première est Ada.

Aussi difficile que ce soit de transformer la naissance de sa fille en une chose négative, je devais lui dire.

— La première fois qu'il l'a tenue, il m'a dit après coup

qu'il y avait eu juste quelques fois dans sa vie où il avait *vraiment* souhaité pouvoir voir à nouveau et c'était l'une d'entre elles.

Hannah fronça les sourcils et hocha la tête.

— Puis, il y a eu tout ce truc avec l'effraction de domicile. Je sais qu'il a joué au brave et tout, mais Hannah, cela l'a *vraiment* effrayé, et c'est tout à fait compréhensible. Il a eu des cauchemars...

Les yeux d'Hannah s'emplirent de larmes.

— Il ne m'a jamais parlé de ça.

— Puis il y a eu son témoignage auprès de la police. Je sais que cela a finalement servi à quelque chose, mais en premier, l'inspecteur lui a pratiquement dit que sa déclaration, son témoignage en tant que victime était inutile parce qu'il ne voyait pas et n'avait pas pu faire de description physique. C'était comme s'il était puni d'être aveugle.

Je secouai la tête.

— Seigneur, Hannah, il était tellement en colère.

Elle resta silencieuse pendant qu'elle réfléchissait.

— Il y a toujours eu quelques incidents au cours de ces dernières années qui lui ont donné envie de recouvrer la vue.

Je hochai la tête.

— Il semble juste que ces dernières semaines l'aient vraiment touché durement. A-t-il déjà été aussi sérieux à propos du fait de recouvrer la vue ?

Elle secoua la tête.

— Cela n'a jamais été une option auparavant.

— Ça ne l'est pas plus maintenant.

— Pas une judicieuse.

— Hmm... Ouais, eh bien, je pense que ce n'est pas une option du tout.

— Que veux-tu dire ? demanda Carlos.

— J'ai juste… Écoutez, je ne suis pas médecin. Je suis vétérinaire. Il y a beaucoup de choses que je ne comprends pas médicalement dans un corps humain, mais j'ai une assez bonne compréhension du système nerveux. Je connais toutes les nouveautés qui sont apparues suite à ces recherches à partir de cellules-souches et des miracles qu'elles permettent de réaliser tous les jours, mais…

Je les regardai tous les deux et secouai la tête.

—… pas cela. Pas encore.

Elle hocha la tête.

— Tous les médecins, au cours de ces années, ont toujours dit que ce n'était pas réversible. Que les dommages ont été faits après l'accident.

Puis elle fronça les sourcils.

— De toute façon, si c'est si génial, pourquoi ne le font-ils pas ici, aux États-Unis ? Si c'est une telle percée, pourquoi ne l'appliquent-ils pas ici ?

— Exactement ! dis-je catégoriquement. Je vais t'envoyer un email avec le lien pour les infos en ligne, tu pourras y jeter un coup d'œil par toi-même. N'importe qui peut mettre en place un site web et dire qu'ils sont légitimes, n'est-ce pas ? Ce n'est pas si difficile, hein ? demandai-je.

Carlos secoua la tête.

— Non, en effet.

— Je veux dire, s'il y avait des témoignages, ils pourraient tous être des faux, continuai-je. Il y a des histoires sur les développements et les essais, mais n'importe qui, à moitié instruit peut créer des pages d'informations qui ne paraîtront qu'à moitié crédibles. Des gens comme Isaac vont les croire, parce qu'ils le *veulent* tellement.

— En Argentine ? demanda-t-elle en fronçant les sourcils, manifestement gênée par l'emplacement.

— Oui, fis-je avec un clin d'œil. Je veux dire, je n'ai rien contre les pratiques médicales argentines, mais si c'est tellement novateur – tellement à la pointe de l'art...

Carlos termina pour moi.

— Alors pourquoi n'est-ce pas fait par les meilleurs ophtalmologistes dans les hôpitaux ici, aux États-Unis ou même à Londres ou à Melbourne ?

Je hochai la tête.

— Eh bien, apparemment Joshua clame que c'est approuvé par l'Autorité de la Santé Argentine. Il a dit à Isaac que l'AMA n'approuverait pas certaines procédures sans essais cliniques et sans que ce soit approuvé par nos organismes de règlementation, surtout pas pour une société de recherches privées argentine, qui fonctionne avec des appels de fonds. C'est certainement vrai, mais pas complètement, cependant, il dit que c'est la raison pour laquelle cela ne peut pas être fait ici, légalement. Je veux dire, différents pays ont différentes lois et directives médicales, ce qui signifie qu'ils peuvent pratiquer des procédures non approuvées ici. Ce n'est pas inhabituel. Joshua dit que les essais cliniques seraient bloqués par la législation américaine pendant des années avant que l'opération puisse être pratiquée ici, avec toutes les études et les recherches complémentaires et que cela pourrait prendre plus longtemps encore.

— Sans oublier de mentionner que ces opérations sont moins chères en Argentine qu'aux États-Unis...

Je secouai la tête.

— Ce ne serait pas grave de toute façon, parce que d'après ce qu'Isaac a entendu dire, il y aurait un médecin qui serait prêt à le faire, et il l'aurait déjà fait auparavant avec succès. C'est tout ce qu'Isaac a besoin de savoir.

Hannah soupira.

— Hmm... Ce Joshua dit en connaître un sacré rayon, non ?

Je soufflai.

— Ne me lance même pas sur le sujet. Il pose un problème entre Isaac et moi depuis le premier jour.

— Exactement.

— Que veux-tu dire ? demanda Carlos, regardant Hannah.

— Nous pouvons analyser les « pourquoi » et les « comment » derrière ce changement en Isaac et vu toutes les conneries dont il est nourri, mais je pense que nous devrions faire plus attention au « qui ».

— Tu crois que Joshua est derrière tout ça ?

Elle hocha la tête.

— Réfléchis un peu. Il ne fait que traîner autour de lui, ne causant que des problèmes entre Isaac et toi. Vous ne vous étiez jamais disputés jusqu'à ce qu'il fasse son apparition.

— Nous avons eu des désaccords.

— Rien de tel que ce que cela a été ces derniers temps, affirma-t-elle. Tous les problèmes dans votre vie depuis ces deux derniers mois ont un dénominateur commun.

Joshua.

— Crois-tu qu'il soit après Isaac ? demanda Carlos. Est-ce pour cette raison qu'il fait ça ?

J'en étais malade rien qu'à l'idée.

— Je ne sais pas.

Nous restâmes silencieux pendant un moment, essayant de comprendre ce qui venait juste d'être apporté à la lumière.

— Vous savez ce qui est bizarre ? dit Hannah. Qu'il donne toutes ces informations à Isaac concernant cette nouvelle opération révolutionnaire pour récupérer la vue. Pourquoi ferait-il ça ?

Je haussai les épaules.

— Je ne sais pas. Pour l'aider ?

Elle eut un rire sarcastique.

— Tu le penses vraiment ?

— Non.

Son sourire disparut.

— Qu'y gagnerait-il ? Pourquoi quelqu'un fait-il quelque chose pour quelqu'un d'autre de nos jours ?

Je la dévisageai, ne comprenant pas où elle voulait nous emmener.

Elle sourit.

— Combien cette « opération étonnante » va-t-elle coûter à Isaac ?

— Je ne sais pas. Je n'ai pas demandé, pour être honnête. Il ne l'a jamais mentionné. Isaac parle rarement d'argent.

— Mmmm... Ça ne te fait pas te demander...

Elle se tut, et resta silencieuse pendant un moment, paraissant perdue dans ses pensées.

— Hannah, à quoi penses-tu ?

— Joshua traverse le pays pour vendre et installer des technologies modernes dans des écoles pour aveugles, non ?

— Ouais.

— Et s'il réussit à convaincre une personne aveugle à faire cette opération dans chaque endroit où il s'arrête, et touche une commission sur les honoraires du médecin ?

Mon estomac se retourna à cette pensée.

— Tu crois qu'il fait ça ?

— Pas toi ? demanda-t-elle en regardant. Ne crois-tu pas qu'il soit du genre à le faire ?

Elle savait que je pouvais facilement y croire.

— Il a juste besoin d'isoler une personne aveugle qui est suffisamment riche ou déprimée...

Suffisamment riche.

Isaac était suffisamment riche.

Je haussai une épaule, acceptant à moitié.

— Je suppose qu'il a pu deviner aux costumes d'Isaac qu'il avait de l'argent, mais ce n'est pas comme s'il avait vu ses relevés de compte ni quoi que ce soit dans le genre...

Mes mots s'estompèrent. Je le sus dès que je prononçais les mots.

Ce fils de pute.

— Les documents bancaires qui ont été volés !

Les yeux d'Hannah s'écarquillèrent.

— Non ! souffla-t-elle. Ils ont attrapé le gars qui avait volé tout ça.

— Mais les documents financiers ne lui servaient à rien. Ce Krabanski qui a été inculpé a toujours dit qu'il avait été payé pour prendre ces papiers.

Hannah me dévisagea.

— Oh. Mon. Dieu !

Je sortis mon portable de ma poche et fis défiler l'historique de mes appels. J'avais son numéro puisqu'il m'avait appelé pour me rendre mes bottes. Je trouvai celui que je cherchais et appuyai sur la touche « appel ». Je regardai Hannah tandis que j'attendais qu'il décroche.

— Isaac va me tuer pour ça.

— Allô ?

— Inspecteur Zinberg ? C'est Carter Reece. Je suis le petit ami d'Isaac Brannigan. Je suis venu avec lui au poste de police le jour où vous avez inculpé Maxwell Krabanski pour les quatre violations de domicile.

— Ouais, je me souviens de vous.

— Je pense que j'ai de nouvelles informations concernant les documents bancaires qui ont été volés dans la maison d'Isaac.

— Monsieur Reece, Max Krabanski a été accusé de ces crimes.

— Il a toujours déclaré qu'il avait pris ces papiers sur ordre de quelqu'un d'autre et nous ne l'avons pas cru parce que… Eh bien, parce que… Enfin, parce que c'est un voleur et un menteur.

— Où voulez-vous en venir ?

— Je pense que je pourrais savoir qui voulait cette information.

— Et qui serait-ce ?

— Joshua Lindstrom.

Zinberg resta silencieux pendant un moment.

— Il a été interrogé dès le départ, non ? Un collègue de Monsieur Brannigan ?

— Oui. Il voyage à travers le pays pour installer des équipements sur des ordinateurs dans des écoles pour aveugles.

— Ah, oui ! dit-il, comme si cela faisait ressurgir des souvenirs à sa mémoire. Et qu'est-ce qui vous fait penser qu'il est impliqué ? Il a été innocenté de toute implication possible pour l'effraction. Nous avons des témoins qui ont attesté qu'il était arrivé à son hôtel à l'heure de l'incident.

— Non, pas l'effraction, répétai-je. Les documents financiers. Cela vous serait-il possible de passer quelques coups de fil aux derniers endroits où il était, disons sur les douze derniers mois et voir si d'autres personnes aveugles se sont fait voler de l'argent sur leurs comptes ?

— Monsieur Brannigan a dit qu'aucune somme d'argent n'avait été volée.

— Non, aucune. Pas encore, dis-je.

Je crois que la patience de Zinberg s'amenuisait.

— Voyez-vous, je pense que Joshua Lindstrom pourrait contraindre des personnes aveugles à lui remettre de grosses sommes d'argent en échange d'une promesse d'opération en Argentine pour recouvrer la vue.

Il y eut un silence à l'autre bout de la ligne pendant un long moment.

— Avez-vous une preuve quelconque ?

Je soupirai.

— Eh bien, non.

— C'est une sacrée accusation que vous portez.

Ignorant totalement son commentaire, j'ajoutai :

— Je sais que c'est une chose étrange à dire, mais tout prend son sens : Joshua poussant Isaac à subir cette opération qui peut ou peut même ne pas exister, pour Dieu seul sait combien d'argent. Il devait connaître la situation financière d'une victime potentielle avant de passer les six semaines suivantes à essayer de la convaincre qu'elle pouvait recouvrer la vue.

— Hmm... fit l'inspecteur.

Je continuai de parler.

— Je peux vous donner le nom et des détails concernant ce soi-disant médecin et tout ce que ce gars essaie de faire croire à Isaac. Pourriez-vous passer ces appels téléphoniques ? Il suffit de demander si quelqu'un a reçu cette proposition, s'ils ont eu des documents bancaires volés ou même s'ils ont rencontré ce médecin à Buenos Aires. Lindstrom était à New York avant sa mission ici, il y a deux écoles là-bas, et avant ça, je suis certain qu'il a dit qu'il était à Philadelphie. Il a passé au moins six semaines dans chaque école. Je ne pense pas que cela ait quelque chose à voir avec ce qu'il fait réellement dans les écoles elles-mêmes. Je pense que cette partie de son travail est légitime, mais je crois qu'il utilise sa position et la confiance que ces gens ont mise en lui afin de dénicher d'éventuelles victimes.

Zinberg soupira.

— Et Monsieur Brannigan est-il d'accord avec vous ?

— Euh... Isaac ne sait pas que je vous parle. J'aimerais garder les choses telles qu'elles le sont, pour l'instant...

L'inspecteur gémit dans le téléphone.

— Seigneur...

— Juste quelques appels, le pressai-je. C'est tout ce que je demande.

— Je peux passer quelques coups de téléphone, dit-il en soupirant. Je vais remonter sur six mois et voir s'il en ressort quelque chose. Si je trouve quoi que ce soit, je devrais remettre les informations au service des fraudes. Je ne fais aucune promesse.

— Merci. Merci beaucoup !

La ligne cliqua contre mon oreille et, lentement, je remis mon téléphone dans ma poche. Je regardai Hannah et Carlos avant de prendre une profonde inspiration, me demandant ce que diable je venais de faire.

— Isaac va me haïr pour ça.

NOUS ÉTIONS dans le salon et pendant que Carlos essayait d'installer la petite Ada, Hannah passa les dix minutes suivantes à essayer de me convaincre que j'avais fait la bonne chose en demandant à la police de revérifier le passé de Joshua.

— Isaac n'a même pas besoin de le savoir, dit-elle. L'inspecteur pourrait t'appeler dans une semaine ou deux et dire qu'il n'y a rien à signaler et que tout va bien. Qu'Isaac n'en sache rien est ce qu'il y a de plus sage à faire.

— Peut-être, concédai-je. Ou Joshua pourrait être convoqué pour un nouvel interrogatoire et la police pourrait lui révéler que cela vient de moi.

Hannah leva les yeux au ciel.

— Ou tu peux t'effondrer sous le poids de la culpabilité et tout lui dire toi-même.

— Je ne lui ai jamais rien caché.

— Moi non plus. Mais tu l'aimes et tu essaies de le protéger, dit-elle, tapotant mon bras.

— Je ne pense pas qu'il le voie de cette manière, marmonnai-je tandis que la Jeep se garait et que la porte du garage s'ouvrait.

Je soupirai.

— Hannah, ne lui dis rien. Voyons simplement comment les choses évoluent.

— D'accord, mais s'il demande...

— S'il demande, dites-lui, leur dis-je à tous les deux. Ne lui mentez pas.

— Et s'il te demande ?

— S'il me demande, je le lui dirai. Je ne peux pas lui mentir non plus.

Sauf que je le faisais.

Merde !

Je pouvais entendre les voix de Mark et d'Isaac. Je regardai Hannah et murmurai :

— Est-ce que je lui mens en ne lui disant rien ?

Elle ouvrit la bouche pour dire quelque chose, mais ils avancèrent dans la cuisine, venant de la véranda. Elle les regarda à la place.

— Alors, vous voilà ? Où étiez-vous tous les deux ?

Mark avait son bras croisé à celui d'Isaac, ce dernier ayant une main cachée dans son dos. Ils s'arrêtèrent dans la cuisine, puis Isaac demanda :

— Carter ?

— Oui, je suis là, répondis-je du salon.

C'était un espace ouvert, et c'était une grande pièce.

— Quoi de neuf ?

Il tourna son visage vers le son de ma voix.

— Je voulais te donner quelque chose, dit-il avec un sourire timide.

Puis il sortit sa main de derrière son dos. Il tenait un petit arbre, peut-être vingt-cinq centimètres de haut, dans un pot.

— C'est un arbre à fleurs chinois.

— Oh !

J'étais un peu perplexe.

Isaac expliqua.

— J'ai pensé que, comme tu avais acheté un arbre à Madame Yeo quand Monsieur Whiskers était mort, tu pourrais aimer en planter un pour elle.

Il haussa les épaules, mon silence évident l'ayant empli d'inquiétude.

— J'ai pensé que cet arbre à fleurs chinois serait approprié...

Ses mots s'estompèrent et il resta silencieux.

Je traversai rapidement le salon et posai mes mains sur son visage avant de l'embrasser doucement.

— C'est parfait ! murmurai-je, sachant qu'il entendrait l'émotion contenue dans ma voix. Vraiment, Isaac, c'est parfait !

Il sourit et se pencha en avant pour me rendre mon baiser.

— Je voulais faire quelque chose pour toi.

Et la culpabilité que j'avais ressentie, à peine une demi-heure auparavant – demandant à la police d'enquêter sur son ami – pesa lourdement dans ma poitrine.

— Tout va bien ? demanda Isaac.

Il était toujours parfaitement conscient de mes silences.

— Bien sûr, bredouillai-je. Tu m'as pris au dépourvu, c'est tout.

Il sourit et me tendit le petit arbre, puis sortit un sac en papier blanc de la poche de son bermuda.

— Et ça aussi.

— Qu'est-ce que c'est ?

— Un collier avec une clochette pour ce satané chat.

Mark se mit à rire.

— Je l'ai choisi.

Isaac tendit le sac.

— Je me moque de savoir à quoi il ressemble, dit-il. Tant qu'il fait du bruit à chaque fois que cet animal bouge.

Je posai le petit arbre sur le comptoir et ouvris le sac. Le collier que Mark avait choisi était bleu, avec une impression léopard, des brillants et une boucle avec un faux diamant. Je regardai mon ami souriant.

— Vraiment ?

— Quoi ? s'écria-t-il. Il a deux cloches ?

Isaac gloussa.

— Est-ce moche ?

— C'est très joli, répondis-je.

Mark s'ébroua.

— Je voulais prendre le rose avec des strass.

Hannah colla sa tête par-dessus l'épaule de Mark pour y jeter un coup d'œil.

— Eh bien, je l'aime.

— Ooh, dit Isaac, alors je suis sûr qu'il est moche.

Hannah donna un coup de coude à son frère, mais elle souriait.

— Très bien, les garçons, dit-elle. Nous devons y aller. Nous devons ramener cette petite fille à la maison.

Elle fit le tour, distribuant des baisers et disant au revoir, Carlos la suivant pour serrer nos mains et je lui dis que j'allais les aider à porter les affaires du bébé jusqu'à la voiture. Carlos attacha la petite Ada dans le siège de voiture et Hannah me prit le sac avec les affaires de bébé.

— Carter, dit-elle. Je sais que tu es inquiet à propos de toute cette histoire avec Joshua, mais ça va bientôt passer.

— Je l'espère.

— Isaac t'aime.

— Je sais que c'est le cas, lui dis-je. J'espère juste que Joshua n'est pas impliqué d'une quelconque façon. Cela le dévasterait de voir qu'un de ses amis l'a trahi comme ça.

Hannah hocha la tête et, après qu'elle soit partie, je restai devant la maison, me demandant si Isaac m'inclurait dans la trahison.

Je me retournai et entrai dans la maison, espérant n'avoir jamais à le découvrir.

CHAPITRE TREIZE

ISAAC SOMMEILLAIT SUR LE CANAPÉ, alors je l'embrassai sur la joue et lui disais que je ne serais pas long. Puis Mark l'embrassa sur la joue et lui dit de ne pas se lever, qu'il avait besoin d'autant de sommeil qu'il pouvait avoir pour que sa beauté reste intacte.

Isaac marmonna.

— Va te faire foutre !

— Je t'aime, Isaac, chantonna Mark.

Isaac souriait, faisant toujours semblant d'être à moitié endormi.

— Je t'aime aussi.

— Allez, dis-je, jetant son sac de voyage dans sa poitrine. Ou tu vas manquer ton train et bien que je t'aime, tu ne resteras pas ici une nuit de plus. Le foie d'Isaac ne pourra pas supporter que tu restes ici plus longtemps.

Nous étions allés en ville comme suggéré, avions eu un excellent dîner dans un restaurant hors de prix, puis avions accepté de prendre un verre ou deux dans un bar à cocktails avant de rentrer. Mais ils avaient commencé à jouer de la musique de jazz et un ou deux cocktails s'étaient transformés en bien trop pour que nous puissions nous en souvenir.

D'où la raison pour laquelle Isaac sommeillait sur le canapé et ne venait pas à la gare pour dire au revoir à Mark.

Il gémit et repoussa le visage de Mark.

— Carter, pleurnicha-t-il. Emmène-le loin d'ici.

Mark se mit à rire.

— Je pense que j'ai cassé ton petit ami.

Je le tirai par le bras vers la porte.

— Laisse-le tranquille et monte dans la voiture.

En chemin vers la gare, Mark dit :

— Tu sais, Isaac sait que tu n'aimes pas son ami.

Je ricanai.

— Eh bien, je ne l'ai pas vraiment caché. Et Isaac est très perspicace vis-à-vis de moi. Il peut saisir la moindre intonation dans ma voix.

— Oui, je sais, répondit Mark avec un sourire. Rien ne lui échappe.

Je me demandais où il voulait en venir avec ça.

— A-t-il dit quelque chose d'autre à propos de ça ? A-t-il dit que cela le gênait ? Je veux dire, je ne me suis pas montré rude ou grossier avec Joshua.

— Nan, il a juste glissé ça dans la conversation.

Je ralentis à un feu rouge.

— Qu'a-t-il dit d'autre à propos de Joshua ?

Mark m'adressa un sourire ironique.

— Il a parlé de toi, la plupart du temps. Juste du fait que tu appelais Joshua, Joshua. Pas Josh. Et que tu ne parlais pas de la maison comme de ton chez toi. Il dit que tu t'y référais toujours comme étant chez lui, pas chez vous, même si tu vis là.

Je fus surpris quand la voiture de derrière klaxonna alors que je regardais Mark fixement. Je fis redémarrer la

Jeep et regardai la route, prétendant me concentrer sur ma conduite pendant que je réfléchissais.

— Il a dit ça ?

Mark se mit à rire.

— Seigneur, Carter ! Tu viens juste de dire qu'il était sensible à tout ce qui te concernait, et tu es surpris qu'il ait remarqué des choses comme ça ?

— Eh bien, je...

Je m'arrêtai de parler et secouai simplement la tête.

— Vas-tu me dire de quoi il s'agit ?

— Euh... commençai-je. Eh bien, je l'appelle ainsi, parce que c'est son nom et que je ne l'aime pas.

Mark gloussa.

— D'accord, je comprends.

Puis il redevint sérieux.

— Et la maison d'Isaac ?

— C'est là où je vis et j'aime ça. J'adore vivre avec lui. J'aime les choses de tous les jours. Mais c'est sa maison, admis-je. Ce sont toutes ses affaires, les miennes sont dans un entrepôt.

— Carter...

— Je sais, je sais, marmonnai-je.

— Il aime t'avoir auprès de lui, dit Mark avec un sourire. Il a beau se lamenter et se plaindre, mais c'est vrai et il aime ça. Sauf la semaine dernière, quand toi et lui vous vous êtes fâchés.

— Il t'a parlé de ça ?

— Bien sûr qu'il l'a fait.

Bon sang ! Ils étaient allés faire du shopping que le temps d'acheter un petit arbre et étaient partis à peine une heure.

— Y a-t-il quelque chose qu'il ne t'ait pas dit ?

— Nan, dit Mark avec un sourire. Il m'a dit que tu te

considérais comme un actif magistral dans un lit, mais combien en réalité, tu n'aimais rien de plus qu'une bonne baise.

Ma bouche se mit à béer. Isaac n'aurait jamais dit ça. C'était impossible. Certainement.

— Il n'a *pas* dit ça.

Mark explosa de rire.

— Non, il ne l'a pas fait, mais vu la manière dont tu rougis maintenant, m'indique tout ce dont j'avais besoin de savoir.

Je le frappai sur le bras.

— Va te faire foutre !

— Certainement pas, si brusquement, tu te transformes en grand passif costaud.

Je garai la voiture dans un parking-minute près de l'entrée de la gare. Je n'allais pas l'honorer d'un commentaire, mais je ne pus m'en empêcher.

— Nous sommes versatiles, d'accord ? dis-je en sortant de la Jeep.

Mark gloussa et descendit du véhicule, attrapant son sac sur la banquette arrière.

Je me tenais, debout, adossé contre ma voiture. Mark lança son sac à mes pieds.

— Alors, vas-tu me dire ce qui te dévore vraiment ?

— Que veux-tu dire ?

Il secoua la tête.

— Tu ne peux pas me tromper, Car. Je sais toujours quand tu as quelque chose qui te ronge de l'intérieur. Isaac ne le voit peut-être pas, mais moi je peux.

Merde !

— Je... Euh...

Je poussai un profond soupir.

— Je... Ah !

— Oh, merde, Carter ! Qu'as-tu fait ?

— J'ai demandé à la police d'enquêter à nouveau sur Joshua.

— Tu as fait *quoi* ?

Je pris une profonde inspiration et lui expliquai mon raisonnement. Je lui dis combien je trouvais qu'il y avait bien trop de coïncidences qu'Isaac ait des documents bancaires volés en même temps que ce gars se soit introduit dans sa vie, avec la promesse qu'il pourrait recouvrer la vue.

Il aurait pu me dire que j'étais un idiot d'avoir agi dans le dos d'Isaac, ou il aurait pu me dire que je n'étais qu'un crétin et je ne l'aurais pas contredit. Il aurait eu raison.

Mais il ne le fit pas. Il resta silencieux. Je pouvais voir que le gardien du parking nous regardait, plus qu'irrité que je sois toujours garé où je n'aurais pas dû stationner du tout. Puis Mark soupira.

— Ça ne ressemble pas à des coïncidences quand tu le dis comme ça. Mais est-ce vraiment ce que tu penses ? demanda-t-il. Ou est-ce le fait que tu n'aimes pas l'homme qui obscurcit ton jugement ?

— Je devais faire quelque chose, dis-je, sur la défensive. S'il essaie de faire du mal à Isaac de quelque façon...

Il hocha la tête.

— J'ai compris, Carter. Je peux comprendre ça. Ne t'attends pas à ce qu'Isaac prenne bien la nouvelle quand il le découvrira que tu es celui qui a dénoncé son ami.

— Si Joshua est impliqué d'une façon ou d'une autre, alors, je m'en fiche. Ça aura valu le coup.

— Et s'il ne l'est pas ? me pressa Mark. Si tu as agi dans le dos d'Isaac... Ne te souviens-tu donc pas des six premiers mois de votre relation ? Tu passais tout ton temps à l'amener à te faire confiance, à croire en ton jugement, à ce qu'il fasse confiance à Brady, et tu peux tout foutre en l'air en une seule fois.

Merde !

— Je sais, murmurai-je en soupirant.

Je fis courir mes mains dans mes cheveux.

— Merde ! Mark ! Qu'ai-je fait ?

Avant qu'il puisse répondre, le gars du parking nous hurla de bouger. Il m'étreignit, durement.

— Tu es un homme bien, Carter. Tout va bien se passer.

Il recula et garda ses mains sur mes bras et sourit.

— Maintenant, rentre à la maison, passe l'après-midi à jouer les versatiles ou peu importe comment tu appelles ça.

Je lui adressai un grand sourire. Je lui dis que c'était bon de le voir et que c'était bon d'avoir pu rire avec lui. Il me dit qu'il ne pouvait pas croire qu'il était venu de Boston et qu'il n'avait jamais baisé. Je lui dis que les hommes et les femmes de Boston m'appelleraient plus tard pour me remercier. Il se mit à rire, attrapa son train et je le regardai s'éloigner. Mark avait été une distraction bienvenue pour Isaac et moi-même. Nous avions passé un si bon week-end que j'hésitais un peu à rentrer, au cas où les choses entre nous reviendraient à ce qu'elles étaient également.

Mon téléphone bipa dans ma poche, m'indiquant que j'avais reçu un message. C'était Mark.

Ne reste pas planté là, tu as l'air d'un idiot.

Je souris à mon portable.

Quand je montai dans la voiture, il bipa à nouveau.

Cela ne te ressemble pas de mentir, Carter. Tu dois lui dire la vérité.

Je soupirai. Merde ! Hannah m'avait dit de ne pas le faire à moins qu'il ne le demande, et maintenant, Mark voulait que je lui dise. Je voulais lui répondre, disant que je ne mentais pas. Que ce n'était qu'une omission volontaire.

Mais si je ne lui divulguais pas des informations qui le mettaient en cause, moi également, cela revenait pratiquement au même.

Mark avait raison. Cela ne me ressemblait pas de mentir. Je ne voulais pas le dire à Isaac parce que je savais qu'il serait tellement en colère contre moi et que c'était quelque chose que je ne voulais pas, tout simplement. Je ne voulais pas rentrer et me battre contre lui.

Je n'avais aucune putain d'idée de ce que j'étais censé faire.

Malheureusement, je n'allais pas être celui qui déciderait si Isaac devait le savoir ou non.

ISAAC ALLAIT BIEN DIMANCHE SOIR. Avec une gueule de bois, mais heureux. Trop fatigué pour lire, il brancha son lecteur d'écran, mit ses écouteurs et laissa son ordinateur lire pour lui. D'autres recherches, dit-il.

Une opportunité parfaite pour moi d'orienter la conversation à propos de ce que j'avais fait, que j'avais demandé à la police d'enquêter sur son ami, mais je ne le fis pas.

Je me dégonflai.

Et à nouveau, lundi. J'allai chercher Isaac après le travail et il dit que Joshua avait reçu un appel au travail de l'école où il avait passé du temps à New York. Ce n'était pas rare qu'il reçoive des appels pour des suivis des écoles précédentes, mais cela avait paru différent, expliqua-t-il.

— Il a paru... Je ne sais pas... Inquiet à propos de ça, dit Isaac. Je lui ai demandé si tout allait bien et il m'a répondu par l'affirmative, mais ça n'y ressemblait pas.

Merde ! J'essayai de garder un ton aussi indifférent que possible.

— A-t-il dit pourquoi ils l'avaient appelé ?

— D'après ce que j'ai pu comprendre, quelqu'un avait appelé pour poser des questions sur lui, répondit-il. Quelqu'un d'officiel. Alors, l'école lui a téléphoné pour lui dire qu'ils avaient donné le nom du responsable de Josh à son siège social afin qu'il se porte garant pour lui, et qu'ils le lui faisaient juste savoir.

— Oh !

— Ouais, de toute façon, son siège social a rappelé l'école ensuite pour leur parler. Je lui ai demandé de quoi il s'agissait et il m'a dit qu'il y avait eu un changement à sa prochaine affectation ou quelque chose à propos d'un nouvel emploi du temps qui incluait maintenant Chicago, pensait-il. De toute façon, il ne sera pas à l'école pour les deux prochains jours.

— N'a-t-il pas presque fini avec ton école, de toute façon ? demandai-je. N'était-ce pas ce qu'il avait dit la dernière fois qu'il était là ?

— Il reste ici jusqu'à la coupure des vacances, donc il reste cette semaine et la suivante, expliqua Isaac. Il est très impliqué dans ce qu'il fait. Configurer tout l'équipement est la partie facile, mais intégrer le logiciel et nous apprendre comment l'utiliser est un processus bien plus long.

Je n'avais aucun doute que ces appels téléphoniques venaient de la police, interrogeant l'équipe et mêmes les élèves des ses précédentes écoles pour voir s'il y en avait eu d'autres. C'était le moment idéal pour révéler mon implication dans ceci, mais encore une fois, je ne pus me résoudre à le faire.

Je ne voulais pas énerver Isaac. Je ne voulais pas qu'il se mette à crier après moi et qu'il me haïsse à cause de ce que j'avais fait. Comme il avait dit, Joshua ne serait même pas là les deux prochains jours et la semaine suivante serait sa dernière semaine avant qu'il disparaisse pour Chicago et nous n'entendrions plus jamais parler de lui.

J'avais même pensé qu'il était parti préparer son prochain passage dans une autre école pendant ces deux jours et vu qu'il ne lui restait plus qu'une semaine à Hawkins, qu'il ne ferait enfin plus partie de nos vies, pour toujours.

Ce qui expliquait pourquoi je fus surpris de voir sa voiture garée devant chez Isaac le jeudi. Isaac m'avait dit qu'il prendrait un taxi pour rentrer à la maison s'il le devait, mais manifestement, il n'avait pas eu à le faire. Ce qui signifiait que Joshua était de retour à Hawkins. Je me demandai s'il savait quoi que ce soit, s'il avait réussi à trouver qui avait pointé le doigt sur lui.

Ne sachant pas quel genre de réception j'allais recevoir, j'entrai et les trouvai assis dans le salon. Passant par l'arrière du canapé, je posai une main sur l'épaule d'Isaac et me penchai pour embrasser son front.

— Hey ! dis-je.

— Hey !

Je relevai les yeux vers Joshua, et restant poli, je lui adressai un sourire.

— Salut.

— Bonjour, me répondit-il, un peu trop doucereusement.

Je tournai mon attention vers Isaac, et regardant par-dessus son épaule, je vis que Monsieur Tiddles était blotti sur ses genoux. Je contournai le canapé et m'assis à côté de lui, gratouillant le chat derrière l'oreille.

— Comment était ta journée ?

— Bien, répondit-il. Et toi ?

— Oui, bien aussi. Cette fichue bouledogue dont je t'ai

parlé est venue. Nous nous attendons à ce qu'elle donne naissance d'ici un jour ou deux.

Isaac sourit.

— Oh, c'est bien !

— Je vais aller nager un peu, dis-je à Isaac. Puis j'ai pensé que, peut-être après le dîner, nous pourrions aller promener les chiens.

Isaac ricana.

— Eh bien, tu peux aller faire marcher Missy, mais Brady et moi allons venir avec toi.

Il se tourna pour faire face à Joshua qui était assis et riait.

— Carter pense que si je prends Brady avec son harnais, je « promène le chien ».

Je levais les yeux au ciel pour le seul bénéfice de Joshua et pinçait Isaac sur le côté, là où il était chatouilleux.

— Je ne le fais et tu le sais.

Isaac s'éloigna de ma main, surprenant le chat. Il gloussa, caressant le félin pas du tout amusé.

— Arrête ! Tu vas bouleverser Monsieur Tiddles. Mon travail en tant que siège humain chauffant pour son Altesse Royale est très important.

Je gloussai.

— Oui, je vois qu'il t'a trouvé un usage à son bénéfice.

— Va nager, dit Isaac en me congédiant, agitant sa main en direction de la piscine.

Je souris, tirant un peu de plaisir dans le fait que Joshua soit le témoin de nos plaisanteries stupides. Je me redressai, posai mon portefeuille, mon téléphone et mes clefs sur le comptoir de la cuisine.

— J'ai envie d'un steak pour le dîner. Qu'en penses-tu ?

— Ça me paraît très bien, répondit-il.

Je me dirigeai vers le couloir pour aller me changer, et peu importe que ce soit ma culpabilité, mes bonnes manières ou autre chose, cela eut raison de moi et je me retournai pour regarder l'homme que je ne pouvais pas supporter.

— Joshua, voulez-vous rester pour le dîner ?

Mon invitation le prit par surprise.

— Oh ! Euh...

Isaac sourit.

— Vous pouvez rester pour le dîner, Josh.

— Oh, eh bien, d'accord, si ce n'est pas un problème.

Je lui adressai un sourire, puis avançai dans le couloir pour me changer, ne sachant pas pourquoi diable j'avais proposé à un homme que je n'aimais pas, de rester plus longtemps qu'il n'avait à le faire.

Quelques longueurs dans la piscine me remirent un peu les idées en place, jusqu'à ce qu'Isaac sorte par la porte arrière, tenant mon téléphone qui sonnait.

— Carter ?

Je me relevai et passai mes mains sur mes cheveux mouillés, pensant que c'était le travail qui m'appelait à propos de la bouledogue qui était sur le point de mettre bas.

— Peux-tu y répondre pour moi ?

— Euh... hésita Isaac.

C'était un téléphone semblable au sien, il savait quoi faire pour prendre l'appel. Il porta le téléphone à son oreille.

— Allô ? Isaac Brannigan à l'appareil.

Je sortis de la piscine, agitai la serviette dans mes cheveux, puis l'enveloppai autour de ma taille, me dirigeant vers lui.

Isaac répondit :

— Non, le voilà maintenant. Je vais vous le passer.

Il hésita, paraissant un peu confus et me tendit le téléphone.

— C'est l'inspecteur Zinberg.

Merde !

Je pris le portable.

— Carter Reece à l'appareil.

Isaac se retourna et rentra dans la maison, si bien que je m'assis à la table de la terrasse.

— Que puis-je faire pour vous ? demandai-je, plus pour le bénéfice d'Isaac, que pour celui de l'inspecteur.

— Je voulais vous informer que nous pensons avoir trouvé suffisamment d'informations pour mettre en place une enquête préliminaire concernant Monsieur Lindstrom, dit-il. Nous avons passé quelques appels téléphoniques aux dernières écoles dans lesquelles il est passé et il y a eu quelques... activités... à l'égard de certaines personnes aveugles ayant des rendez-vous avec un médecin en Amérique du Sud. Une seule personne a versé de l'argent...

— Oh, Seigneur...

Donc, c'était bien la police qui avait appelé l'école de New York, demandant des informations sur Joshua, un détail *mineur* qu'il avait omis de mentionner à Isaac. Puis cela me frappa brusquement qu'il avait fait ceci à quelqu'un d'autre.

— Cette personne va-t-elle bien ? Je veux dire... Est-elle allée en Argentine ?

— Nous effectuons toujours des recherches à ce sujet en ce moment, dit l'inspecteur. Je vais surveiller toute activité suspecte ici, à Boston, mais ce n'est pas de mon ressort pour ce qui concerne l'État de New York. Mais ils ont été avertis. Si nous pouvons prouver qu'il y a quelque chose de réellement illégal, en relation avec l'étranger, alors ce sera du ressort du FBI.

Seigneur, Jésus !

— Il est là, chez Isaac, pour l'instant, murmurai-je dans le téléphone.

— Docteur Reece, répondit l'inspecteur. Je n'ai pas besoin de vous rappeler qu'il s'agit d'une enquête en cours. Pour l'instant, Monsieur Lindstrom n'a rien fait d'illégal, il a simplement travaillé dans une série d'écoles pour aveugles différentes et offre ses services, donnant des formations que certaines personnes pourraient juger utiles. Nous n'avons pas accès à des documents impliquant des transactions financières et en tant que tel, Monsieur Lindstrom est pour l'instant, innocent jusqu'à preuve du contraire.

Son ton était sec et net.

— Comprenez-vous ce que je vous dis ?

— Oui, répondis-je doucement.

J'avais la tête qui tournait.

— Ne rien dire à personne.

— C'est exact.

Je hochai la tête, bien qu'il ne puisse pas le voir.

— Très bien.

— Nous resterons en contact, dit Zinberg. Je vous ferai savoir si nous trouvons quoi que ce soit.

— D'accord, marmonnai-je. Merci.

Je restai assis sur la terrasse pendant un certain temps, avec la tête de Missy posée sur ma cuisse, grattant distraitement le dessus de sa tête, pensant à ce que les policiers cherchaient maintenant. Que c'était mon appel téléphonique qui avait commencé tout ça, que j'étais maintenant impliqué jusqu'au cou.

Que j'avais retiré toute chance à Isaac d'éventuellement pouvoir recouvrer la vue – cela ne comptait pas parce que cela paraissait improbable – et l'avais rejeté comme si ce n'était rien.

Je savais exactement alors que je devais lui dire.

Je savais que je devais me comporter en homme, avec la conscience tranquille, peu importe combien il serait en colère contre moi, je ne pouvais plus lui mentir.

Prenant une profonde inspiration, j'entrai dans la maison, pour trouver que Joshua partait.

— Oh, vous ne restez pas pour le dîner ?

Joshua me fixa directement dans les yeux.

— Je ne préfèrerais pas, non, dit-il froidement.

Et là-dessus, il sortit. Je regardai la porte tandis qu'il partait, choqué. Puis je dévisageai Isaac qui était assis sur le canapé, immobile et silencieux. D'après l'expression stoïque sur son visage et la manière dont sa mâchoire était crispée, je savais que cela ne se terminerait pas bien.

Sa voix était calme et tranquille.

— Que voulait l'inspecteur Zinberg ?

Me dirigeant vers le canapé, je m'assis à côté de lui et pris sa main. Et avec mon estomac qui était noué et mon cœur qui pulsait, je dis :

— Isaac, j'ai quelque chose à te dire.

Il releva son menton, d'un air de défi.

— Cela a-t-il quelque chose à voir avec le fait que la police cherche à enquêter sur Josh et le travail qu'il a fait à New York ?

— Tu sais à propos de ça ?

— Oui, il me l'a dit.

Il détourna son visage de moi.

— Pourquoi exactement l'inspecteur Zinberg avait-il besoin de te parler de ça ?

— Isaac, je l'ai appelé l'autre jour et je lui ai demandé de fouiller un peu plus dans le passé de Joshua.

Il tourna brusquement son visage vers moi.

— Tu as fait quoi ? demanda-t-il, d'une voix si basse que j'arrivai à peine à l'entendre.

— Je voulais que la police se renseigne pour voir s'il y avait d'autres personnes que Joshua aurait pu décider à subir cette opération de régénération rétinienne.

— Tu as fait *quoi* ? demanda-t-il, plus fort cette fois.

— Isaac, je ne pense pas que Joshua soit réellement celui qu'il prétend être.

Lentement, Isaac libéra sa main de la mienne.

— Réalises-tu ce que tu as fait ?

— J'ai peut-être empêché que quelqu'un d'autre soit induit en erreur...

— Non ! cracha-t-il, me coupant la parole. Cela lui a plus que probablement coûté son poste.

— S'il n'a rien à cacher...

Il se leva et s'éloigna du canapé de quelques pas, puis se retourna face à moi.

— Carter, il travaille avec des enfants, pour l'amour de Dieu ! cria-t-il. Sais-tu ce que cela signifie, Carter ? T'en soucies-tu au moins ? Si la police a seulement *l'air* de vouloir enquêter sur lui, pour quelque raison que ce soit, sa carrière est terminée !

Sa colère brutale me surprit.

— Isaac, s'il te plaît, dis-je, essayant de garder un ton calme et rationnel. Ne trouves-tu pas intéressant le fait qu'au moment où il entre dans ta vie, tu as des documents financiers volés et qu'il essaie de te convaincre de payer pour une opération qui pourrait très bien ne même pas marcher ?

— Non ! Je ne pense pas que ce soit lié ! cria-t-il pratiquement. Ce que je pense, c'est que tu ne supportes pas de me voir avoir des amis en dehors de toi.

— Ce n'est pas vrai, lui dis-je. Isaac, l'inspecteur

Zinberg a dit qu'il y avait quelqu'un à New York que Joshua avait également essayé de convaincre de subir cette opération.

— Bien sûr qu'il l'a fait ! cria-t-il, levant ses mains en l'air et se dirigeant vers le comptoir de la cuisine. Josh m'a parlé d'eux. Il y en a d'autres qui veulent recouvrer la vue, Carter. Est-ce un putain de crime ?

Je me levai et me dressai face à lui.

— Non, bien sûr que non ! criai-je à mon tour. Mais leur prendre leur argent pour un service qu'ils ne peuvent pas fournir, l'est !

— Comment diable pourrais-tu le savoir ? hurla-t-il.

Il était vraiment fou de colère.

— Tu es un vétérinaire, pas un médecin, tu n'as pas lu la moitié des recherches que ce docteur a faites.

— Qu'il *indique* avoir faites, plaidai-je. Il l'affirme. N'importe qui peut aller sur internet et déclarer n'importe quoi !

— Tu ne pourrais pas comprendre...

— Et Joshua, si ?

— Sa mère était aveugle ! cracha-t-il. Il comprend bien plus la situation que tu ne le pourrais jamais.

Merde !

— Je ne savais pas ça, dis-je tranquillement.

— Tu ne sais pas beaucoup de choses, ricana-t-il.

— Peut-être que si tu me disais tout...

— Pourquoi ? cria-t-il. Pourquoi penses-tu que je ne t'ai *pas* tout dit ? Parce que tu as été contre cela dès le début. Je savais que tu détesterais l'idée. Je ne voulais même pas t'en parler, mais Josh m'a convaincu que je le devrais.

— Quoi ? demandai-je, abasourdi. Pourquoi ne voudrais-tu pas m'en parler ?

Isaac se mit à rire, mais ce n'était pas un son heureux.

— Tu ne veux pas que je subisse n'importe quelle opération, parce que tu aimes le fait que je sois aveugle. Tu aimes pouvoir agir comme un héros et penser que tu es un gars étonnant, compatissant, qui a pitié du pauvre aveugle.

Je fis automatiquement quelques pas vers lui.

— Ce n'est pas vrai, dis-je doucement. Tu sais foutrement bien que cela ne m'a jamais dérangé.

— Eh bien, moi, si ! hurla-t-il à nouveau, tapant sa main sur son torse. Ça *me* dérange !

Je secouai la tête et m'avançai rapidement vers lui, prenant sa main.

— Isaac...

— Ne me touche pas ! dit-il froidement, reculant légèrement.

Il agita sa tête et son visage pâlit.

— Cela n'a plus d'importance maintenant.

Je ne compris pas.

— Qu'est-ce qui n'a plus d'importance, bébé ? Bien sûr que c'est important !

Il secoua la tête et fit un nouveau pas en arrière.

— Non, ça ne l'est pas. Plus maintenant. C'est terminé.

Parlait-il de Joshua ?

— C'est *terminé*, Isaac, parce que s'il est impliqué dans tout ça, s'il sort de nos vies pour de bon, alors ce sera terminé.

— Non... Je veux dire nous.

— Quoi ?

— Tu m'as bien entendu.

— Isaac...

Sa voix était douce et tout à fait résignée.

— Non. Non, Carter. Tu m'as menti. Tu as agi dans mon dos. Je ne peux pas te faire confiance. Et si nous ne nous faisons plus confiance...

— Isaac, s'il te plaît... Ce n'est pas à propos de toi et moi. Joshua n'était pas quelqu'un de bon depuis le jour où tu l'as rencontré. Je souhaite que tu puisses voir ça.

— Je suis aveugle, Carter ! Je ne peux *pas* le voir ! cria-t-il. Tout ce que je peux voir c'est, combien il a été amical et honnête avec moi, ce qui est plus que ce que je peux dire à propos de toi. Il a offert un moyen de m'aider, pendant que toi, tu ne faisais rien d'autre que d'être jaloux ! Jaloux de chaque petite chose.

— Je ne le suis pas !

— Si, tu l'es ! Tu ne peux pas supporter que j'aie un ami masculin qui ne soit pas toi. C'est étouffant !

— Ce n'est pas vrai, dis-je faiblement.

— Si, ça l'est, Carter. Tu sais, le fait que je sois aveugle ne signifie pas que je vais tolérer que tu essaies de contrôler qui je peux ou ne peux pas avoir comme amis, Carter. Tu n'as jamais aimé Josh et tu ne peux pas supporter de me voir avec lui.

— Tu sais quoi ? demandai-je.

Ma propre colère me surprit.

— Non, je ne l'aime pas. Il est tout mielleux avec toi, puis se fout de moi. Il agit comme un crétin quand tu n'es pas dans les parages et je ne suis foutrement pas désolé qu'il s'en aille.

Le muscle de la mâchoire d'Isaac se crispa. Et l'infâme tempérament d'Isaac Brannigan refit surface. Je n'avais pas revu ses sautes d'humeur, entendu ses paroles délibérément blessantes, depuis près d'un an. Il redressa les épaules et sourit.

— C'est pour cette raison que Paul s'est retrouvé au lit avec un autre homme ?

Sa question me sidéra. Elle me frappa avec la force d'un putain de camion. Isaac savait tout à propos de mon ex, et il savait exactement combien je m'étais senti blessé par ce que Paul avait fait. C'était comme si tout l'air avait été aspiré dans la pièce. Je pouvais à peine parler.

— Quoi ?

Isaac se moqua de moi.

— Est-ce pour cette raison qu'il t'a trompé ? Parce que tu l'étouffais ? Tu essayais de contrôler qui étaient ses amis, à qui il pouvait parler ? Alors, il a baisé quelqu'un d'autre dans ton lit ?

Mon estomac tomba jusque dans mes talons. Isaac savait toujours s'y prendre pour sortir des mots blessants, visant droit au cœur, s'efforçant de tuer.

Il ne rata pas son coup avec moi.

Je ne pouvais plus parler. Je pouvais à peine penser. Sans ajouter le moindre mot, je pris mon portefeuille et mes clefs sur le comptoir et ramassai la laisse de Missy. Ma chienne bondit vers moi, comme elle le faisait toujours, et j'attachai la laisse à son collier.

— Bien. Vas-y ! dit froidement Isaac. Je ne veux plus de toi ici.

Je ne pouvais même pas répondre. Les mots ne voulaient pas sortir. Je pris Missy, montai dans ma Jeep et partis. J'étais trop en colère pour pleurer, bien que ses mots m'aient transpercé. Je savais qu'il était en colère et je savais qu'il avait toutes les raisons de l'être, mais les mots qui étaient sortis de sa bouche avaient franchi une putain de ligne pour moi.

Je n'avais aucune idée d'où j'allais. Je n'avais aucune idée d'où je pouvais aller. Toutes mes affaires étaient dans un entrepôt, à part mes vêtements et quelques petites choses que j'avais chez Isaac. La vérité était que je n'avais nulle part ailleurs où aller.

Donc, je ne fus pas surpris quand je me retrouvais à

emprunter une route familière. Je regardai la maison pendant un petit moment, ne sachant pas quoi faire. J'étais si foutrement en colère que mes yeux me brûlaient avec des larmes que je refusais de verser.

J'ouvris la portière de ma voiture et Missy et moi sortîmes. Je m'avançai, hésitant, vers la porte d'entrée, me demandant ce que diable j'allais pouvoir dire.

Hannah ouvrit la porte, me regarda, puis mon chien et revint sur moi.

— Carter ?

Je hochai la tête et la première de mes larmes tomba.

— Je n'ai nulle part ailleurs où aller.

CHAPITRE QUATORZE

HANNAH ME PRESSA D'ENTRER.

— Carlos ? appela-t-elle et son mari arriva, pour voir qui était venu.

Il jeta un coup d'œil sur moi et son visage s'adoucit. Hannah tendit le bébé qu'elle tenait.

— Tiens, peux-tu la prendre ?

Rapidement, Carlos prit la petite Ada, et Hannah glissa ses bras autour de moi.

— Je suis désolé, dis-je à travers mes larmes. Je sais que tu as déjà bien assez à faire avec Ada.

— Ne t'occupe pas de ça, dit-elle, me poussant avec Missy vers le salon. Dis-moi ce qui s'est passé.

Nous nous assîmes et elle me dévisagea doucement.

— Tu lui as dit que tu avais parlé à la police ?

— Je n'ai pas eu à le faire, dis-je, essuyant mon visage. Mon téléphone a sonné, c'était l'inspecteur Zinberg. Joshua était là et je pense qu'il a additionné deux et deux, puisqu'il avait été averti de l'intérêt de la police dans son implication et je reçois un appel téléphonique du même inspecteur ?

Je pris une bouffée d'air pour me calmer.

— De toute façon, Joshua est parti précipitamment et Isaac est resté assis là. Il m'a purement et simplement demandé si j'avais quelque chose à y voir. Je ne pouvais pas lui mentir.

Hannah hocha tristement la tête.

— Merde, Carter ! Je suis désolée.

Je haussai les épaules.

— Et nous avons eu une grosse dispute, c'était si mauvais. Il m'a dit qu'il ne voulait plus de moi là-bas. Que nous en avions terminé. Qu'il ne pouvait plus me faire confiance.

De nouvelles larmes commencèrent à tomber.

— Merde, Hannah ! Ensuite, il s'est montré tranchant... Tu sais combien il peut dire des choses cruelles pour blesser délibérément les gens ?

— Oh, Seigneur ! s'exclama-t-elle. Qu'a-t-il dit ?

— Il m'a dit que ce n'était pas surprenant que mon ex m'ait trompé, dis-je en essuyant mes yeux sur le revers de la manche de mon tee-shirt. Il a dit que je l'étouffais et que c'était pour cette raison que Paul avait baisé quelqu'un d'autre dans mon lit.

Je secouai la tête, appuyant les paumes de mes mains sur mes yeux, essayant de retenir de nouvelles larmes.

— Il a dit que je l'étouffais.

Hannah me tira contre elle, me faisant un câlin.

— Seigneur ! Il peut se montrer si stupide parfois !

— Il pense que j'essaie de contrôler avec qui il peut être ami et avec qui il peut parler, marmonnai-je pour elle à travers mes larmes. Honnêtement, Hannah, je ne fais pas ça ! Je me moque de savoir avec qui il est ami.

— Je sais que tu ne le fais pas, dit-elle doucement. Tant que ce ne sont pas des connards comme Joshua, qui essaient de lui escroquer de l'argent.

— Isaac me reproche tout, dis-je. Il n'a pas tort, tu sais. Je suis celui qui est à blâmer. C'est de ma faute si Joshua fait l'objet d'une enquête. Mais je ne suis pas désolé pour ça. J'espère qu'ils vont l'épingler pour tout ce qu'il a fait.

Hannah me demanda ce que l'inspecteur Zinberg avait dit d'autre et après lui avoir tout raconté, elle me posa des questions sur les autres horribles choses qu'Isaac m'avait jetées à la figure. Je lui racontai tout.

Puis elle m'interrogea sur mon ex, Paul et sur le pourquoi Isaac aurait voulu revenir sur le sujet.

Je haussai les épaules.

— Rien que pour me blesser. Il sait tout ce qui s'est passé entre lui et moi et c'était plus d'un an avant même que je rencontre Isaac. Mais je l'aimais, lui dis-je, avant de me corriger de moi-même. Enfin, je le croyais, puis j'ai rencontré Isaac.

Je secouai la tête et pris de profondes inspirations.

— J'ai emménagé avec Paul, c'était mon idée. Je le voulais et je pense qu'il a juste accepté pour que je la ferme.

Puis soudain, quelque chose me frappa.

— Oh, Seigneur ! Comment ai-je pu être aussi stupide ? dis-je tandis que ma tête tombait dans mes mains. J'ai fait pareil avec Isaac. Seigneur, je lui ai mis la pression pour que je vive avec lui aussi, n'est-ce pas ?

Je regardai enfin Hannah.

— Suis-je si mauvais ? Suis-je à ce point nécessiteux ? Étouffant ?

Elle secoua la tête.

— Non, Carter. Pas du tout. Isaac a demandé à ce que tu viennes vivre avec lui, tu te souviens ?

— Ouais, seulement parce que je le harcelais à ce sujet depuis longtemps.

Merde ! Comment n'avais-je pas vu ça ?

— Il a dit non pendant des mois. Oh, Seigneur, je *suis* étouffant !

— Non, tu ne l'es pas ! dit fermement Hannah, utilisant pratiquement le même ton que celui qu'elle prenait avec Isaac lorsqu'il se comportait comme un idiot. Isaac t'aime. J'en suis sûre, de toutes les fibres de son être. Il reviendra vers toi. Il a juste besoin de temps pour se calmer et voir les choses telles qu'elles sont vraiment.

Je secouai la tête.

— Je ne suis pas certain qu'il le fasse un jour. Il était tellement en colère. Je ne l'ai jamais vu aussi énervé. Il hurlait... et nous savons tous les deux à quel point il peut être entêté.

Hannah fronça les sourcils et laissa échapper un long soupir.

— Peut-être que je devrais aller le voir. Voir s'il va bien. Ou l'appeler du moins.

— Je suis désolé de t'avoir impliquée, lui dis-je. Je ne savais pas où aller. Je ne pouvais pas emmener Missy dans un motel.

— Je suis contente que tu sois venu ici, dit-elle, tapotant ma main. Tu es toujours le bienvenu ici.

Carlos passa la tête par la porte.

— Le dîner est prêt. C'est seulement des spaghettis avec une sauce bolognaise, rien de farfelu.

Mon estomac se retourna à la pensée de la nourriture. Je secouai la tête.

— Non, merci. Je n'ai pas faim.

Hannah me dévisagea, puis posa une main sur mon genou.

— Tu devrais manger.

Je posai une main sur mon estomac, essayant de

réprimer la nausée qui montait à la simple mention de la nourriture.

— Pas ce soir. Je ne peux pas.

Hannah fronça à nouveau les sourcils, si bien que j'essayais de lui sourire. C'était un sourire humide au mieux.

— Je vais aller m'asseoir à la table de la terrasse pendant que vous mangez, les gars.

— Carter...

— Je pourrais rester là pendant un certain temps, dis-je tranquillement.

Puis je réalisai que je n'avais même pas demandé si je pouvais rester ici.

— Est-ce d'accord si je squatte votre canapé ? Je peux chercher un endroit où vivre à partir de demain...

Mes yeux s'emplirent de nouvelles larmes.

— Oh, Carter ! murmura Hannah. Bien sûr que tu peux. Mais n'abandonne pas encore.

— Ce n'est pas moi qui ai abandonné, Hannah... fut tout ce que je pus dire avant que mes émotions me submergent.

Je secouai la tête, pris une profonde inspiration et traversai la maison avec Missy sur mes talons, pour me diriger vers la terrasse.

C'était le début de la soirée, le soleil ne tarderait plus à se coucher. J'étais assis à la table, Missy assise à côté de moi, comme si elle savait que quelque chose n'allait pas. J'avais succombé à mes émotions – larmes, colère, sentiment d'être blessé – qui m'avaient traversé par vagues, mais je restai assis ici. Je ne sus pas combien de temps. Des heures, j'imagine.

J'entendis Hannah parler au téléphone, c'était une conversation qui avait commencé doucement, mais s'était terminée avec Hannah hurlant au téléphone à Isaac qu'il n'était qu'un âne borné, que son incapacité à voir ce qui se tenait devant lui n'avait absolument rien à voir avec sa cécité.

Elle se précipita par la porte arrière et se jeta sur la chaise à côté de moi.

— Cet homme... Foutu connard arrogant... pfff... je l'aime, mais je jure que certains jours je pourrais lui envoyer mon poing dans la figure.

Je lui adressai un demi-sourire.

— Je suppose que c'était Isaac.

Elle souffla.

— Il est impossible !

Je pris une profonde inspiration, et posai la question tant redoutée.

— Dois-je savoir ce qu'il a dit ?

Hannah secoua la tête.

— Il est vraiment fou de rage.

Je savais ce que cela signifiait. Il lui avait dit qu'il ne voulait pas que je revienne, qu'il ne voulait pas de moi à la maison. Qu'il ne voulait plus de moi. Je hochai la tête et déglutis difficilement avant de pouvoir parler.

— C'est bon, Hannah. J'ai compris.

— Carter, j'essaierai de lui parler à nouveau demain.

— C'est bon, murmurai-je.

Je me raclai la gorge et me levai.

— Je vais rentrer si c'est d'accord ? Pourrais-tu me montrer où se trouve une couverture ? Je vais m'allonger sur le canapé.

Hannah me ramena à l'intérieur, puis dans le couloir, jusqu'à la dernière porte.

— C'est la chambre d'amis, mais elle n'est pas rangée. Nous avons simplement tout entassé ici lorsque nous avons fait la chambre d'enfant pour Ada. Ce n'est pas grand-chose, mais au moins, il y a un lit.

— C'est parfait, lui dis-je.

Elle s'adossa contre le chambranle pendant un moment.

— Carter...

— Je vais bien, répondis-je, sans attendre la question.

Je la regardai.

— Merci pour tout. Je suis désolé de m'imposer. Missy sera bien dans le jardin pour la journée, elle ne va pas vous causer de problèmes.

Hannah fronça les sourcils alors et ses yeux s'emplirent de larmes.

— Tu peux rester ici aussi longtemps qu'il faudra pour...

Elle s'arrêta à temps pour éviter de prononcer son nom.

— Aussi longtemps qu'il faudra. Oh ! Je vais te chercher des serviettes. Prends une douche, ça devrait te faire sentir mieux.

Elle disparut et revint une minute plus tard avec des serviettes et un bas de pyjama.

— C'est à Carlos, il devrait t'aller.

Elle sourit.

— Dors un peu. Nous avons une alarme âgée de quatre semaines qui pleurniche toutes les trois heures. Et par pleurniche, je veux dire crie.

Elle m'adressa un sourire fatigué et me laissa.

Je me douchai, m'habillai et me laissai tomber sur le lit un peu étrange. C'était un lit queen size, froid et tranquille. Il n'y avait aucun corps allongé à côté de moi, pas de doux soupirs, pas de doigts pour retracer ma colonne vertébrale. Il n'y avait pas de bras pour s'enrouler autour de moi, pas de mots murmurés à mon oreille. Pas de doux ronflements, personne pour emmêler ses pieds dans les draps, personne pour monopoliser la couverture, personne pour dormir en diagonale, prenant pratiquement tout le lit.

Personne.

Je regardai le mur jusqu'à ce qu'Ada pleure à minuit, puis vers trois heures. J'envisageai d'aller la nourrir, de la faire roter ou même de marcher avec elle. Mais elle se calma et entre-temps, je m'endormis jusqu'à ce qu'elle me réveille à nouveau à six heures.

Je passai la matinée, me sentant totalement détaché. Carlos me donna un tas de vêtements à porter et je les regardai, trop fatigué, trop émotionnellement ravagé pour me sentir honteux ou embarrassé. Je les pris simplement en hochant la tête en guise de remerciement, me douchai et m'habillai. Mon estomac gronda à l'odeur du café, mais ensuite se retourna rapidement lorsqu'il s'agit de le boire. Je donnai à Missy un gratouillis, puis un câlin, lui disant de ne pas s'inquiéter, que nous trouverions un endroit où habiter aujourd'hui.

Quand je me relevai et me retournai, Hannah se tenait debout à la porte de derrière, tenant son petit paquet rose, me regardant agir avec ma chienne. Elle était en larmes.

— Carter, tu sais que tu peux rester ici.

— Je sais et merci, dis-je tranquillement.

— Mais tu ne veux pas t'imposer...

Je ne pouvais pas la regarder, donc je regardai le sol et hochai la tête.

— C'est juste... Je ne veux pas qu'il pense que tu es de mon côté, tu vois ? Il a vraiment besoin de toi.

— Il a besoin de toi aussi, dit-elle.

Je me mordis l'intérieur de ma lèvre, préférant la douleur aux larmes. J'essayai de parler, mais n'arrivai pas à faire sortir les mots, donc j'embrassai Hannah sur le front, puis Ada et partis travailler.

J'arrivai de bonne heure à la clinique, priant pour une journée bien remplie. Quand Rani arriva, elle me jeta un coup d'œil et referma la porte de mon bureau derrière elle.

— Qu'a-t-il fait, cette fois-ci ?

Je secouai la tête.

— Ce n'était pas lui. C'est moi, cette fois.

Elle cligna des yeux, montrant sa surprise.

— Eh bien, vous avez l'air mal en point.

— Merci, dis-je platement.

Je frottai mes mains sur mon visage.

— Je n'ai pas dormi.

— Je peux voir ça.

— Je vais devoir m'absenter pendant l'heure du déjeuner, mais je ne devrais pas être très long, lui dis-je. Oh ! Et je sais que cela ne fait pas vraiment partie de votre rôle, mais je me demandais si vous pourriez me trouver quelques sites immobiliers pour des locations.

La mâchoire de Rani se décrocha. Puis elle murmura :

— Vous déménagez ?

Je hochai la tête, ma voix se fêlant lorsque je parlai.

— Mais je ne peux pas vous en parler pour l'instant.

Pas sans pleurer ou sans ressentir le besoin urgent de frapper quelque chose, pensai-je.

Elle acquiesça.

— C'est cool. Maintenant, levez-vous et venez avec moi, dit-elle, me tirant hors de mon fauteuil. Nous avons une sacrée dose de travail à faire aujourd'hui et vous allez le faire. Pas le temps de réfléchir, juste travailler, travailler, travailler.

Je souris à mon assistante, reconnaissant pour la distraction et me plongeai, la tête la première, dans mon travail. Elle me garda occupé toute la matinée. Elle ne me laissa pas faire de pause. Elle me nourrit de café et se tenait littéralement devant moi jusqu'à ce que je boive et mange quelque chose. Puis, elle me rappela gentiment à l'heure du déjeuner que j'avais dit avoir besoin d'aller quelque part.

Je jetai un coup d'œil à ma montre. Merde !

— Merci, Rani. Je ne serai pas long.

Elle me jeta un regard prudent, mais ne dit rien, m'adressant juste un clin d'œil. Je ne lui dis pas où j'allais parce que je ne voulais pas qu'elle vienne avec moi, qu'elle garde un œil sur moi ou quelque chose comme ça. Mais j'avais besoin de le faire seul.

Je me garai devant chez Isaac. C'était l'heure du déjeuner et nous étions vendredi, donc je savais qu'il serait au travail. Je n'allais pas me retrouver face à lui et d'après sa conversation avec Hannah la veille, j'étais certain qu'il ne voulait pas me voir non plus.

J'utilisai ma clef de la porte d'entrée, reconnaissant qu'il n'ait pas changé le code de sécurité de l'alarme et j'entrai dans sa maison. C'est calme, d'une étrange manière. Cela paraissait être exactement la même, comme si rien n'avait changé. Alors qu'à la vérité, tout avait changé. Il n'y avait aucun signe comme quoi il était énervé ou incapable de s'organiser comme moi. Sa tasse de café était posée dans l'évier, comme il le faisait toujours. Il avait même fait son côté du lit, là où il avait dormi.

Comme si mon départ ne l'avait pas même affecté.

Je me dirigeai vers l'armoire, sortis un sac et le remplis de tous les vêtements que je pouvais mettre dedans. Je pris mes affaires de toilette dans la salle de bain et me dirigeai vers le salon, pour voir s'il y avait quoi que ce soit à moi.

Il n'y avait rien.

C'était comme si je n'avais jamais vécu ici.

La douce sonnerie de la clochette de Monsieur Tiddles tinta tandis que le chat se relevait de sa place au soleil. Il miaula dans ma direction, si bien que je le ramassai et le caressai. Je vérifiai l'état de son bol de nourriture, me demandant si Isaac s'était souvenu de le nourrir, mais il l'avait fait. Il y avait des croquettes fraîches qui avaient été posées hier soir ou ce matin.

Et cela me frappa.

Tout était comme il devrait être. La maison était parfaitement rangée, comme si tout allait bien dans son monde. Isaac ne semblait pas se soucier du fait que nous ayons rompu. Comme si notre dispute ou mon départ ne l'affectait pas du tout.

Doucement, je reposai le chat, ramassai mon sac, remis l'alarme et verrouillai la porte, conduisant pour revenir au travail.

Engourdi.

Engourdi ne faisait que résumer ce que je ressentais. J'étais dans un putain d'état d'hébétude.

Je réussis à travailler durant l'après-midi, reconnaissant envers mon assistante, Rani, qui s'arrangea pour garder tout le monde, les clients comme le personnel, loin de moi. Elle me tenait occupé avec des examens à faire aux animaux qui restaient en pension, puis avec l'inventaire. Bien que je n'aie aucune fichue idée de ce que je pouvais bien compter, de ce que je notais ou de ce qui avait besoin d'être commandé. J'agissais comme un automate.

Je n'avais pas réalisé l'heure qu'il était, jusqu'à ce qu'elle me suive dans le cellier et referme la porte derrière elle.

— Il est plus de cinq heures, dit-elle doucement.

Puis elle sortit un document.

— Voici une liste des locations dans le coin qui autorisent les chiens, en commençant du moins cher au plus cher.

— Oh ! dis-je calmement.

Je me raclai la gorge et parlai plus fort.

— Merci, Rani. Pour ça et pour tout.

— De rien, répondit-elle avec un petit sourire.

Elle hésita pendant un moment, comme si elle voulait demander quelque chose, mais n'était pas certaine de pouvoir. Elle m'interrogea quand même.

— Puis-je vous demander où vous habitez ?

— Euh... commençai-je, posant le porte-document. J'étais chez Hannah la nuit dernière. Elle m'a dit que je pouvais rester aussi longtemps que j'en avais besoin, mais ils n'ont pas besoin que je traîne dans leurs pattes, avec le bébé et tout.

Rani hocha la tête.

— Tant que vous avez quelque part où aller. J'allais vous offrir mon canapé si vous en aviez besoin.

Je lui adressai un sourire.

— Merci, Rani. Vraiment. Ça va aller.

— Bien, dit-elle vivement. Alors, allez-y, afin que je puisse terminer ici.

Je me dirigeai vers mon bureau, attrapai mes clefs et mon téléphone. Pas d'appels manqués. Pas de messages. Je rangeai l'appareil dans ma poche, plaquai un sourire de façade sur mon visage et dis au revoir à Rani, puis m'assis dans ma Jeep pendant une minute ou deux avant de tourner la clef dans le contact.

J'avais besoin de reprendre mes esprits. J'avais besoin d'agir comme si j'avais surmonté tout ça. Non, ce n'était pas ce que je voulais, mais j'étais un homme adulte et je devais faire avec. Des gens faisaient face à un cœur brisé tous les jours. D'après ce que j'avais vu dans la maison d'Isaac, il semblait s'en sortir très bien.

Donc, je pris mon téléphone et appelai Hannah. Elle répondit avec prudence.

— Carter ?

— Le vendredi soir, c'est le jour de la pizza, essayai-je de dire avec bonne humeur.

Hannah fut surprise.

— Oh !

— Est-ce d'accord ?

Elle se mit à rire.

— Question stupide, dit-elle, puis recouvrant le téléphone, je pus entendre sa voix sourde.

— Carlos, une pizza pour le dîner ?

Cela venait de loin, la réponse de Carlos était étouffée, puis Hannah reprit la ligne.

— Carter ?

— Ouais ?

— Carlos dit que n'importe quelle pizza fera l'affaire, tant qu'elle est accompagnée de bière.

Je souris, pour ce qui me semblait être la première fois depuis une éternité.

— Marché conclu.

Au moment où le soleil se couchait, nous avions dévoré la pizza et même descendu quelques bières, assis à la table de la terrasse. Le nom de quelqu'un avait délibérément été évité et j'en étais reconnaissant. J'ignorai la sensation qu'Hannah et Carlos faisaient du baby-sitting avec moi ou qu'ils avaient pitié de moi, ou même les deux. Je ne doutais pas qu'ils le faisaient, mais l'ignorai et essayai juste d'agir comme si je n'étais pas en train de m'effondrer.

INUTILE DE DIRE que je ne dormis pas beaucoup et quand le soleil fut enfin levé, je fis survoler mon pouce cent fois sur son numéro avant de trouver le courage de l'appeler. Je n'avais pas la moindre idée de ce que j'allais lui dire s'il répondait, mais honnêtement, j'étais plus inquiet à propos du fait qu'il me dise encore une fois que nous deux, c'était vraiment terminé.

Mais je devais faire quelque chose et j'avais pensé qu'un appel téléphonique serait un bon moyen de commencer. Mon appel fut dirigé vers sa messagerie vocale. Je laissai tout de même un message.

— Isaac, s'il te plaît. Nous avons besoin de parler.

Il ne me rappela jamais. Une partie de moi ne s'attendait pas à ce qu'il le fasse, mais cela me fit mal quand même.

Et j'étais de retour au point de départ.

Je passai le reste de la matinée à chercher une location sur la liste que Rani m'avait donnée et passai quelques appels. J'allai même en visiter une. Ce n'était pas génial, un peu trop loin de mon travail, si bien que je dis au loueur, merci, mais non merci.

Je revins chez Hannah et Carlos pour trouver ce dernier en train de plier le linge et Ada dans son berceau.

— Comment était la maison ? demanda-t-il lorsque je m'assis.

— Beurk ! Sombre et froide à l'intérieur, le grillage de derrière devait être changé pour pouvoir retenir un chien.

— Donc, pas bonne ?

Je secouai la tête.

— Nan. Où est Hannah ?

Carlos soupira longuement et fortement.

— Elle est allée voir Isaac.

— Oh !

— Eh bien, elle lui a parlé au téléphone en premier, dit-il. Et ça ne s'est pas bien terminé donc elle a grimpé dans la voiture pour aller le voir. Je pense qu'elle sera bientôt de retour à la maison.

Et à peine dix minutes plus tard, elle passait la porte

d'entrée. Elle n'avait pas l'air en colère. Elle n'avait pas l'air folle de rage. Elle avait l'air... triste.

— Tout va bien ? demanda Carlos.

Puis il soupira.

— A-t-il dit quelque chose qui t'a fâchée ?

— Pas plus que d'habitude, répondit-elle.

Elle me regarda et mon estomac fit un nœud.

— Carter, j'ai essayé de lui parler. J'ai essayé qu'il m'écoute, et tout se passait plutôt bien...

Elle secoua la tête.

— Puis Joshua est arrivé.

Ma gorge se serra. Ma voix se fêla.

— Joshua ?

Elle hocha la tête.

— Je lui ai demandé si la police avait pris contact.

Carlos soupira.

— Oh, Hannah !

— Quoi ? cria-t-elle. Tu sais quoi ? Je l'emmerde ! Il a eu l'audace de me sourire et de me dire que c'était une simple erreur de communication et que tout avait été réglé.

— Quoi ?

Ma voix n'était plus qu'un murmure.

Elle hocha la tête.

— C'est ce qu'il a dit. Alors, je lui ai demandé pourquoi il faisait ça. Je lui ai demandé ce qu'il y gagnait, en ruinant vos deux vies si parfaitement heureuses et c'est là qu'Isaac est devenu fou.

Joshua était là. Avec Isaac. Pendant que je... n'y étais pas.

J'essayai de ne pas penser à ce qu'ils avaient bien pu faire. Seuls. Tous les deux.

— Hannah, murmurai-je. Que faisaient-ils... Étaient-ils... Que...

Le visage d'Hannah s'assombrit.

— Oh, Carter, je suis désolée. Je suis tellement désolée.

Ma poitrine se serra. Même poser ma main sur mon sternum ne m'aida pas.

— Sont... ils... ensem...

Je ne pouvais même pas prononcer la fin du mot.

— Il a dit qu'ils avaient des plans, répondit-elle tranquillement. C'est tout ce qu'il a dit.

Je hochai la tête. J'essayai de déglutir, mais soudain, je ne me sentis pas très bien.

— Avait-il l'air d'aller bien ? Allait-il bien ?

— Carter, arrête, mon cœur. Ne t'inflige pas ça.

— Je vais juste y aller... marmonnai-je. Juste m'allonger. Je ne me sens pas très bien.

Je titubai dans le couloir.

Alors, c'était ainsi. Il avait avancé. Déjà. Je ne représentais vraiment rien pour lui. C'était vraiment terminé. Ils avaient des plans. Lui et Joshua. Ensemble.

Je me laissai tomber sur le lit et attendis que l'engourdissement atténue la douleur dans ma poitrine. Mais il ne vint jamais.

CHAPITRE QUINZE

HANNAH TIRA mon cul du lit avant le dîner. Je n'avais aucune envie de manger. Je n'avais aucune envie de parler à qui que ce soit, de voir qui que ce soit ou même d'être auprès de quelqu'un. Mais Hannah refusa de me laisser aller à mon auto-apitoiement.

Putain de Brannigan bornés !

Elle essaya de cuisiner quelque chose, mais Ada s'agita. Carlos avait mystérieusement disparu et quand je pensais qu'elle allait me donner des instructions pour faire la cuisine, elle ne le fit pas. Au lieu de ça, elle me tendit Ada.

— Il y a du lait en bouteille dans le réfrigérateur, dit-elle, mélangeant les deux casseroles en même temps. Retire la tétine et passe-la au micro-ondes pendant vingt-huit secondes.

Je la dévisageai, ne sachant pas vraiment ce que je faisais, tenant un bébé et essayant de réchauffer le lait. Hannah haussa un sourcil en me regardant, dans le plus pur style Brannigan.

— Allez ! me pressa-t-elle. Tu peux le faire. Tu as dû donner le biberon à toutes sortes de bébés animaux.

Essayant de tenir et d'apaiser une Ada qui s'agitait de plus belle, je réchauffai le lait, remis la tétine sur la bouteille et la tendis à Hannah pour qu'elle la teste. À ce moment-là, Ada se tortillait et pleurait et je la faisais rebondir dans mes bras.

Hannah pressa la tétine, fit jaillir quelques gouttes sur son poignet et sourit. Elle devait avoir atteint un haut degré d'intégration de la procédure de réchauffage du lait, jusqu'à ce que cela devienne une science infuse, parce qu'elle me dit :

— C'est bon.

Donc, je nichai Ada dans mon bras comme un ballon de football et collai la bouteille dans sa bouche.

Le silence fut immédiat. Et je poussai un grand soupir de soulagement.

Hannah m'adressa un sourire.

— Tu vois ? Rien de tel !

Je souris presque tandis que je marchais vers le salon et m'asseyais avec une Ada en train de téter, et beaucoup plus heureuse.

— Elle devra faire son rot après et être changée, dit Hannah de la cuisine.

— Oh ! D'accord.

Elle était passée maître dans l'art de faire des diversions. Bien qu'elle ne soit pas très subtile à ce sujet. Elle me fit faire roter Ada, nettoyer son renvoi, changer ce qui était seulement – heureusement – une couche humide, puis je lui remis son pyjama.

J'essayai d'installer Ada et d'obtenir qu'elle s'endorme en marchant dans le salon quand Carlos rentra à la maison. Lorsqu'il s'avança, jonglant avec des sacs de courses, puis fit un second voyage jusqu'au coffre de sa voiture, pour revenir avec un carton de bières, j'étais toujours relégué à m'occuper d'Ada.

Non pas que cela me dérange. Elle était vraiment un bébé adorable. Mais je savais ce qu'Hannah faisait : si elle me gardait suffisamment occupé, je n'avais pas le temps de penser à Isaac. Et si j'avais Ada, la tenant loin de la cuisinière et des casseroles brûlantes, je devais rester concentré sur ce que je faisais et rester multitâches en même temps.

Hannah faisait paraître cela tellement facile.

Au moment où Ada s'endormit enfin, c'était l'heure de dîner. Non pas que j'aie particulièrement faim, mais Hannah posa une assiette devant moi tout de même.

Elle n'allait certainement pas me laisser me vautrer dans ma misère. Je poussai la nourriture sur le bord de mon assiette, mais quand Hannah me jeta un regard mécontent, je réussis à avaler quelques bouchées. Elle faisait vraiment partie du genre de personnes qu'il valait mieux éviter d'énerver, un trait, présumai-je qu'elle avait acquis bien des années auparavant en observant Isaac faire.

Nous mangeâmes à nouveau sur la table de la terrasse. C'était, d'après Hannah, l'endroit où ils mangeaient le plus souvent durant les mois les plus chauds. Carlos prit les assiettes vides et les emmena à l'intérieur puis revint avec deux bières. Il m'en tendit une, s'assit dans son siège en soupirant, tapota son ventre et prit une gorgée de sa bière.

— Tout ce qui me manque, c'est du baseball à la télévision.

Hannah leva les yeux au ciel et rentra, nous laissant seuls, Carlos et moi, pour boire notre bière. C'était, là encore, un mouvement délibéré afin de nous laisser un moment entre hommes, ou pour éviter de nous entendre parler de choses inintéressantes pour elle.

Nous parlâmes de baseball, ce qui nous amena au football, puis porta sur les stars de cinéma, idoles de notre enfance et plus tard, après avoir bu plusieurs bières, nous continuâmes de parler de tout et de rien. Je me mis même à rire à son imitation de groupes de rock des années quatre-vingt, aux cheveux longs, sur sa guitare invisible.

Je savais que c'était un stratagème délibéré pour me faire oublier mes soucis, ne serait-ce que pour un petit moment. Et cela marcha, enfin, en quelque sorte. Bien après le moment où nous aurions *dû* nous arrêter de boire, mais que nous n'avons pas fait, Carlos commença à nouveau de parler d'Ada.

Il parla des merveilles de la création d'une nouvelle vie et de combien il avait pensé que jamais il ne serait possible d'autant aimer quelqu'un. Il ne s'attendait pas à l'amour, dit-il.

Même aussi ivre que j'étais, je savais que j'aurais dû dire quelque chose. Que cette conversation servait ce but, une personne parlait, puis la seconde répondait.

Mais je ne pouvais pas.

Je ne m'étais jamais attendu à de l'amour, moi non plus.

— Carter...

— C'est bon, Carlos, dis-je. Tu peux parler de ta petite fille et des merveilles que sont les enfants et la famille, et même l'amour. Je ne suis pas *si* fragile.

Il me sourit tristement, si bien que j'ajoutai :

— Elle est la créature avec l'odeur la plus étonnante au monde, après tout.

C'était censé être drôle, mais la mention d'une citation qu'Isaac disait fréquemment ramena tout le poids des trois derniers jours avec force. Carlos soupira, sachant que notre conversation venait de faire un brusque plongeon.

— Je suis désolé, déclara-t-il. Pour ce que ça vaut, je pense que tu aurais fait un bon beau-frère.

Je pris une profonde inspiration, mon cœur se serrant dans ma poitrine.

— Je pensais qu'il tenait à moi, admis-je tranquillement. Je pensais qu'il était ma famille.

— Laisse-lui un peu de temps, dit Carlos. Attends jusqu'à ce que ce crétin de Joshua parte et peut-être qu'alors Isaac verra les choses sous une autre perspective.

Je secouai la tête.

— Je suis allé chez lui l'autre jour. Quand j'ai voulu aller chercher quelques-unes de mes affaires, j'ai alors compris qu'il aurait mieux valu que je n'y aille pas.

Carter s'arrêta de tirer sur l'étiquette de sa bière et me regarda.

— Et ?

— Et c'était comme si je n'avais jamais vécu là-bas.

Je pris une gorgée de ma bière.

— Il n'y avait rien qui n'était pas à sa place, le lit était fait. Il avait même nourri le chat.

Carlos me dévisagea, comme si ce que j'avais dit n'avait aucun sens pour lui.

— Et alors ?

— C'était juste ce que sa vie avait l'habitude d'être pour lui, comme s'il ne s'en souciait même pas, expliquai-je. Et je suis ici, n'arrivant même pas à parler correctement.

Je pris une autre lampée de bière.

— Tu sais ce que j'ai appris ?

— Quoi donc ?

— J'ai appris beaucoup de choses sur moi-même, ces derniers jours, lui dis-je. J'ai appris que ce que je pensais être de l'attention et de la gentillesse, mon désir de lui offrir le monde s'est avéré être en fait, étouffant. Alors pendant tout ce temps où je pensais lui montrer combien je l'adorais, je ne faisais que le repousser un peu plus loin.

Carlos me regarda pendant un long moment, puis pointa sa bouteille de bière vers moi.

— Tu sais quoi ? Je vais te raconter une histoire à propos d'Isaac.

Il termina sa bouteille avant de parler à nouveau.

— Tu vois, quand j'ai rencontré Hannah pour la première fois, leur père était mort depuis peu de temps et elle faisait tout ce qu'elle pouvait pour protéger son frère. Il était jeune et devait non seulement faire face à la mort de son père, mais également à ses études pour devenir professeur, au fait qu'il était gay, puis son chien-guide Rosie est morte... C'était une époque très difficile pour lui.

» Mais il avait Hannah. Elle n'était pas beaucoup plus âgée que lui, tu sais. Elle était son aide-soignante depuis un long moment. Elle était tout ce qui lui restait, dit-il tranquillement.

Puis il sourit.

— Les choses entre Hannah et moi sont devenues sérieuses et je peux te dire qu'Isaac n'était pas franchement impressionné.

Je hochai la tête.

— Je peux imaginer.

Il soupira.

— Seigneur ! Quel idiot arrogant, il peut être !

Je ricanai à sa réflexion et Carlos sourit en secouant la tête.

— Seigneur, Isaac a refusé de bouger d'un pouce. Plus je me montrais gentil avec lui, plus j'étais serviable, coopératif... j'ai tout essayé. Et il me détestait *toujours*.

— Il te détestait ? Non, il ne pense que du bien de toi.

Carlos se mit à rire.

— Maintenant, peut-être. Mais pas à cette époque. À chaque fois qu'Hannah et moi avions prévu quelque chose, il l'appelait et lui disait qu'il avait besoin d'elle. C'est même arrivé au point où Hannah m'a dit qu'elle ne pouvait plus me voir désormais, parce que c'était de sa responsabilité de prendre soin d'Isaac.

Je fronçai les sourcils.

— Que s'est-il passé ?

— J'ai rendu une petite visite à Isaac et lui ai dit de grandir un peu.

J'étouffai un éclat de rire.

— Vraiment ?

Carlos hocha la tête.

— Ouais. Je lui ai dit qu'il ne pouvait pas s'attendre à ce qu'Hannah ne puisse pas vivre sa propre vie à cause de lui. Je lui ai dit que s'il continuait à la forcer de choisir encore et encore, qu'un jour – peut-être pas tout de suite, mais *un* jour – elle ne le choisirait pas, parce qu'il aurait poussé le bouchon trop loin. Je lui ai dit que je l'aimais et que je n'allais pas renoncer à elle juste parce qu'il ne m'aimait pas.

Il m'adressa un sourire.

— Je lui ai dit que s'il pensait rendre les choses plus difficiles juste pour que j'abandonne, il avait tort. Je lui ai dit qu'il obtiendrait l'effet contraire avec moi. Que je me battrais encore plus fort pour elle.

— Qu'a-t-il répondu ? demandai-je.

Carlos sourit.

— Il ne pouvait pas rétorquer grand-chose, à vrai dire. Mais son attitude a commencé à changer, ça, c'est sûr. Il a commencé à se montrer plus gentil avec moi après tout ça. Il m'a dit plus tard qu'il savait que j'étais un gars bien, parce que si j'avais renoncé au premier obstacle, alors c'était que je n'étais pas le bon pour elle.

Je pris une autre gorgée de ma bière. Je savais où il voulait en venir. Je secouai la tête.

— Isaac ne veut pas de moi. J'ai tout foiré.

— Lui as-tu parlé ? demanda Carlos. Lui as-tu posé la question ?

— Non, il ne veut pas prendre mes appels.

— Et alors quoi ? Tu vas juste t'éloigner sans même chercher à te battre ?

— Je... Euh... Je...

— Je ne pensais pas que tu serais du genre à renoncer.

— Je n'ai pas renoncé, dis-je faiblement. Il m'a demandé de partir.

— Laisse-moi te dire quelque chose à propos de ces fichus Brannigan, Carter. Ils sont foutrement entêtés. Je le sais, j'en ai épousé une. Dis-lui que tu n'iras nulle part.

— Tu vois, Carlos, je ne peux pas. Je ne veux pas me *battre* contre lui, je ne veux pas le pousser. Il pense déjà que je l'étouffe, que je l'étrangle, donc si je fais marche arrière, et lui dis que je ne vais nulle part, je ne ferais que l'étouffer un peu plus.

Carlos secoua la tête.

— Ce sont des conneries et tu le sais. Tu ne l'as jamais étouffé, jamais. Il agit simplement comme un imbécile parce qu'il savait qu'il te ferait mal quand il t'a dit ça. Alors tu vas simplement attendre dans ton coin, jusqu'à ce que toute cette merde retombe et qu'il réalise qu'il avait tort ?

Je hochai la tête.

— C'est tout ce que je *peux* faire.

— Et tu te laisses lentement mourir parce que tu as le cœur brisé pendant qu'il prend son temps et agit comme un crétin borné, faisant semblant de continuer à vivre parce qu'il est trop têtu pour admettre qu'il a eu tort ?

Je ne répondis pas. Je n'avais pas besoin de le faire.

Carlos posa sa bouteille vide sur la table et se leva. Il tapota mon épaule avant de rentrer.

— C'est bien ce que je pensais.

Je restai assis là, tout seul, ivre et déprimé pendant je ne sais combien de temps. Je sortis mon portable et vérifiai l'heure. Vingt-trois heures vingt-sept. Merde ! Je fis défiler ma liste de contacts, sachant que je ne devrais pas appeler à cette heure, alors que j'étais seul et ivre, mais je trouvai le nom que je cherchais et appelai.

— Carter ?

Dès que j'entendis sa voix, mes yeux s'emplirent de larmes.

— Ouais, Mark, dis-je, ravalant un sanglot. C'est moi.

IL ÉTAIT ENVIRON deux heures du matin quand j'allai au lit. J'avais passé plus de deux heures au téléphone avec Mark. Il m'avait écouté pendant que je lui racontais ce qui s'était passé, comment Isaac m'avait demandé si j'étais impliqué, si c'était moi qui avais pointé le doigt sur Joshua, que je ne pouvais pas lui mentir.

Je lui rapportai tout ce qu'Isaac avait dit, sur le fait que je l'étouffais, sur combien j'avais dû le faire avec Paul pour le pousser à me tromper. Mark avait menacé de venir de Boston pour lui mettre son poing dans la figure pour avoir dit ça, sa voix tremblant de colère, mais c'était une menace vide de sens.

J'avais défendu Isaac, bien entendu, rappelant à Mark la méthode d'autoprotection qu'il utilisait pour faire mouche délibérément avec des mots blessants. Ce qui ne fit qu'énerver Mark un peu plus. J'avais passé toute la conversation à osciller entre me sentir mal et en colère, essuyant mes larmes avec la manche de mon tee-shirt une minute, puis parlant entre mes dents serrées, la suivante.

Puis je lui avais dit que Joshua était avec Isaac aujourd'hui et qu'ils avaient des plans pour ce soir. Pour tout ce que j'en savais, il était toujours là. Peut-être étaient-ils au lit, peut-être qu'Isaac n'était pas étouffé par Joshua à l'heure où nous parlions.

Mark était resté silencieux pendant qu'il m'écoutait pleurer.

Je lui avais dit que j'étais malade de pleurer, malade de me sentir perdu. Que j'aimais Isaac, que je l'aimais toujours. Que je l'aimerais probablement toujours. Et puis, je lui avais dit, me montrant très profond, qu'avoir le cœur brisé était vraiment pénible.

Il m'avait demandé si je voulais qu'il vienne me rendre visite, qu'il serait là dans la matinée si je le lui demandais. Mais je lui avais expliqué qu'autant j'aurais aimé qu'il soit là, autant je n'avais pas de « là » pour qu'il vienne.

Il m'avait dit d'aller au lit, qu'il m'aimait, qu'Isaac avait perdu son putain d'esprit et qu'il m'appellerait demain, ou aujourd'hui plutôt, s'était-il corrigé. Il était deux heures moins le quart.

Je n'avais pas entendu Hannah se lever pour nourrir Ada à minuit et si elle m'avait entendu parler à Mark ou m'avait entendu pleurer, elle n'en parla jamais. Je sortis du lit aux alentours de neuf heures, partant à la recherche d'un café fort et Hannah se contenta de me sourire et de tapoter mon bras.

— Je sais que tu es sur le point de t'excuser, dit-elle. Tu n'as pas besoin de le faire.

Je souris dans ma tasse de café tandis que je sirotais la boisson chaude.

— Désolé.

Elle se pencha contre le comptoir de la cuisine.

— Alors, que comptes-tu faire aujourd'hui ?

— Je dois prendre une douche, commençai-je. Parce que je pue. Puis j'ai besoin de trouver un autre endroit pour vivre, d'une manière un peu plus sérieuse.

Elle plissa son front.

— Que veux-tu dire ?

Je haussai les épaules et inhalai l'odeur du café.

— Je suppose que j'avais espéré quelque part que je n'aurais pas besoin de trouver une maison. J'avais espéré qu'Isaac voudrait...

Je m'arrêtai, avant de reprendre.

— Mais vu que Joshua et lui sont...

Je posai la tasse de café.

— Je dois juste trouver mon propre chez-moi.

— Je suis vraiment désolée, dit doucement Hannah.

— Ne t'excuse pas pour lui. S'il te plaît.

Elle souffla.

— Pour ce que ça vaut, je ne pense pas qu'il y ait quoi que ce soit entre eux. Isaac a juste dit ça parce qu'il était énervé après nous deux et qu'il savait que je te le répèterais.

Puis elle soupira doucement.

— Isaac t'aime, Carter. Pas Joshua. Je le sais.

— Je pense qu'il nous a très bien montré qui il préférait, non ?

Hannah secoua la tête.

— Non.

Je ne voulais pas me battre contre Hannah. C'était la dernière chose que je voulais.

— Cela n'a plus d'importance, de toute façon.

Je versai mon café dans l'évier.

— Je vais prendre une douche, m'organiser. Journée bien remplie.

Je passai la journée, bien que ce soit un dimanche, à regarder les vitrines des cabinets immobiliers, étudiant leurs listes de locations. Je recopiai les adresses et passai devant les maisons, prenant des notes pour celles qui avaient l'air un tant soit peu décentes.

J'aurais pu faire l'essentiel de ce travail sur un ordinateur, mais j'avais pensé qu'une journée en extérieur serait bon pour Missy et pour moi et que le monde irait mieux. Et quand je revins chez Hannah, j'emmenai ma chienne faire une longue promenade, essayant de m'occuper afin de ne pas m'asseoir dans mon coin et réfléchir. Pour montrer mon appréciation dans le fait qu'Hannah et Carlos me permettent de rester chez eux, j'offris de m'occuper d'Ada pendant qu'ils sortaient dîner.

Cela faisait plus de cinq semaines qu'ils n'étaient pas sortis ou qu'ils n'avaient pas fait de pause, donc c'était le moins que je pouvais faire.

Hannah faillit presque me sauter dessus, bondissant avec enthousiasme et se dirigeant dans le couloir pour se préparer.

Je devinai qu'elle pensait que c'était une bonne idée. Elle me donna ses instructions tout en se dirigeant vers la porte, mais vu qu'Ada avait été nourrie il n'y a pas longtemps et qu'elle avait été changée, j'étais pratiquement certain que tout se passerait bien.

Elle commença à s'agiter un peu, donc je la pris et fis des allers et retours avec elle. Je lui dis, de ma voix la plus douce possible, que son oncle était un homme merveilleux, que je l'aimais de toutes les fibres de mon corps et qu'il était un imbécile complet.

Je murmurai que son oncle me coupait le souffle, qu'elle allait grandir et apprendrait à connaître un homme remarquable. Qu'il était brillant, dans tout ce qu'il faisait, qu'il se dressait face au monde, que sa cécité n'était certainement pas un point faible. Non, son point faible était son entêtement, sa méchanceté. C'était ça qui le retenait.

Et plus je parlais doucement, berçant doucement Ada dans mes bras, plus elle devenait calme. Bientôt, elle parut s'endormir dans mes bras. Je m'assis sur le canapé, avec Ada blottie contre ma poitrine et Hannah me réveilla, reprenant sa fille toujours endormie et me disant gentiment d'aller au lit.

Le lundi matin fut bizarre. J'ouvris un œil et en une fraction de seconde, je me réveillai, frais et dispo, heureux même. Mais quand je roulai sur le côté, j'étais dans un lit étranger, dans une chambre étrangère. Puis, je me souvins.

J'allai travailler et croisai Rani qui m'offrit du café et un sourire. Et je réussis en quelque sorte à continuer à travailler. Je me forçai à faire face aux gens avec leurs animaux de compagnie. Je ne me cachai pas dans la salle de stockage ni dans mon bureau.

J'avais besoin de reprendre mes esprits et de faire avec.

Je passai quelques appels téléphoniques à des agences immobilières concernant les locations qui m'intéressaient et j'avais pris trois rendez-vous pour les visiter plus tard dans la semaine.

Je préparai à dîner pour Hannah et Carlos, c'est vrai que c'était des grillades et une salade, mais je leur dis que j'avais trois endroits à visiter. Cela rendait la chose plus réelle de leur en parler, et je pris conscience que cela allait vraiment arriver.

Je n'avais aucun doute : Hannah avait parlé à Isaac, ils se parlaient tous les jours. Mais je ne demandai pas ce qu'ils s'étaient dit. Je me sentais mal qu'elle soit au milieu de tout ce foutoir, elle avait vraiment l'air bouleversée, comme si j'ajoutais un peu de tension à sa vie déjà assez stressante.

Je promenai Missy jusqu'à ce qu'il soit tard, leur laissant un peu d'intimité et évitant le visage triste d'Hannah.

MARDI, après le travail, je leur dis que je sortais pour dîner et prenais Missy avec moi, mais Hannah m'arrêta.

— Tu n'as pas à prendre tes distances avec nous, dit-elle. Tu es toujours le bienvenu ici.

Je souris et frottai son bras.

— Merci, Hannah. J'apprécie vraiment. Tout.

— Mais ?

— Mais je dois me remettre les idées en place, lui dis-je. J'ai besoin d'avancer.

Ses yeux s'emplirent de larmes.

— Et moi ?

Je l'étreignis.

— Non, Hannah, je ne veux pas m'éloigner de toi, ni de Carlos, ni de la délicieuse petite Ada.

— D'Isaac, dit-elle doucement.

Je hochai lentement la tête.

— J'ai laissé des messages sur son téléphone, Hannah. Il n'a jamais rappelé. Je pense que c'est très clair, il ne veut plus de moi.

— Mais il t'aime !

Je secouai la tête et déglutis difficilement.

— Non, ce n'est pas vrai.

Je pris la laisse de Missy et me dirigeai vers la porte d'entrée. Je ne pleurai même pas.

MERCREDI APRÈS-MIDI, après le travail, je visitais la deuxième maison sur ma liste de locations quand mon téléphone sonna.

Le nom d'Isaac flasha sur l'écran et je me figeai. L'agent immobilier me dévisagea, regarda le téléphone qui sonnait dans ma main et sourit.

— Allez-vous répondre ?

— Euh...

Je n'étais pas prêt pour ça. Mais le son strident du téléphone me traversa et je pris l'appel.

— Allô ?

Il y eut un long moment de silence.

— Carter...

— Isaac...

Je jure que je pouvais l'entendre respirer.

— Hannah m'a appelé, dit-il calmement. Elle dit que tu cherches un endroit où habiter...

— Je ne peux pas rester chez elle éternellement, répondis-je tout aussi doucement.

Il y eut un autre silence, si bien que je demandais.

— Isaac, tu vas bien ?

Il resta silencieux pendant un moment, puis murmura :

— Bien sûr.

Je ne sais pas ce qui me prit de dire ça, peut-être était-ce juste une curiosité morbide, peut-être que j'avais juste besoin de l'entendre venant directement de lui.

— Alors, Joshua te traite-t-il bien ?

— Quoi ?

— J'étais juste curieux, c'est tout, dis-je, essayant de paraître décontracté. Hannah m'a dit que Joshua et toi aviez des plans, ou rendez-vous, ou quelque chose comme ça.

Je ne pus retenir la pointe de jalousie dans ma voix.

— Tu n'as pas attendu bien longtemps. Combien était-ce ? Deux jours ?

Sa voix était plus forte maintenant.

— Est-ce ce que tu penses ?

— C'est ce que tu as dit.

Puis quelque chose m'effleura l'esprit.

— À moins que tu n'étais *avec* lui *pendant* que nous étions encore ensemble.

Je repoussai le soudain besoin de vomir.

— Oh, Seigneur... l'étais-tu ?

— Carter, je...

Et il s'arrêta de parler.

— Tu sais quoi ? Laisse tomber, dit-il froidement.

Et il raccrocha.

Je fis courir mes mains dans mes cheveux, pris quelques inspirations profondes et ignorai la sensation des nausées dans mon estomac.

— Euh...

La voix de la dame du cabinet immobilier brisa le silence.

Je me tournai vers elle, jetant un dernier coup d'œil à la pièce vide. Je haussai les épaules, pouvant à peine sortir les mots.

— Je pense que je vais la prendre.

JE DIS à Hannah que j'avais accepté de signer le bail de la maison et dire qu'elle était loin d'être heureuse serait un euphémisme. Elle était royalement énervée. Pas à cause de moi, mais à cause de son frère.

— Il m'a dit qu'il allait t'appeler ! cria-t-elle. J'y suis allée et je lai vu. Il a dit qu'il le ferait.

— Il m'a appelé.

— Non, précisa-t-elle. Il devait arranger tout ce bordel.

— Écoute, Hannah, j'apprécie tout ce que tu fais, dis-je à nouveau. Mais tu devrais probablement te mettre en colère après moi. J'étais celui qui était furieux au téléphone.

— Ne t'inquiète pas, dit-elle, les lèvres pincées. Je suis en colère après toi aussi maintenant.

— Eh bien, je suis exaspéré également, lui dis-je. Je suis véritablement énervé même.

— Bien ! rétorqua-t-elle. Alors, appelle-le et dis-lui.

Je me mis à rire au ridicule de cette conversation.

— Hannah...

Elle soupira de manière exagérée.

— Qu'est-ce qu'il y a avec vous, les gars ? Vous êtes sans espoir !

Carlos entra dans la cuisine, où nous nous trouvions et embrassa sa joue.

— C'est dans notre ADN, chérie.

Elle grommela après lui, mais finit par sourire.

— Je souhaite juste qu'Isaac et toi, vous puissiez parler. Je te jure qu'il n'est pas avec ce crétin de Joshua. Il ne l'est pas !

Elle croisa ses bras sur sa poitrine et siffla.

— Cet homme... Il ricane et a un sourire trop faux. Beurk ! C'est un véritable imbécile.

Je hochai la tête.

— Donc... Joshua était encore là ?

Ses épaules s'affaissèrent et elle soupira.

— Carter...

Eh bien, j'avais ma réponse. Bien sûr qu'il était là.

— De toute façon, dis-je, changeant de sujet, la maison est pas mal. Grand jardin, Missy va l'adorer. Ce n'est pas très loin. Et proche de mon travail.

Nous ne reparlâmes pas d'Isaac, ce soir-là, mais quand je finis mon travail jeudi, Hannah était plutôt contrariée.

Elle avait appelé Isaac, comme d'habitude, mais cette fois, ils s'étaient disputés.

Elle lui avait dit, apparemment, qu'il faisait la plus grande erreur de sa vie et que s'il pensait, ne serait-ce qu'un moment, que les intentions de Josh étaient bonnes, c'était qu'il avait totalement, complètement et définitivement tort. Elle l'avait traité de fou de me laisser partir et de me repousser.

Puis, il lui avait apparemment répondu, qu'elle devait s'occuper de ses putains d'affaires. Qu'il pouvait vivre sa vie comme il l'entendait. Qu'il lui reprochait de se mettre de mon côté, que nous étions ligués contre lui, que nous voulions qu'il reste aveugle. Il lui avait dit que nous ne savions pas à quel point il voulait voir.

— Peux-tu croire ça ? demanda-t-elle.

Elle était toujours énervée.

— Peux-tu croire qu'il pense toujours ça ?

— Oui, je peux, répondis-je. Dieu seul sait ce que ce connard de Joshua a pu lui dire.

Hannah commença à pleurer.

— Ce gars n'a aucune idée de ce qu'Isaac a pu subir.

Carlos étreignit sa femme.

— Il le saura bientôt, non ? demanda-t-il. Puis toute cette histoire sera terminée ?

Je hochai la tête. Mais voir Hannah énervée à propos de tout ça, à cause d'Isaac et de moi, me brisa le cœur. Ce n'était pas juste. Je me dirigeai vers la porte arrière et pris mon téléphone. J'appelai le portable d'Isaac, mais, bien entendu, il ne répondit pas.

Alors, je laissai message après message.

Je lui dis qu'il pouvait se mettre en colère après moi autant qu'il le voulait. Qu'il pouvait crier et fulminer contre moi, me haïr même s'il le voulait, mais qu'il ne pouvait pas faire ça à Hannah.

Il pensait peut-être qu'il n'avait besoin de personne, mais s'il voulait bien se sortir la tête du cul suffisamment longtemps, il réaliserait qu'Hannah avait besoin de lui. Il pouvait me dire toutes les paroles blessantes qu'il voulait, mais qu'il n'avait pas le droit de traiter sa sœur de cette manière. Que ce n'était pas juste. Pas juste du tout.

Mais au moment où j'attendais que son téléphone sonne et me dirige vers sa messagerie pour la quatrième fois, l'envie de me battre était passée. Tout ce qui restait, était une souffrance à l'état brut. Je pris plusieurs inspirations pour stopper d'autres larmes et soupirai d'un ton rauque dans le téléphone. Avant que le message soit coupé, je dis la seule chose qui me restait encore à dire.

— Isaac... Je t'aime. S'il te plaît...

***

VENDREDI MATIN FUT TRÈS OCCUPÉ et je dis à Rani que je devais sortir après le déjeuner pour signer la location de ma nouvelle maison. Donc, quand je pris mon téléphone et mes clefs sur mon bureau avant de partir, je vis que j'avais raté un appel et un message.

Isaac.

Je faillis ne pas l'écouter. Je faillis l'effacer. Mon pouce planait au-dessus de la touche de suppression, mais le masochiste en moi devait savoir. J'appuyai sur le message pour l'écouter et portai l'appareil à mon oreille.

Sa voix était calme. Triste.

— Carter... Tout ce foutoir, tout ce truc... Je n'ai jamais voulu te blesser, ni Hannah...

Sa voix s'effrita.

— De toute façon, je vais partir pendant une semaine ou plus. J'ai besoin de quelque temps au loin pour réfléchir et je ne peux pas faire ça ici, ma maison est juste... Mais quand je reviendrai, je serai différent, tu verras. Peux-tu m'accorder juste ça ? S'il te plaît ? Parce que tout est toujours tout ou rien avec toi.

Rani ouvrit la porte de mon bureau.

— Je croyais que vous deviez partir ?

J'étais assis à mon bureau et avais dû écouter le message d'Isaac quatre ou cinq fois.

— Venez là et écoutez ça, lui dis-je. Dites-moi ce que vous en pensez.

Rani s'assit en face de moi, prit mon téléphone et écouta le message d'Isaac. Elle fronça les sourcils et me le rendit.

— Que veut-il dire ?

Je secouai la tête.

— Je ne sais pas.

— Vous ne pensez pas qu'il va faire quelque chose de stupide, n'est-ce pas ?

Je faillis rire.

— Isaac ? Bien sûr qu'il le ferait !

— Non, dit-elle. Je veux dire cette opération des yeux. Il a dit qu'il partait loin pendant un moment et que lorsqu'il reviendrait, il serait différent.

— Je pense qu'il parlait métaphoriquement. Qu'il reviendrait avec un autre état d'esprit, dis-je. Nous lui avons dit que cette opération ne pouvait pas fonctionner.

Je compris, tandis que je disais ces mots, la véritable signification de ses paroles.

— Il ne serait pas aussi stupide, hein ?

Rani haussa les sourcils.

— Stupide, non. Désespéré, oui.

Je composai son numéro et l'écoutai sonner contre mon oreille. J'appuyai à nouveau, mes genoux cédant sous moi.

— Allez, Isaac ! Réponds à ton putain de téléphone !

L'appel fut dirigé vers la messagerie, encore, mais je ne laissai pas de message. Je recomposai son numéro. Rien.

— Merde !

Rani jeta un coup d'œil à sa montre.

— Appelez à son travail. Il doit toujours y être, non ?

Il était midi et demi.

— Aujourd'hui, c'est le dernier jour avant les vacances d'été, dis-je, faisant défiler la liste de mes contacts.

Je trouvai l'école Hawkins et j'appelai.

Je demandai Isaac et on me demanda de patienter. Mais quand la ligne fut reprise, ce n'était pas Isaac du tout. C'était Marianna, son patron. Je l'avais rencontrée à plusieurs reprises et c'était clair qu'elle l'adorait.

— Marianna ? C'est Carter. Puis-je parler à Isaac, ou s'il est en classe, pourriez-vous lui transmettre un message de ma part ?

Je rencontrai le silence.

— Marianna ?

— Oui, Carter. C'est juste que...

Sa voix s'estompa.

— Je suis confuse. Isaac n'est pas ici. Je pensais qu'il était avec vous.

— Quoi ?

— Il n'avait qu'une fête de fin d'année avec ses élèves ce matin et il a dit qu'il avait besoin de partir de bonne heure aujourd'hui. Il a dit qu'il partait en vacances. Avec vous.

Avec moi ?

En vacances ?

Oh, Seigneur !

— Marianna, a-t-il dit où nous allions ?

— Carter, y a-t-il quelque chose qui ne va pas ?

— Marianna, je vous expliquerai tout plus tard, mais pour l'instant, j'ai besoin de savoir a-t-il dit où il allait ?

— Il a dit que vous l'emmeniez faire de la randonnée, dit-elle. Il parle toujours de vos randonnées à tous les deux.

— Où ? demandai-je, une peu trop fort. Marianna, je dois le savoir. S'il vous plaît.

— Vous commencez à me faire peur, Carter.

— S'il vous plaît, la suppliai-je. Où a-t-il dit qu'il allait ?

— Carter, je...

— Marianna ! S'il vous plaît ! Où ? Où a-t-il dit qu'il allait ?

Sa voix se fit distante. Sa réponse stoppa mon cœur.

— Argentine. Il a dit qu'il allait en Argentine.

CHAPITRE SEIZE

MON CŒUR CESSA DE BATTRE. Mon estomac fit une embardée. Je pensai que je vacillai sur mon siège.

La voix de Marianna retentit dans le téléphone.

— Carter ? Pouvez-vous, s'il vous plaît, me dire ce qui se passe ?

Je secouai la tête.

— Je vous rappellerai dès que je le pourrai, dis-je rapidement. Je dois y aller...

Je me levai.

— Il part pour l'Argentine. C'est là qu'il va. Il ne va pas au loin pour réfléchir. Il va laisser ce boucher opérer ses yeux.

Rani prit mes clefs sur mon bureau et les poussa contre ma poitrine.

— Go ! dit-elle. Vous devez y aller !

— Je... Euh... Je ne sais même pas quel vol...

— Ce n'est pas grave, vous avez juste besoin de bouger votre cul et d'aller tout de suite pour l'aéroport international Logan. J'appellerai le terminal et me renseignerai pour savoir quelles compagnies ont des vols à destination de l'Argentine aujourd'hui. Je vous appellerai, mais vous devez partir maintenant !

Je glissai la Jeep dans la circulation, avec une main sur le volant, l'autre sur le téléphone à mon oreille.

— Carter ?

— Ouais, Hannah. Écoute, je ne veux pas que tu paniques, mais je suis en chemin pour l'aéroport.

Sa réponse fut calme.

— Que veux-tu dire par « ne panique pas, je suis en chemin pour l'aéroport ? ».

Puis elle cria plus fort.

— Putain, qu'est-ce que ça veut dire ?

Essayer de changer de vitesse et parler au téléphone en même temps pouvait s'avérer être une chose difficile à faire. Je faillis laisser tomber le téléphone.

— Hannah, je pense qu'Isaac s'envole pour l'Argentine.

Il y eut un silence, suivi par un très calme « quoi ? ».

Je lui expliquai le message d'Isaac, puis l'appel à Marianna et Hannah se mit à sangloter.

— Oh, mon Dieu !

— Je ne sais même pas où je vais. Je vais juste à l'aéroport pour voir si je peux le trouver, lui dis-je, juste au moment où mon téléphone bipait, m'indiquant un autre appel entrant.

— C'est peut-être Isaac, je dois y aller.

— Oh, Carter, dépêche-toi, dit-elle rapidement. Je vais te retrouver là-bas.

Je n'étais pas sûr d'avoir bien compris la fin de sa phrase.

— Allô ? dis-je, répondant à l'autre appel.

— Carter ? C'est l'inspecteur Zinberg.

Je coinçai l'appareil entre mon oreille et mon épaule et changeai de vitesse.

— Ouais.

— Conduisez-vous ? demanda-t-il. Parce que je peux vous rappeler.

— Non ! criai-je. Je veux dire oui, je conduis, mais non, ne me rappelez pas. En fait, je suis plutôt content que vous ayez appelé.

Il sembla m'ignorer parce qu'il agit comme si je n'avais pas parlé.

— Nous avons enquêté sur Joshua Lindstrom et bien que nous n'ayons encore rien de définitif sur lui pour l'instant, mais avec le soi-disant ophtalmologiste de Buenos Aires, nous avons transmis l'affaire au FBI. Il semble qu'il sévisse auprès de personnes aveugles depuis des années. Nous avons parlé à quelques personnes de partout à travers le pays. Ce n'est pas un incident isolé.

— C'est super, inspecteur, dis-je, probablement un peu trop durement. J'ai besoin que vous me rendiez une faveur.

Je n'attendis pas qu'il pose des questions.

— J'ai besoin que vous arrêtiez un vol pour Buenos Aires. Je suis en chemin pour l'aéroport. Isaac va prendre un avion.

— Merde ! dit l'inspecteur.

— Je ne sais même pas de quel vol il s'agit, lui dis-je. Pouvez-vous les appeler et leur dire de retenir l'avion ?

— Je ne peux pas. Ce n'est pas un film, Docteur Reece.

— Alors, appelez Isaac, vous pouvez faire ça, non ? Il vous croira si ça vient de vous. Dites-lui tout ce que vous savez. Dites-lui de ne pas prendre cet avion.

L'inspecteur grommela quelque chose qui ressembla à un acquiescement et je mis fin à l'appel.

— Merde ! Merde ! Merde ! jurai-je à personne en particulier, jetant mon portable sur le siège passager à côté de moi, changeant ma vitesse et appuyant sur le champignon.

Juste au moment où j'arrivais à l'aéroport, mon téléphone sonna à nouveau. C'était Rani. Je répondis à son appel et tout ce qu'elle dit fut :

— Porte six. Le prochain vol pour Buenos Aires et à treize heures trente, le suivant n'est pas avant seize heures. Ce doit être ce vol, Carter. Vous avez quinze minutes.

Merde !

Je dus me garer à un foutu kilomètre du terminal, courus à travers le parking, puis me précipitai vers le terminal comme un putain de fou, cherchant la porte six.

Je remarquai les écrans tandis que je courrais, le vol pour Buenos Aires clignotait avec la mention « dernier appel pour l'embarquement » et je traversai la salle d'attente jusqu'au comptoir, surprenant la femme derrière son écran.

— Le vol de treize heures trente pour l'Argentine. Je dois monter à bord.

— Oh ! dit-elle en posant une main sur son cœur.

— Je sais, je suis en retard, dis-je, à bout de souffle.

Je sortis mon portefeuille et tendis une carte de crédit.

— Je me moque de savoir combien ça coûte, je me fiche de savoir où je serai assis, j'ai juste besoin d'être à bord de cet avion.

Elle appuya sur les touches de son clavier.

— Le dernier appel pour l'embarquement vient d'être fait, dit-elle comme si je devais m'en soucier. Nous n'avons plus qu'un siège de libre, monsieur. C'est en classe affaires.

— Je vais le prendre.

— Eh bien, techniquement, ce siège est pris, dit-elle en continuant d'appuyer sur ses touches. Mais cette personne ne l'a pas pris encore, monsieur.

À ce moment-là, je pris conscience que je n'avais même pas mon passeport.

Puis elle regarda par-dessus mon épaule, dans le terminal jusqu'à ce qu'elle trouve ce qu'elle cherchait.

— Excusez-moi, monsieur ? appela-t-elle.

Elle revérifia son écran.

— Monsieur Brannigan ?

Je tournai sur mes talons.

Et il était là. Ils étaient là.

Isaac et Brady.

Mes épaules fléchirent et enfin, je pus respirer, depuis Dieu seul savait combien de temps. Je récupérai mes affaires sur le comptoir et regardai l'hôtesse d'accueil.

— Ce n'est plus d'actualité.

Brady était content de me voir, mais il semblait qu'Isaac était à un million de kilomètres de là. Il tenait son téléphone portable, le retournant dans sa main.

— Hey ? dis-je doucement.

La tête d'Isaac se redressa brusquement et se tourna vers le son de ma voix.

— Carter ?

Je m'agenouillai devant lui, et enroulai mes bras autour de ses jambes.

— Tu m'as fait peur.

Sa réponse ne fut qu'un murmure.

— Je suis désolé...

— Monsieur Brannigan, appela l'hôtesse d'accueil derrière nous. Dernier appel pour l'embarquement. Si vous voulez prendre ce siège, vous devez monter à bord maintenant.

Il secoua la tête.

— Non, merci.

Elle hésita, me regardant, puis revenant sur Isaac.

— Notre politique en cas d'annulation ne permet pas le remboursement...

— Je m'en moque, dit doucement Isaac. Peu importe.

L'hôtesse se tint là pendant un moment, puis elle partit. Je ne la vis pas s'éloigner.

Je pris la main d'Isaac.

— Tu ne pars plus ?

Il leva son téléphone portable.

— L'inspecteur Zinberg m'a appelé... Il a dit que tout ça n'était qu'une escroquerie très élaborée. Il a dit que tu lui avais demandé de m'arrêter.

Je soupirai.

— Isaac, je suis désolé.

Il secoua la tête.

— Il n'y avait plus aucune raison que je parte de toute façon.

Sa voix était calme. Il avait l'air... dévasté.

— Isaac...

— Tu avais raison. J'étais fou de croire qu'il pouvait me guérir.

— Tu n'as pas besoin d'être guéri, Isaac. Tu ne l'as jamais été.

Il haussa les épaules.

— Cela n'aurait eu aucune importance, même s'il avait pu me rendre la vue. Cela ne servait à rien de recouvrer la vue si la raison pour laquelle je voulais récupérer ma vision ne faisait plus partie de ma vie.

Oh, Isaac...

— Toi, Carter, je voulais le faire pour toi, murmura Isaac et sa lèvre inférieure se mit à trembler. De toutes les choses que je voulais voir le plus, de toute ma vie, c'est toi. Je voulais récupérer ma vue pour que je puisse te voir.

— Tu me vois.

Il secoua la tête et parla à ses mains posées sur ses genoux.

— Je ne serai jamais capable de te voir.

Je pris une main, la tenant dans les deux miennes.

— Tu me vois. Personne ne m'a jamais vu comme toi, tu me vois.

Je posai sa main sur mon visage.

— Tu me connais, tu me vois, comme personne d'autre.

— Pas à travers ces yeux.

— Non, acquiesçai-je. Tu me vois avec ton cœur.

Il retira ses lunettes de soleil et les jeta sur le siège à côté de lui, puis il se mit à pleurer. Je glissai ma main autour de ses épaules et pressai son visage contre mon cou.

— Je suis désolé, sanglota-t-il, ses mains empoignant mon tee-shirt. Je suis désolé pour tout.

Je voulais lui dire que tout irait bien, mais la vérité était que je ne savais pas si ce serait le cas. Mais il se sentait mal et ça me tuait.

— Oh, Isaac...

Il sanglota dans mon cou.

— Il ne me reste plus personne. J'ai finalement réussi à éloigner tout le monde.

Il pleura plus fort.

— J'ai tout gâché. Je le fais toujours. J'essaie depuis si longtemps d'être quelqu'un que je ne suis pas. Je voulais être parfait pour toi, c'est tout ce que je voulais. Je voulais être parfait pour toi.

— Mais tu *es* parfait.

— Non, je ne le suis pas, dit-il, secouant la tête. Je ne serai jamais parfait.

— Tu es parfait pour moi.

Il recula et essuya son nez d'un revers de main.

— Pourquoi es-tu ici, à l'aéroport ? Pourquoi es-tu venu ?

— Je ne pouvais pas te laisser monter dans cet avion. Je ne savais pas ce qu'il adviendrait de toi une fois que tu serais là-bas. Mais l'avion était prêt à partir, donc j'ai essayé d'acheter un billet.

— Tu serais venu me chercher ?

— Oui.

Il secoua à nouveau la tête, incrédule et de nouvelles larmes glissèrent sur ses joues.

— Pourquoi aurais-tu fait ça ? J'ai été horrible avec toi. J'ai dit des choses si horribles.

— Oui, tu l'as fait, lui dis-je.

Je m'agenouillai, m'asseyant sur mes talons.

— Et je ne peux pas mentir, Isaac. Ce que tu as dit à propos des raisons pour lesquelles Paul m'avait trompé m'a fait très mal.

Il hocha la tête, et son visage se déforma comme sous le coup d'une douleur physique.

— Je sais. Seigneur, je suis tellement désolé. Je ne pensais pas ce que je disais. Tu n'as jamais été étouffant, tu as toujours été merveilleux. Tu as toujours été si bon pour moi et j'ai été horrible avec toi et quant à Paul, c'était un imbécile.

— Eh bien, peut-être que je suis un peu étouffant, concédai-je.

Il secoua sa tête avec véhémence.

— Non, tu ne l'es pas. Tu es merveilleux. Tu l'as été depuis le premier jour, tu m'as placé au centre de ton monde et au lieu de te dire combien ça me faisait me sentir spécial, je te l'ai jeté en plein visage.

Il frotta ses mains sur son visage à nouveau.

— Je ne te mérite pas.

J'acquiesçai.

— Tu as raison. Tu ne me mérites pas.

Il eut un hoquet et se mit à haleter.

— Je sais.

Il s'adossa à son siège, puis enfouit son visage dans ses mains.

— Carter, j'ai fait un tel gâchis avec tout.

Il secoua la tête et la baissa, vaincu.

— Je me sens si embarrassé... si humilié.

— Arrête. Tu n'as aucune raison de l'être. La seule personne à blâmer ici est Joshua et le bâtard pour qui il travaille, pas toi.

Isaac essuya son visage.

— Je pensais qu'il était mon ami, dit-il doucement. Si ce n'était pas grâce à toi et à Hannah, *encore*, Dieu seul sait ce qui me serait arrivé. Ou à Brady ! Et si j'étais arrivé à Buenos Aires et qu'ils lui avaient fait quelque chose ? Ou s'ils me l'avaient pris ? Ou s'ils l'avaient blessé ?

Il frissonna à la pensée.

— Je suppose que cela ne fait que prouver à quel point je suis inutile tout seul.

— Non, pas du tout, Isaac. Joshua n'aurait eu aucun effet de levier avec toi, si tu croyais juste un peu plus en toi-même. Il a pu t'atteindre parce qu'il savait qu'il pourrait alimenter ton sentiment d'insécurité. Si tu pouvais juste voir combien tu es parfait. Si tu pouvais juste *réaliser* combien tu es parfait, alors il n'aurait pas eu l'ombre d'une chance.

— Je crois en moi-même, dit-il faiblement. Enfin, je le faisais. Je le faisais jusqu'à ce que je le rencontre. Il ne m'a jamais dit que je n'étais... *Pas parfait*. Il m'a juste dit que je pouvais être mieux. « Ne serait-ce pas mieux ? » me demandait-il. Et je voulais être meilleur. Je voulais voir. Pour toi et pour Hannah.

Une larme unique roula le long de sa joue.

— Tu veux savoir ce qu'il y a de plus horrible ?

demanda-t-il, pleurant plus fort. La chose la plus dure et la plus horrible ?

— Qu'est-ce que c'est ?

Des larmes coulaient sur ses joues, mais sa voix était calme.

— Il m'a donné de l'espoir.

— Oh, Isaac ! Il y a toujours de l'espoir !

Il secoua la tête.

— Non, il n'y en a pas. On m'a dit le jour où je me suis réveillé après l'accident, quand j'avais huit ans, qu'il n'y aurait jamais aucun espoir. On m'a dit que je ne reverrais plus jamais. Impossible ! ont-ils dit. Une fois que les nerfs sont morts, c'est trop tard.

Il souffla fortement.

— Et pour la première fois depuis que j'ai perdu la vue, quelqu'un m'a dit « oui ».

Je serrai sa main.

— Tu sais quoi ? Un jour, il pourrait y avoir un espoir. Ils travaillent sur de nouvelles avancées médicales tous les jours. Je suis sûr que les sourds n'avaient jamais rêvé d'une oreille bionique et que les gens qui avaient des troubles visuels régénérateurs n'avaient jamais pensé revoir un jour. Isaac, qui sait de quoi ils seront capables d'ici deux, cinq ou dix ans ?

— Mais pas maintenant.

— Non, pas maintenant. Pas encore. Mais bientôt. Il y a toujours de l'espoir. S'il y a une nouvelle évolution de la situation, par des médecins agréés et accrédités, avec une recherche effective, avec les bonnes installations et les bonnes procédures pour restaurer la vue et si c'est ce que tu voudras, je serai là, avec toi, à chaque étape du chemin.

Il hocha la tête et sourit tristement.

— Penses-tu qu'ils y arriveront un jour ?

— Oui, je le crois, dis-je, posant ma main sur son visage, essuyant ses larmes. Oui, je le crois.

Après un instant, je demandai :

— Isaac, que veux-tu ?

Je jetai un coup d'œil à la salle d'attente de l'aéroport, aux quelques personnes qui nous regardaient.

— Veux-tu que je te ramène à la maison ?

Il secoua la tête.

— Je veux que tu reviennes vivre avec moi, dit-il simplement. Je veux que tu me pardonnes. Je veux que tu me dises que tu me crois quand je te dis qu'il ne s'est rien passé avec Josh, rien du tout. Ce n'était pas pour ça. Cela n'a jamais été pour ça avec lui. Cela m'a tué que tu aies pu croire ça, même si c'était ce que j'avais sous-entendu. Je ne peux pas t'en vouloir alors que c'est de ma faute. Mais, Carter, je n'aurais jamais rien pu faire avec lui, ni personne d'autre puisque je suis toujours amoureux de toi.

Je souris, enfin, et serrai ses mains.

— Je suis toujours amoureux de toi, aussi.

Isaac prit une profonde inspiration laborieuse.

— Vraiment ? Après tout ce que j'ai fait ?

Je penchai et posai ses mains sur mon visage.

— Oui, vraiment. Mais, Isaac, je pense que nous avons quelques autres problèmes à régler. Je veux revenir vivre avec toi, mais les choses doivent être différentes.

Isaac hocha rapidement la tête.

— Elles le seront.

— Non, je veux dire, pas dans ta maison.

Il fronça les sourcils.

— Quoi ?

— Je n'ai jamais vécu là-bas. Enfin, je veux dire que, techniquement je l'ai fait, pendant environ quatre semaines, mais cela n'a jamais été ma maison. C'est resté ta maison, avec tes affaires et aucune des miennes. Je me fiche des possessions ou de ce genre de choses, mais j'ai toujours eu l'impression que tout était à toi, comme si c'était juste un endroit où je vivais, pas ma maison...

Je repris mon souffle.

— Je ne sais pas si cela a beaucoup de sens.

— Cela en a, murmura Isaac. Pourquoi ne m'en as-tu pas parlé ?

— Je ne l'avais pas réalisé jusqu'à ce que je déménage, et que je revienne chercher quelques affaires, c'était comme si je n'avais jamais vécu là.

Il fronça les sourcils.

— J'ai passé des heures à tout nettoyer quand tu es parti. Je pouvais toujours sentir ton odeur partout, murmura-t-il. Cela me rendait fou.

— Oh, Isaac...

— Mais je m'en fiche, dit-il, soudain. Si tu veux aller ailleurs, je te suivrai...

Ses mots s'estompèrent.

— Si tu veux de moi. Si c'est bien ce que tu veux. C'est à toi de choisir.

— C'est ce que je veux, lui dis-je, caressant sa main de mon pouce. Peut-être que nous pourrions trouver une maison ensemble. Un endroit qui serait à nous, pas à toi ni à moi.

Les yeux d'Isaac s'emplirent de larmes, mais il sourit.

— J'aimerais vraiment ça.

Puis, du coin de mon œil, je vis quelque chose, ou plutôt *quelqu'un* courir. C'était Hannah. Elle se précipitait vers la salle d'attente en courant et s'arrêta lorsqu'elle nous vit. Elle posa ses mains sur sa bouche et commença à pleurer.

— Isaac, Hannah est là.

Il redressa sa tête.

— Où ?

Je me relevai et l'aidai à se mettre sur ses pieds. Hannah s'avançait maintenant vers nous, des larmes coulant sur son visage et, sans prendre le temps de s'arrêter, elle jeta ses bras autour de son frère.

— Tu m'as fait peur ! dit-elle en pleurant. Fichu salaud, à quoi pensais-tu donc ? As-tu perdu ton putain d'esprit ?

Je pense que plusieurs personnes nous regardaient, mais je souris. C'était une excuse typique chez les Brannigan.

— Je suis désolé, dit Isaac.

Il enfouit son visage dans son épaule.

— Tu peux l'être ! Tu viens de me voler dix ans de ma vie, gronda-t-elle alors qu'elle le serrait plus fort. Tu as presque tué ce pauvre Carter, il était complètement déboussolé à cause de toi.

Puis elle recula et prit son visage dans ses mains.

— Il t'aime, pour de vrai, Isaac. Pour toujours. Comprends-tu ce que cela signifie ?

Il hocha la tête.

— Je le comprends maintenant.

— Bien, dit-elle, puis elle glissa son bras autour de lui et sourit à travers ses larmes.

— Pouvons-nous y aller maintenant ? demanda Isaac.

— Non ! répondit brusquement Hannah. Carlos arrive avec Ada. Je suis venue dès que nous sommes arrivés. Je lui ai dit que nous serions à la porte six.

Puis sa voix s'adoucit.

— Je suis vraiment contente que tu n'aies pas pris cet avion.

Isaac serra à nouveau Hannah et pendant qu'ils s'étreignaient, je baissai les yeux vers un Brady toujours aussi patient, et le caressai.

— Oh, Brady, mon pote ! Tu m'as manqué aussi. Hey, tu

sais quoi ? C'est pareil pour Missy. Tu lui as tellement manqué.

Il agita sa queue sur le sol et quand je le libérai, il me lécha le visage.

— Beurk ! dis-je, essuyant la bave du chien sur ma joue. Brady vient juste de m'embrasser.

Hannah se moqua de moi, s'éloigna de l'étreinte d'Isaac et me tira par le bras.

— Là, reprends ta place !

Je glissai un bras au bas du dos d'Isaac et, instantanément, je me sentis… soulagé, comme si mon corps fondait contre le sien. Dès qu'il sut que c'était moi, il lâcha le harnais de Brady et passa ses bras autour de moi, pour mieux m'enlacer. Je le tins serré contre moi et enfouis mon visage dans son cou. Il marmonna encore et encore à quel point il était désolé, qu'il m'aimait et que je lui avais manqué.

Carlos s'approcha de nous, avec un porte-bébé, hors d'haleine, mais souriant.

— Oh, Dieu merci ! haleta-t-il, tendant le porte-bébé à Hannah avec une Ada parfaitement réveillée.

Isaac se tourna vers lui.

— Carlos, je suis désolé…

— Isaac, ne t'excuse pas, dit-il, lui donnant une étreinte très virile. Ne refais plus jamais ça. Je ne pensais pas pouvoir courir aussi vite. Je ne suis pas en forme. Je suis un homme marié et hétéro. Je ne travaille pas dehors. Je vais avoir une crise cardiaque !

Il appuya ses mains sur ses genoux.

Hannah regarda son mari et lui jeta un regard noir.

— As-tu couru pendant que tu avais le porte-bébé, *avec Ada* ?

Carlos se redressa, agita une main vers Isaac, puis vers

elle, puis revint sur Isaac avant de lever les deux mains en l'air en signe de reddition.

— Tu sais quoi ? Je ne vais même pas répondre à ça !

Puis il me regarda.

— Tu ne peux jamais gagner.

Isaac sourit et se pencha contre moi.

— Pouvons-nous y aller maintenant ? Je voudrais sortir de là.

— Ouais, dit Hannah. Allons-y.

Carlos prit la valise d'Isaac, j'attrapai le harnais de Brady et le tendis à Isaac, ramassai ses lunettes de soleil sur le siège et les glissai sur son visage.

Hannah jeta un coup d'œil et sourit.

— Est-ce tout ?

Je glissai mon bras autour de la taille d'Isaac et murmurai :

— Ouais. C'est tout.

---

*TROIS MOIS **plus tard***

JOSHUA LINDSTROM ne fut jamais accusé. Bien qu'il soit indéniablement lié à toute l'affaire impliquant ce médecin argentin, il y avait des enregistrements de conversations à partir de son numéro de téléphone avec le bureau de Buenos Aires, mais aucune trace d'un quelconque transfert de fonds. Ce n'était tout simplement pas suffisant pour retenir des charges contre lui. Il n'avait même pas pu être accusé d'avoir payé Max Krabanski pour voler les documents financiers, parce qu'il n'y avait pas de preuves, seulement des soupçons.

Il y eut, cependant, trois autres personnes disposées à témoigner que Joshua avait tenté de les contraindre à lui verser de l'argent pour une procédure qui n'aurait jamais fonctionné et qui aboutirait à quoi ? Seul le temps pourrait le dire.

Cela avait mis à jour son chapelet de mensonges. Son véritable nom n'était pas Joshua Lindstrom. Il était Joshua Van Pelt, Lindstrom étant le nom de femme mariée de sa mère. Ce n'était pas rare pour des gens d'utiliser des noms de famille différents au cours de leur vie, et il paya des amendes en conséquence, alors que c'était pratiquement une infraction pénale.

Ce fut un peu plus choquant d'apprendre que Joshua Van Pelt n'était même pas gay, comme il nous l'avait fait croire, mais qu'il avait une ex-femme et des enfants en Oregon. Il n'avait pas menti au sujet de sa mère aveugle, ça au moins, c'était vrai.

À la fin de la journée, Isaac s'en fichait. C'était terminé. Joshua avait été viré de son travail et ne pourrait plus faire de mal à quelqu'un de la communauté des aveugles. Le soi-disant ophtalmologiste de Buenos Aires fut enfermé, temporairement en tout cas. Le gars n'était même pas un médecin. Son « truc » était que la personne aveugle était soumise à une anesthésie générale dans une pseudo clinique et quand elle se réveillait, la procédure était simplement considérée comme faisant partie des échecs, sans qu'aucune opération n'ait été effectivement faite. L'argent aurait déjà été transféré, sans aucun recours de remboursement et le patient était renvoyé chez lui, sans le sou et toujours aveugle.

C'était honteux.

Mais Isaac se considérait lui-même comme chanceux, de bien différentes manières.

Il n'avait pas perdu d'argent – le prix demandé, me dit-il

était de quarante-deux mille dollars – il n'avait jamais quitté le pays et contre toute attente, il ne m'avait jamais perdu.

Ce n'était pas simple. J'étais le premier à l'admettre. Mais, oserais-je dire, nous étions maintenant dans un endroit plus sain.

Quand nous avions quitté l'aéroport après le presque-voyage-en-Argentine, je lui révélais que j'aurais dû signer un bail pour ma nouvelle maison. Bien qu'il n'ait rien dit, sa poigne sur ma main s'était resserrée, au point d'en être douloureuse. Il avait hoché la tête comme s'il comprenait.

La vérité était que je ne voulais pas vivre loin de lui non plus, mais nous ne pouvions pas simplement revenir aux choses telles qu'elles étaient. Donc, j'avais fait un marché. Je lui avais dit que je reviendrais jusqu'à ce qu'il ait trouvé notre maison, si et seulement si, il acceptait de consulter.

Une thérapie pour lui. Et une autre pour nous, en tant que couple.

Il avait porté ma main à son visage et après un moment silencieux, il avait acquiescé.

Donc, j'étais revenu vivre avec lui et il avait pris rendez-vous avec un thérapeute que son médecin lui avait recommandé. Les sessions avaient commencé la semaine suivante et tout se passait bien.

Je pense qu'au début, Isaac avait trouvé que c'était stupide et une perte de temps pour tout le monde, mais il avait voulu me prouver qu'il avait la volonté de changer. Et plus il allait à ses sessions individuelles, plus il parlait de l'accident qui lui avait fait perdre la vue, de la perte de ses parents, de l'effraction à son domicile, de ses peurs, de ses insécurités, de ses accomplissements.

Et même si certaines nuits étaient dures après quelques séances, dans l'ensemble, il était beaucoup plus heureux. Il semblait... installé.

La thérapie de couple était utile aussi. Nous avions grandi, étions devenus plus forts. Tout n'était pas rose, ni facile. Mais j'aimais ça.

Ce que *j'adorais*, c'était notre nouvelle maison.

Nous étions partis à la chasse aux maisons, réduisant notre choix à deux, puis Hannah nous avait aidés à choisir. Je pense qu'Isaac avait fait appel à sa sœur parce qu'il était inquiet au sujet de mes goûts. Il pensait que si mes goûts en matière de musiques et de films étaient une indication...

Vous voyez ? Oui, il répondait bien à la thérapie, mais il restait toujours Isaac.

Les deux maisons que nous avions retenues étaient similaires. Toutes les deux étaient grandes, élégantes, et avaient quatre chambres et une piscine. Elles étaient très semblables à la maison d'Isaac. Nous avions amené Hannah avec nous, lors d'une inspection finale de ces deux-là et elle avait trouvé qu'elles étaient toutes les deux très belles, mais ce fut Isaac qui prit la décision finale.

J'avais fait visiter à Hannah, lui montrant où se tiendrait le salon d'Isaac et où se tiendrait ma salle multimédia quand nous avions perdu Isaac. Nous l'avions retrouvé bien vite cependant, sur la terrasse arrière, écoutant. Quand il avait tourné son visage vers nous, son sourire était spectaculaire.

— Pouvez-vous entendre ça ? demanda-t-il.

Bien entendu, nous ne pouvions pas, mais une fois que nous étions silencieux et suffisamment concentrés, nous avions pu entendre ce qu'il écoutait.

Des oiseaux. Beaucoup d'oiseaux.

La femme de l'agence immobilière nous avait regardé tous les trois comme si nous étions fous, mais nous avait annoncé que la maison jouxtait une réserve naturelle.

Isaac avait dit :

— On dirait les étangs au bas de Wompatuck.

J'avais souri à la dame de l'agence.

— Je pense que nous avons trouvé notre maison.

Nous avions établi un accord financier entre nous et avions des avocats pour légaliser tout ça. Parce qu'Isaac pouvait se permettre d'acheter la maison comptant, cela n'avait aucun sens de passer par une banque et de payer des intérêts. Alors, il l'avait achetée et j'effectuais des remboursements comme si j'avais fait un prêt de mon côté. Je n'étais pas vraiment heureux à ce sujet au début, mais Isaac avait dit que l'intérêt de mes paiements consistait dans le fait qu'il pouvait en faire don auprès de l'APSCA local.

Le bâtard sournois savait que je ne pourrais jamais argumenter à ce sujet.

Donc, nous l'avions achetée, nous nous étions installés et avions lancé des invitations pour une petite pendaison de crémaillère avec des gens de mon travail, ceux de l'école d'Isaac, et ils devaient arriver dans une heure environ, ce qui était la raison pour laquelle j'essayais de faire en sorte que tout soit organisé. Mark était arrivé la veille et, pour une raison quelconque, avait décidé qu'il avait besoin d'Isaac pour l'aider à aller chercher quelque chose de dernière minute avant la fête.

Cela ne me dérangeait pas. J'en faisais plus sans ces deux-là sur mon chemin, de toute façon. Tandis que je finissais de préparer la dernière salade de fruits, je souris en me souvenant comment Mark avait pris sur lui-même de venir me rendre visite après qu'Isaac et moi avions rompu, puis étions revenus ensemble.

Mark m'avait étreint, longuement et durement, et m'avait dit qu'il était vraiment désolé de n'avoir pas pu venir quand j'avais vraiment eu besoin de lui.

Puis il avait commencé avec Isaac. Il lui avait dit que s'il me blessait à nouveau comme ça, aveugle ou non, il viendrait lui botter le cul. Puis il l'avait pris dans ses bras et l'avait serré férocement, et ils s'étaient mis à danser lentement autour du salon, pendant qu'Isaac lui expliquait à quel point il était désolé.

Je n'avais eu à lui rappeler de garder ses mains loin des fesses d'Isaac qu'une seule fois.

— Qu'est-ce qui te fait sourire ?

La voix d'Hannah me surprit. Elle tenait une souriante petite Ada sur sa hanche.

— Oh, une pensée. Tu sais... dis-je, glissant les morceaux de melon découpés dans le bol. Je ne vous ai pas entendues arriver.

— Isaac et Mark sont arrivés devant nous. Ils nous ont laissé nous mettre dans le garage, expliqua-t-elle. Tout est prêt ? Puis-je t'aider avec quelque chose ?

— Tout est pratiquement prêt, lui dis-je. À condition que ces deux-là se souviennent d'avoir à ramener le cheesecake.

Hannah sourit.

— Ils étaient en train de sortir des choses du coffre. Je les ai laissé faire.

Elle pointa son doigt sur le ventre d'Ada.

— Ton oncle Isaac et ton oncle Mark sont stupides, tu sais ?

Je souris et rangeai la salade de fruits dans le réfrigérateur, au moment où Isaac entrait avec les bras pleins, Mark juste derrière lui. Isaac s'arrêta de marcher, attendant que quelqu'un le décharge, ce que je fis. Je pris le gâteau et les baguettes de pain et l'embrassai sur la joue.

— Mark s'est-il bien comporté ?

— Mark se comporte toujours très bien, répondit Mark, glissant un carton de bières sur le comptoir de la cuisine.

— Mark raconte des bobards, dit Isaac avec un grand sourire.

— Tiens, dit Hannah à Isaac, lui tendant Ada. Prends-la pendant que je termine ici, allez-y, les garçons et asseyez-vous.

Isaac prit sa petite nièce contre sa poitrine et la fit rebondir dans ses bras. Je rangeai les bières dans le bas du frigo et quand je me relevai, Mark prenait Ada des mains d'Isaac. Il murmura quelque chose qui ressemblait à « fais-le maintenant ».

Isaac essuya ses mains sur son bermuda, comme s'il était nerveux.

— Euh...

Je les regardai, passant de l'un à l'autre.

— Isaac, que se passe-t-il ?

— Eh bien, dit-il lentement. Je voulais faire quelque chose... Enfin, je voulais le faire plus tard, mais Mark pense que je devrais le faire maintenant.

— Faire quoi ?

La cuisine était silencieuse, tout le monde regardant Isaac.

— Je... Euh... Je voulais faire ça en privé...

Carlos était dans le salon, regardant le grand écran. Hannah lui fit signe de se taire avant qu'il puisse dire quoi que ce soit.

Je m'avançai vers Isaac.

— Bébé, tu vas bien ?

Il hocha rapidement la tête et sourit.

— Pouvons-nous avoir un moment seuls ?

— Bien sûr, lui dis-je, et prenant sa main, je le guidai vers la salle à manger où Monsieur Tiddles était allongé sur le sol, au soleil. Que se passe-t-il ?

Il déglutit difficilement.

— Je t'ai acheté quelque chose.

Je souris, mais étais méfiant vu combien il était nerveux.

— D'accord...

Il fouilla dans sa poche et en sortit une pochette.

— J'ai entendu parler de ceci et j'ai passé quelques coups de fil. Mark m'a emmené les chercher, dit-il doucement, en me tendant le sachet.

Je tirai sur la ficelle et l'ouvris, déversant le contenu sur ma main.

C'était deux anneaux en argent.

Non, pas seulement des anneaux, mais des bagues avec des picots. Du Braille. Ils avaient des poinçons en Braille qui recouvraient la surface. J'étais sûr de ce qu'ils disaient, rien qu'en les regardant, mais je fis doucement courir mon doigt sur le métal pour lire les mots.

Je t'aime.

Isaac se mordit la lèvre inférieure.

— Je... Euh... Je... Euh...

Je l'embrassai pour lui clouer le bec.

— Isaac, ils sont superbes.

— Cela dit « je t'aime ».

— Je sais.

Il glissa sa main et sentit les anneaux avant de prendre l'un d'eux.

— Celui-ci est pour toi. Il fait une taille de plus que le mien.

Puis il prit ma main droite et avant d'enfiler l'anneau, il dit :

— J'ai juste pensé que nous pourrions avoir des bagues correspondantes. Mais tu sais, ça ne me dérangerait pas si elle allait à ta main gauche.

Je souris et mon cœur battit la chamade.

— Cela ne me dérangerait pas non plus.

Il tenait toujours ma main droite et quand je pensais qu'il allait glisser l'anneau à mon doigt, il se figea. J'aurais pu jurer qu'il avait cessé de respirer, mais il prit ma main gauche et, toujours aussi lentement, mit un genou à terre.

Je haletai à la réalisation de ce qui allait se passer, et un mouvement au coin de mes yeux me fit regarder vers la porte. Mark était là, tenant la petite Ada, souriant largement, Carlos et Hannah étaient là aussi. Tous les deux avec des yeux écarquillés et Hannah avait sa main devant sa bouche.

— Carter, dit Isaac d'une voix rauque, ramenant mon regard sur lui. Je ne suis pas parfait, bien que tu sembles penser que je le sois, je peux te dire que je ne le suis pas. Mais avec tout ce que je suis, je suis à toi.

Il reprit son souffle.

— Je veux passer le reste de ma vie avec toi et j'espérais que tu le voudrais aussi. J'ai besoin que tu me dises quand je suis odieux, même quand nous serons vieux, avec des cheveux gris. Veux-tu faire ça ? Pour toujours, Carter ? Veux-tu être mon mari ?

À ce stade, Hannah émit un petit couinement et le visage d'Isaac se tourna en direction du son, réalisant alors que nous avions un public.

Je me laissai tomber à genoux, pour que je sois à sa hauteur et pris son visage entre mes mains, le collant contre le mien.

— Oui, murmurai-je contre ses lèvres avant d'enfouir mon visage dans son cou. Mille fois, oui !

Hannah nous renversa pratiquement. Elle pleurait et couinait, faisant une étreinte bizarre en bondissant partout, parvenant à nous tirer sur ses genoux. Nous nous remîmes sur nos pieds et seulement après que nous ayons été félicités par tout le monde, nous enfilâmes nos alliances sur nos mains tremblantes.

Peu importait que ce soit le couinement d'Hannah ou les voix excitées et les rires des autres, bientôt, nous eûmes un autre visiteur.

Brady.

Je l'appelai et m'agenouillai afin de pouvoir le serrer contre moi. Il sembla me rendre mon sourire, avec un regard heureux et sa langue pendant sur le côté, si bien que je le serrai à nouveau.

Puis la main d'Isaac se posa sur mon épaule et il s'agenouilla à côté de moi. Il fit courir une main douce sur la tête de Brady, le serrant à son tour dans ses bras.

Isaac s'assit sur ses mollets, prit ma main et soupira.

— Je dois tout à Brady, dit-il calmement.

Je me penchai vers lui et l'embrassai sur la joue.

— Moi aussi.

FIN

À PROPOS DE L'AUTEUR

N.R. Walker est une mère australienne de deux enfants.
Elle a de beaux très beaux garçons qui vivent dans sa tête,
qui ne veulent pas la laisser dormir la
nuit à moins qu'elle ne leur donne vie avec des mots.

Elle aime ça lorsqu'ils font de vilaines, vilaines choses...
mais aime encore plus lorsqu'ils tombent amoureux.

Elle avait l'habitude de penser qu'avoir des gens qui lui
parlaient dans sa tête était étrange, jusqu'à ce qu'un jour
elle apprenne par d'autres auteurs
que c'était parfaitement normal.

Elle écrit depuis...

ALSO BY N.R. WALKER

Blind Faith

Through These Eyes (Blind Faith #2)

Blindside: Mark's Story (Blind Faith #3)

Ten in the Bin

Gay Sex Club Stories 1

Gay Sex Club Stories 2

Point of No Return – Turning Point #1

Breaking Point – Turning Point #2

Starting Point – Turning Point #3

Element of Retrofit – Thomas Elkin Series #1

Clarity of Lines – Thomas Elkin Series #2

Sense of Place – Thomas Elkin Series #3

Taxes and TARDIS

Three's Company

Red Dirt Heart

Red Dirt Heart 2

Red Dirt Heart 3

Red Dirt Heart 4

Red Dirt Christmas

Cronin's Key

Cronin's Key II

Cronin's Key III

Cronin's Key IV - Kennard's Story

Exchange of Hearts

The Spencer Cohen Series, Book One

The Spencer Cohen Series, Book Two

The Spencer Cohen Series, Book Three

The Spencer Cohen Series, Yanni's Story

Blood & Milk

The Weight Of It All

A Very Henry Christmas (The Weight of It All 1.5)

Perfect Catch

Switched

Imago

Imagines

Imagoes

Red Dirt Heart Imago

On Davis Row

Finders Keepers

Evolved

Galaxies and Oceans

Private Charter

Nova Praetorian

A Soldier's Wish

Upside Down

The Hate You Drink

Sir

Tallowwood

Reindeer Games

The Dichotomy of Angels

Throwing Hearts

Pieces of You - Missing Pieces #1

Pieces of Me - Missing Pieces #2

Pieces of Us - Missing Pieces #3

Lacuna

Tic-Tac-Mistletoe

Bossy

Code Red

Dearest Milton James

Dearest Malachi Keogh

Christmas Wish List

Titles in Audio:

Cronin's Key

Cronin's Key II

Cronin's Key III

Red Dirt Heart

Red Dirt Heart 2

Red Dirt Heart 3

Red Dirt Heart 4

The Weight Of It All

Switched

Point of No Return

Breaking Point

Starting Point

Spencer Cohen Book One

Spencer Cohen Book Two

Spencer Cohen Book Three

Yanni's Story

On Davis Row

Evolved

Elements of Retrofit

Clarity of Lines

Sense of Place

Blind Faith

Through These Eyes

Blindside

Finders Keepers

Galaxies and Oceans

Nova Praetorian

Upside Down

Sir

Tallowwood

Imago

Throwing Hearts

Sixty Five Hours

Taxes and TARDIS

The Dichotomy of Angels

The Hate You Drink

Pieces of You

Pieces of Me

Pieces of Us

Tic-Tac-Mistletoe

Lacuna

Bossy

Code Red

Learning to Feel

Dearest Milton James

Free Reads:

Sixty Five Hours

Learning to Feel

His Grandfather's Watch (And The Story of Billy and Hale)

The Twelfth of Never (Blind Faith 3.5)

Twelve Days of Christmas (Sixty Five Hours Christmas)

Best of Both Worlds

Translated Titles:

Italian

Fiducia Cieca (Blind Faith)

Attraverso Questi Occhi (Through These Eyes)

Preso alla Sprovvista (Blindside)

Il giorno del Mai (Blind Faith 3.5)

Cuore di Terra Rossa Serie (Red Dirt Heart Series)

Natale di terra rossa (Red dirt Christmas)

Intervento di Retrofit (Elements of Retrofit)

A Chiare Linee (Clarity of Lines)

Senso D'appartenenza (Sense of Place)

Spencer Cohen Serie (including Yanni's Story)

Punto di non Ritorno (Point of No Return)

Punto di Rottura (Breaking Point)

Punto di Partenza (Starting Point)

Imago (Imago)

Il desiderio di un soldato (A Soldier's Wish)

Scambiato (Switched)

Galassie e Oceani (Galaxies and Oceans)

French

Confiance Aveugle (Blind Faith)

A travers ces yeux: Confiance Aveugle 2 (Through These Eyes)

Aveugle: Confiance Aveugle 3 (Blindside)

À Jamais (Blind Faith 3.5)

Cronin's Key Series

Au Coeur de Sutton Station (Red Dirt Heart)

Partir ou rester (Red Dirt Heart 2)

Faire Face (Red Dirt Heart 3)

Trouver sa Place (Red Dirt Heart 4)

Le Poids de Sentiments (The Weight of It All)

Un Noël à la sauce Henry (A Very Henry Christmas)

Une vie à Refaire (Switched)

Evolution (Evolved)

Galaxies & Océans

Qui trouve, garde (Finders Keepers)

German

Flammende Erde (Red Dirt Heart)

Lodernde Erde (Red Dirt Heart 2)

Sengende Erde (Red Dirt Heart 3)

Ungezähmte Erde (Red Dirt Heart 4)

Vier Pfoten und ein bisschen Zufall (Finders Keepers)

Ein Kleines bisschen Versuchung (The Weight of It All)

Ein Kleines Bisschen Fur Immer (A Very Henry Christmas)

Weil Leibe uns immer Bliebt (Switched)

Drei Herzen eine Leibe (Three's Company)

Über uns die Sterne, zwischen uns die Liebe (Galaxies and Oceans)

Unnahbares Herz (Blind Faith 1)

Sehendes Herz (Blind Faith 2)

Hoffnungsvolles Herz (Blind Faith 3)

Verträumtes Herz (Blind Faith 3.5)

Thai

Sixty Five Hours (Thai translation)

Finders Keepers (Thai translation)

Spanish

Sesenta y Cinco Horas (Sixty Five Hours)

Código Rojo (Code Red)

Queridísimo Milton James

Queridísimo Malachi Keogh

Chinese

Blind Faith